KUWEI
酷威文化
图书 影视

无辜的共犯

[英]
史蒂夫·卡瓦纳
著

郎振坡
译

THE ACCOMPLICE

天津出版传媒集团
百花文艺出版社

图书在版编目（CIP）数据

无辜的共犯 /（英）史蒂夫·卡瓦纳著；郎振坡译 . 天津：百花文艺出版社，2025. 6. -- ISBN 978-7-5306-9107-6

Ⅰ. I561.45

中国国家版本馆 CIP 数据核字第 20252D48F6 号

著作权合同登记号：图字 02-2024-221 号

无辜的共犯

WUGU DE GONGFAN

[英]史蒂夫·卡瓦纳　著；郎振坡　译

出 版 人：薛印胜
选题策划：胡晓童
责任编辑：宋春悦
出版发行：百花文艺出版社
地址：天津市和平区西康路35号　　**邮编：**300051
电话传真：+86-22-23332651（发行部）
+86-22-23332656（总编室）
+86-22-23332478（邮购部）
网址：http://www.baihuawenyi.com
印刷：天津旭丰源印刷有限公司
开本：880毫米×1230毫米　1/32
字数：264千字
印张：11
版次：2025年6月第1版
印次：2025年6月第1次印刷
定价：48.00元

如有印装质量问题，请与天津旭丰源印刷有限公司联系调换
地址：天津市宝坻区新开口工业园天通路16号
电话：（022）82573686　邮编：301800

THE ACCOMPLICE

丹尼尔·米勒是银行的对冲基金经理，也是臭名昭著的连环杀手——睡魔。他已经逃亡了一年多，而他的妻子凯莉则被怀疑在明知丈夫是连环杀手的情况下帮助他实施了谋杀。

随着凯莉被起诉，睡魔为了拯救心爱之人再次现身并继续杀戮。现在，每个目击者都成了目标。

聪明的律师艾迪·弗林与他的团队相信凯莉是无辜的，并接手了这个案子，却没有想到被狡猾、残忍的凶手拉进一场游戏之中……

夜晚降临……他轻柔地走上楼梯，因为他正穿着袜子走路。接着，他悄无声息地打开孩子们的房门，往他们眼睛里撒一小撮极细的尘埃，刚好足以让他们无法睁开双眼，这样他们就看不到他了。然后他悄悄潜至他们身后，轻吹他们的脖子，直到他们的头渐渐垂下。“我的朋友”也被称为“梦神”，但他只拜访每个人一次，而他一旦到来，便会骑着马将其带走，在路上给他讲故事……他也被称为“死神”。

——《梦神》，摘自《安徒生童话集》

汉斯·克里斯蒂安·安徒生

一段关于睡魔的传说

序言

佩吉·德莱尼

特警部队的队长发出了指令。

还有 10 秒钟。

一旦倒计时归零，他们就要穿越 90 米精心修剪的草坪到达后门。佩吉·德莱尼从湿漉漉的落叶上缓缓起身，拽下一根松树枝，以便更好地观察那栋房子。一轮白垩色满月悬于纽约老韦斯特伯里一座殖民地风格的红砖豪宅之上，投下一个剪影。

德莱尼深吸一口气，缓缓呼出，同时通过通信设备听着倒数声。

10……

她喜欢数字。在联邦调查局行为科学部 2 组担任探员期间，她逐渐信任数字胜过信任他人，而本案的数字极为惊人。

9……

十四个月又十二天以来，她一直在追捕那个最初被报纸称为“康尼岛杀手”的男人。当然，他给自己起了另一个名字。在写给联邦调查局的一封信中，他详细谈了这个事情，还将副本寄给了《华盛顿邮报》。他自称“睡魔”。

8……

德莱尼平均每天工作 15 个小时。由她与探员主管比尔·宋共同领导的工作组中共有200名警察和联邦调查局探员，该工作组已经探访了上千名潜在目击者，约谈了71名嫌疑人，编撰的63箱案卷资料占满了纽约分局两个物证室。

7……

接下来是那些登上头版头条的大号数字。

17名受害者，男女都有。

第一批受害者被半埋在康尼岛海滩的沙子里，身上有枪击、刀刺和被毁坏的痕迹。海滩上大量警察的存在导致凶手改变了作案模式，所以之后的受害者均在家中遇害。这些案子通常只有一名受害者，但偶尔也会出现多名受害者。

6……

德莱尼对睡魔的侧写揭示了每次谋杀中两个稳定的模式。其中一个模式众所周知，而且媒体也热衷报道那些血腥的细节：受害者遇害后，他们的伤口、嘴巴及被挖空的眼窝会被填满沙子，凶手还会带走他们的眼睛。每到夜晚，整个纽约仿佛都屏住了呼吸，等待着下一起袭击的发生。

5……

只有德莱尼和特警部队指挥部中的少数人知道第二个侧写特征，而这个特征是不能泄露给媒体的。凶手会从每个受害者那里拿走一件私人物品，这可能有助于未来将其抓获并定罪，因此这是一个被严格保守的秘密。被拿走的私人物品，通常是珠宝。

4……

最终，这些数字开始对睡魔不利。一个人不可能每次都犯下完美无缺的谋杀案，早晚有一天，凶手会犯错。德莱尼对此深信不疑。事实证明，她是正确的。三天前，他们发现了他的最新受害者——尼尔森一家。夫妻二人被害，孩子们在他们遇害时被打了镇静剂。孩子们回忆说，夜间感到有人吹他们的脖子，随后传来一阵剧痛，接着他们就昏睡过去了。

在尼尔森夫人右臂下方的躯干上，调查人员发现了一枚血指纹。

3……

不到两天，他们就找到了这枚拇指指纹的匹配信息，但信息并非来自已建立的罪犯数据库。丹尼尔·米勒，45 岁，在根据《银行法》申请交易许可时，他提供了自己的身份证件和指纹。接下来的 15 个小时过得飞快——德莱尼迅速勾勒出米勒的生活、他的私募股权事业、他的背景，以及最重要的，他当前的位置。他并不在他们的嫌疑人名单上，而这份名单，是他们从数千名潜在对象中筛选出来的。

2……

快 10 点了。米勒住宅的一楼有几个区域亮着灯：厨房、客厅和走廊。德莱尼拔出克拉克 19 手枪[1]，身体前倾，肌肉紧绷，她的手掌早已被汗水浸湿。她已经准备好摆脱松树和腐叶的气味，冲出林线，逮捕她的目标。据估计，屋内有两名住户——丹尼尔·米勒和他的妻子凯莉。

1……

她没有等倒计时变成零。

远处传来了福特维多利亚皇冠轿车[2]发动机的轰鸣声，那声音就像发令枪。特警队长下令行动时，所有人都站了起来，用靴子在草坪上撕开一条口子，然后迅速冲向各入口点。十几名探员和纽约市特警队员走在德莱尼前面，即使身着防弹背心和头盔等重型突击装备，速度

① 奥地利克拉克公司生产了一系列半自动手枪，以其耐用性、可靠性和简单性而闻名。
② 一款由福特汽车公司生产的大型轿车，曾经是美国警察部门的主要巡逻车型之一。

仍比她快。今晚她不打算赢得任何赛跑了，但这无关紧要。其他人会率先冲入，他们是受过训练的警官和探员，专门负责强行踢开敌对方所在建筑物的大门。

当德莱尼踏上露台、绕过游泳池时，特警小队已经深入屋内，后门摇摇欲坠地挂在铰链上。她听到了一个声音，一声尖叫，来自一名女性。

德莱尼站在后门口，手握武器。与她同行的还有五名联邦调查局探员——搜索小组成员。他们的挂绳上除了联邦调查局的证件外，还挂着塑封卡片。这些卡片上印着关键搜寻物品的照片，都是已知从受害者那里盗走的珠宝。其中一些珠宝因为其稀有性很容易辨认，比如三天前斯泰西・尼尔森失窃的大溪地黑珍珠[①]项链。

对讲机里传来呼叫。

"他不在这里，房屋、庭院和车库都已搜查完毕；他的妻子在厨房。已控制现场。"

德莱尼咒骂一声，穿过后门进入屋内。首先映入眼帘的是一个宽敞的杂物间，通往一个面积巨大的厨房。厨房的天花板高达 3.7 米，中央是一扇巨大的拱形窗户，白天时，从窗户那边透过的阳光可以洒满整个空间。此刻，这里却仿佛洒满黑暗。一个红酒杯翻倒在大理石操作台上，红酒在台面边缘汇聚，又缓缓滴落在洁白的地砖上。

房间远处角落的沙发上坐着一个留着黑色短发的女子，那是凯莉・米勒。此时的她正与站在她身旁、手持武器的两名纽约市特警队员交谈。她穿着白色 T 恤、灰色运动裤和奶油色家居袜。德莱尼走近时注意到，这名女子拥有完美的鹅蛋脸，肌肤光洁，明亮的绿色双眼

① 南太平洋法属波利尼西亚境内盐湖的特产，珍贵异常，享有"皇后之珠"和"珠中皇后"的美誉。

中泛着泪花。

“我不知道他在哪里，他已经好几天没回家了。他……他……他说要出差，求你们了，这是怎么回事？我……”

“米勒夫人，我是特别探员佩吉·德莱尼。我知道你现在一定非常害怕，很抱歉打扰你。我们持有搜查令，要对你的房产进行搜查并逮捕你的丈夫丹尼尔·米勒。”

一般来说，人们对这类消息的反应总是很难判断。此时此刻，德莱尼不确定凯莉是否真正搞明白了这一切。

“米勒夫人，我要告诉你的事情可能会让你非常不安，但为了你的安全，你必须知道真相。”

在将所有情况告知凯莉·米勒之前，德莱尼停顿了一下，凝视着这个女人的眼睛。凯莉看上去已经悲痛欲绝，极度惊恐，泪水冲花了她的妆容。她抽泣着擦拭脸颊，鲜艳的唇膏沾染在洁白的牙齿上。创伤有种力量，能够极大地抹平人与人之间的差距。德莱尼曾坐在不同的沙发上，对不同的女性传达过噩耗。

凯莉看起来就跟她们一样。

婚姻使她变得富有。德莱尼知道，凯莉出身美国中西部一个贫困家庭，来纽约追逐演员梦，在这过程中，她遇到了丹尼尔·米勒。那些在沙发上被德莱尼安慰过的女性，她们补妆用的是价值 10 美金的美宝莲[①]口红，还是价值 90 美金的克里斯提·路铂廷[②]口红，这重要吗？凯莉的钱包敞开着放在玻璃茶几上，德莱尼很高兴看到里面装着一支

① 成立于 1915 年，一个知名的国际化妆品品牌，以其种类丰富的彩妆产品而闻名，包括但不限于睫毛膏、眼影、唇膏、粉底液、遮瑕膏等。

② 成立于 1992 年的著名高跟鞋品牌，红底鞋是其招牌标识。该品牌在 2014 年推出同名化妆品系列。

廉价的口红。看来金钱并未改变凯莉，这一点彰显了她的性格。德莱尼认为，凯莉需要用全部的毅力来翻开人生接下来的这一篇章。

连环杀手在实施犯罪的同时过着正常生活的情况并不罕见，丹尼斯·雷德①、盖西②、“绿河杀手”③等众多连环杀人犯都是已婚男子。一旦震惊和难以置信的情绪消退，妻子们接受丈夫的真实面目后，一场不同的内心挣扎就开始了。随着时间推移，凯莉也会像那些女性一样，反复问自己同样的问题：自己怎么会嫁给了一个恶魔？然后，愧疚感就会袭来。这种愧疚并无道理，但感觉无比真实，而且同样痛苦。这些女性不仅会突然意识到自己没有未来，过去享受的所有快乐也会消失无踪。每一个吻、每一次拥抱、每一刻共享的美好时光都将变得痛苦。随之而来的是真正的痛苦，而且同时伴随着这样一个问题——她们身上到底有什么特质，吸引了如此邪恶的人？如果在接下来的几年里，这个问题没有把凯莉彻底撕碎，她或许能挺过去。德莱尼真心希望她能挺过去。她瞥了一眼凯莉包里那支 10 美金的口红，觉得她或许比大多数人更有可能熬过去。

“我能叫你凯莉吗？”德莱尼问道。

---

① 丹尼斯·林恩·雷德（Dennis Lynn Rader，1945 年 3 月 9 日—），美国连环杀手，在 1974 年至 1991 年间于堪萨斯州塞奇威克县威奇托地区至少虐杀了 10 人，有“BTK 杀手”之称，BTK 即 Bind, Torture and Kill（绑、虐、杀）。他在犯案后均会向当地警方和报馆寄信，以 BTK 为署名声称曾作案，并在信中讲述案件详情。

② 约翰·韦恩·盖西（John Wayne Gacy，1942 年 3 月 17 日—1994 年 5 月 10 日），美国连环杀手、强奸犯。他在 1972 年至 1978 年间，对至少 33 名年龄 14 岁至 21 岁的男孩及年轻男性进行了性侵犯和谋杀。由于常在筹款活动、游行和儿童派对等慈善活动中扮演小丑，大众称其为“杀手小丑”。

③ 加里·里奇韦（Gary Ridgway，1949 年 2 月 18 日—），堪称美国历史上杀人最多的连环杀手，由于最初的 5 名受害者遗体是在西雅图市南郊的绿河附近被发现，故外界称他为“绿河杀手”。加里在 1980 年至 2000 年间被确认至少杀害了 48 人，他自己供述的受害者人数达到 71 人，也就是说还有至少 20 名受害者下落不明。

凯莉点头同意，嘴唇微张，似乎要让恐惧和惊骇涌入，而这使她颤抖不已。

“凯莉，我们认为你的丈夫就是那个被称为‘睡魔’的杀手。”

对此你会如何回应？德莱尼认为任何反应都是可以接受的，这不是轻易就能消化的信息，需要一个过程，而通常第一步便是否认：你们抓错人了；我了解我的丈夫，别开玩笑了，他不是暴力的人，他是个好父亲，他扶养我们，照顾我们；我很抱歉，这一定是搞错了……

凯莉・米勒张开的嘴唇微微颤抖，眼睛紧盯着德莱尼的脸庞。

但她什么也没说，没有为自己的丈夫辩护。这让德莱尼想起了自己的 10 岁生日——就在那一天，她的父亲去世了。他因脑瘤已经住院一个月了，癌症已到晚期，处于昏迷状态，已无做手术的可能。那天早上她去医院看过他，下午举办了一个小型派对，有三个最好的朋友和一块蛋糕。送走大家后，母亲穿上大衣准备回医院，这时电话铃响了。德莱尼永远忘不了母亲当时的表情，仿佛眼泪冻结了她的神情。此刻的凯莉也是相同的表情：那是一种知道可怕的事情即将发生，甚至做好心理准备，但当它真的发生时，痛苦还是远超预期的表情。

“能给凯莉一杯水吗？”德莱尼对一名特警队员说。

那人走向橱柜，找到杯子，从水龙头接满水，然后递给凯莉。

凯莉双手捧着玻璃杯，颤抖着送到嘴边。

“如果你知道他在哪儿，请告诉我地点。”德莱尼说。

“我不知道他在哪儿，”凯莉回答，“而且我不在乎，我再也不想见到他了。”

德莱尼捏住防弹背心上挂着的对讲机：“比尔，搜查有进展吗？”

探员主管比尔・宋立即回复：“上楼，主卧室。”

她疾步登上宽阔的楼梯，两步并作一步。在左手边走廊尽头，她找到了那间宽敞的主卧室。房间里有两张休闲椅、一面镜子，中央是一张特大号床，墙上挂着一台超薄电视。

“在这里，衣柜里。”比尔说。

主卧室通向两个房间：一间独立浴室、一个步入式衣帽间。衣帽间的面积竟与她在曼哈顿的公寓相当。这个衣帽间两侧嵌入了桃花心木材质的架子、抽屉和衣柜，分设男女区域。比尔用手电筒照向一排紧挨着挂起的白色衬衫。

“检查一下这只袖口。”他说。

袖口上有一块污渍，看上去像是溅上去的深色液体。尽管这件衬衫已被洗过，但锈红色的印记仍然清晰可见。德莱尼在职业生涯中见过太多血迹斑斑的衣物，那些经验足以让她轻易判断这一痕迹的可疑。

“装起来。”德莱尼说。

比尔朝身后一名技术人员打了个响指，那人立刻打开一个物证袋。

“不止这些。”比尔又用手电筒照向一个敞开的抽屉。

德莱尼朝抽屉里看去，只见黑色绒布上陈列着许多珠宝饰品，其中几件看起来颇为眼熟，而斯泰西·尼尔森的那条黑珍珠项链赫然在列。

“头彩啊。”比尔笑着说。

“这是我们要找的那件衬衫吗？”那名技术人员问。

德莱尼转头看去。没错，就是它，一件白色衬衫，袖口处……

此刻她才意识到，这不是男式衬衫。

这是一件女士衬衫。

她重新看向那个放有珠宝的抽屉，它位于女用衣橱的一侧。

比尔紧握对讲机，对着通信频道喊道：“有没有在宅子里发现那辆面包车？”

“车库里面没有。”传来回应。

“该死。”比尔骂道。

“我们已经找到了珠宝和他的 DNA，”德莱尼说，“面包车倒不是非找到不可。”

“我全都要。”比尔说。

有几位目击者报告称，在凶案发生时，他们在犯罪现场附近看到过一辆深色的面包车。据调查，纽约州内共有约 11000 名登记在册的深色面包车车主。幸好目击者看到的不是白色面包车，因为市面上白色面包车的保有量多达 55000 辆。于是，联邦调查局协同当地执法部门，按照既定标准，逐一上门排查这些深色面包车的车主，将不符合条件的名字从数据库中剔除。

面包车不在丹尼尔·米勒的办公地点，也不在他家。

比尔的手机响了。他看了眼来电显示，把手机交给德莱尼，后者则到走廊接听。

“比尔·宋的电话。”她说。

“比尔在哪儿？”负责睡魔案件的助理地方检察官德鲁·怀特问。

“他现在很忙。我们正在执行一项搜查任务，德鲁。”

“告诉我你们找到那辆面包车了。”

“我们找到了更好的东西——珠宝。”德莱尼答道。

“那确实是好消息，不过恐怕我带来的是坏消息。想知道为什么丹尼尔·米勒不在我们寻找的有关面包车的嫌疑人名单上吗？”

德莱尼捂住另一只耳朵，专注聆听着怀特的话。

“他买的二手车，没有注册？”德莱尼猜测。

“不。他原本在我们的名单上，该死的，本来两个月前我们就可以抓住他的。”

“天哪，为什么把他排除了？”

周围充斥着柜子被打开的声音，接着是里面的物品被一股脑倒在地上，还有沉重的靴子在她身边踩踏着，男人们相互交谈着。尽管如此，德莱尼还是听清了怀特说的话。

他说完便挂断了电话。德莱尼感到一阵恶心。

她下了楼，比尔跟在她后面。

“怀特有什么事？”他问。

德莱尼没有回答，所以他再次询问。她继续沉默地下楼，穿过走廊，来到客厅，站在颤抖的凯莉面前。

“凯莉·米勒，”德莱尼说，“我以涉嫌多起谋杀的罪名逮捕你……”

CNN[1] 新闻时段

突发新闻：睡魔身份曝光

纽约睡魔案传来最新消息。由联邦调查局主导的联合专案组证实，他们已确认这名持续作案一年之久、令城市陷入恐慌的连环杀手的身份。专案组负责人、探员比尔·宋在新闻发布会上表示，他们已掌握法医证据，确认现年45岁的纽约对冲基金经理丹尼尔·米勒就是睡魔。全国所有公交车站、火车站、轮渡码头和机场均已启动警报，呼吁民众留意米勒，探员比尔将其描述为携带武器、极度危险的人物。关于这一突发新闻的更多详情，我们现在连线在联邦广场的犯罪与司法事务记者希蒙·普罗库佩茨……

① 美国有线电视新闻网（Cable News Network）。

纽约时报

睡魔案起诉书公布

纽约南区地方检察官办公室证实，被捕六个月后，所谓连环杀手丹尼尔·米勒的妻子凯莉·米勒，已被大陪审团以六项一级谋杀罪提起公诉。负责此案的助理地方检察官德鲁·怀特向媒体透露，检方认为凯莉·米勒不仅知道其丈夫是睡魔，还在至少六起谋杀案中充当了他的帮凶。怀特先生强调，这些指控都是基于证据做出的，而这些证据，都直接指明凯莉·米勒为上述六名受害者谋杀案的帮凶。起诉书中每项罪名均有可能判处其终身监禁……

国家询问报

美国最邪恶的女人

她丈夫是美国头号通缉犯。她就是人称“睡魔”的连环杀手丹尼尔·米勒的妻子。下个月，她将因六项谋杀罪名受审。纽约南区地方检察官办公室称，她明知丈夫是一名连环杀手，不仅积极协助其犯罪，甚至还帮助他逃避追捕。她否认所有指控，但这并未阻止外界对她的猜测：对丈夫所进行的恐怖行为，她知道哪些，不知道哪些。我们采访了凯莉·米勒的前同事，他们形容她“阴冷如墓地”……

华盛顿邮报

杀手凯莉的邻居和朋友发声

睡魔之妻即凯莉·米勒的审判将于下周开始，关于凯莉·米勒对其丈夫的杀人行为了解多少的猜测沸沸扬扬，我们匿名采访了她的邻居和高中好友，并询问他们，认识一个可能涉及多起凶杀案的人是什么感受，以及是否有迹象表明凯莉·米勒曾与连环杀手勾结。

“我一直觉得她很奇怪，她太安静了。”一位近邻说。

“我认识凯莉十五年了。在高中时我们是最好的朋友，我还当了她婚礼的伴娘。天哪，即使是现在回想起来，我都觉得毛骨悚然。如果你问我她会不会杀人，我只能说我不知道……”

“我不相信她，从来都不相信，从她搬进来的那一刻起就不信。你能感觉到她身上散发出的纯粹的邪恶，我甚至现在都不敢看她的房子。”

自睡魔逃亡以来，警方一直无法找到他的踪迹。但最近有传言称，他的妻子有可能达成一项协议。只要凯莉·米勒提供有助于逮捕睡魔的情报，她就可能获释。我们向助理检察官德鲁·怀特求证这一传闻的真实性，得到的回答是：“受害者需要正义。所以，没有任何交易。”审判仍将按计划于下周开始……

00:01

艾迪

一切都始于一个陌生人。

现实总是如此。

这个陌生人坐在我事务所接待区的一张棕色皮椅上，只一眼便能看出他与其他人不同。他双腿修长，穿着一条蓝色细条纹羊毛长裤，与西装的其余部分相配。白色纽扣领衬衫是丝绸和棉的混纺材质，一条深蓝色的粗领带为这套装扮起到了画龙点睛的作用。他卷曲的棕色头发向后梳着，胡须修剪得整整齐齐，看起来就像画册上推销这套西装的模特。如果除去与其他坐在我事务所接待区的人的一个共同点，他本可以成为模特——他懒散地靠在椅子上，长腿向前伸展，仿佛刚穿着一双崭新的鞋子走过了五十个街区。除了疲惫，他的眼神似乎也让人觉得很熟悉。

他的目光在房间里游移，眼睛没有看任何具体的东西，而是在寻找着什么。这个人看起来就像背负着重担。

麻烦就是金钱。除非遭遇了最糟糕的情况，否则这个人绝不会来找我。最近，由于疫情导致的停业，办公室的资金流受到了冲击。现在纽约正在复苏，疫苗起了作用，这里的前景看起来更加光明。我仔细打量了这个男人一会儿，觉得他有点眼熟。办公室秘书丹尼斯微笑着从这个穿着高档西装的男人身边走过，然后打开我办公室的玻璃门，进入房间又关上。

我喝完了今天的第一杯咖啡，起身准备去厨房的咖啡机续杯。

“坐下吧。”丹尼斯微笑着说。

她端着一杯热咖啡，但我注意到那并不是她的马克杯。她把咖啡放在我面前的办公桌上，说："你的第二杯。"

丹尼斯是一位经验丰富的法律秘书，比大多数律师都要聪明，同时也非常有条理，对商业有着敏锐的洞察力，还有着堪比密歇根湖的宽广心胸。她的打字速度可以达到每分钟 100 个字，作为打字员的同时还管理着我的律师事务所，当然这才是丹尼斯的主要职责。但这些职责并不包括为我泡咖啡，我不喜欢别人为我泡咖啡或买午餐，我从来都是自己照顾自己。以前，丹尼斯从未给我倒过哪怕一杯水。

她站在那里，面带微笑。

"你需要涨工资吗？"我问。

"不用，我很好。我记得你说过，只有喝完两杯咖啡，你早上才能达到百分之百的状态。"

这倒是真的，但我记不清什么时候对丹尼斯说过。

接着，哈利·福特抱着一大沓文件走进我的办公室。他曾是一名法官，也是我的老导师，现在是顾问，帮助我们解决案件中棘手的法律问题。哈利把文件扔在我的办公桌上，一屁股坐在我面前客户专用的椅子上。

我们的调查员布洛赫跟在哈利身后进了办公室，她推着两把椅子进来，自己坐了一把，另一把空着。我在弗林和布鲁克斯律师事务所的合伙人凯特·布鲁克斯也带着自己的椅子进来，坐下后把腿交叉了起来。布洛赫和凯特自小相识，她们之间有一种通过眼神、手势或微表情就能沟通的默契。布洛赫从牛仔裤口袋里拿出手机，关掉了它。身穿职业套装的凯特从夹克里掏出手机，也关掉了。

他们都盯着我。

“这是要干预[1]我吗？”我问，“我没有喝酒，不信问哈利——”

“喝吧。”丹尼斯打断了我。

“怎么回事？为什么我觉得这和接待区穿西装的那个家伙有关？”我问。

布洛赫噘起嘴唇，朝凯特投去一个明显是提示的眼神。

“我们要接一个新的案子。”凯特说。

“我们？”我问。

她点点头，说：“这个案子需要我们所有人全力以赴。布洛赫和我在周末读了相关文件，哈利昨天也读了。这是个大案子，艾迪。”

我一动不动。

我喜欢接活儿。帮助他人是我的职责，而且大部分时候都是好事。如果我们接到了大案子，我觉得哈利或凯特会提前告诉我。虽然我们是朋友，但布洛赫平时很少说话，她对任何人都不多言。

“如果我们真的接到了大案子，那为什么我会觉得现在这像是十面埋伏？还有，为什么丹尼斯要给我泡咖啡？”

“因为我喜欢泡咖啡。”丹尼斯说。

“不，你不喜欢。外面那个人是谁？他是客户吗？”

“不是，”哈利说，“他是客户的律师。”

我扭头看了看周围的人，又瞥了那男人一眼。我终于想起在哪里见过他了——电视上。

“他是奥托·佩尔蒂埃？”我问。

哈利点了点头。

① 通常指一个人有某种问题（如酗酒、吸毒或其他不良行为）时，其家人和朋友为了帮助这个人改变行为而组织的一次面对面会议。在这种情况下，人们会聚在一起，表达他们的关切，并鼓励有问题的人寻求帮助。

这解释了他那身西装和精心打理过的发型。他回头看了我一眼，用指甲修剪得整整齐齐的手指擦拭着嘴唇。去年之前，曼哈顿大多数刑事律师都没听说过奥托·佩尔蒂埃这个名字。他的客户住在纽约的高级地段，而他专攻高级法律领域：房地产、税收、财富管理、离婚和遗嘱认证。换句话说，他帮客户省下足够的税款，让他们可以买一艘游艇或一栋房子，再确保他们在离婚时能保住财产，最后确保政府在他们去世后不会拿走太多遗产。所以，当奥托·佩尔蒂埃接手了纽约最大的刑事案件时，纽约的刑事律师们都大吃一惊。这个大案子的影响力在他身上体现得很明显，我能看到他眼周的疲惫。

奥托代表凯莉·米勒——睡魔的妻子。去年，在警方和联邦调查局通过指纹和 DNA 确定丹尼尔·米勒就是睡魔后，他们搜查了她家。一年过去了，他们仍在寻找睡魔。有人认为，既然抓不到真正的凶手，那么凯莉·米勒就是一个很好的替代品，这让联邦调查局和警方看起来像是有所作为了。他们需要一场胜利，因为这座城市和大部分州的居民都长期生活在对睡魔的恐惧之中。把一个“杀人犯”绳之以法，是执法部门正确的政治决定。

“等等，他是想让我们在这案子上搭他的顺风车吗？我才不做副手呢。”我说。

“他不是要我们给他做苦力或牵着他走，”凯特说，“他希望我们接手辩护。”

“什么？为什么？”

“他一直在争取达成协议，但地方检察官不肯配合。奥托·佩尔蒂埃不是庭审律师，他需要一支有庭审经验的团队。”哈利说。

“他这样做确实很大度，对他的客户来说也是正确的选择，但问题是，我们不为有罪之人辩护。地方检察官说凯莉参与了睡魔六起谋杀案，我不会让一个杀手逍遥法外——”

“她说自己是无辜的。”凯特说。

“他们都这么说。”我说。

“我觉得她说的是实话。”凯特说。

在我认识的所有律师中，凯特绝对是最聪明的一个。如果她相信凯莉·米勒，那其中肯定有她值得为之奋斗的东西。我开始有些感兴趣了，但理智将我拉回了现实。

“等等，这案子不是几天后就要开庭了吗？他为什么要现在甩掉这个案子？说不定他在辩护过程中搞砸了，如果我们接手并进行庭审，就会招来客户对我们的诉讼。”

“我想不会，”哈利说，“虽然他没有任何经验来应对谋杀案审判，但我已经查阅了案卷，他在预审准备阶段做得完全正确，所有适当的请求都已提交。我不清楚陪审团会是什么样子，但又能糟糕到哪里去呢？案件将在两天后审理，这个时间足够我们准备好了。我们以前也曾临时接手过案件，而且，这并不是毫无辩护余地的案子。这里面还是有值得一战的东西的，艾迪。”

我双手掩面。我需要黑暗、片刻的宁静，以及再来一杯该死的——

“你的咖啡。”丹尼斯说。

我用手指抚过脸颊，睁开眼睛，看见所有人都在盯着我。我不愿接手这个案子，还有另一个原因。

“睡魔还在逍遥法外。如果我们插手，就离那个疯子更近一步了。那样会有风险——”

“我们都明白风险的存在，但我看不出他有什么理由针对我们，”她说，“毕竟我们是在救他的妻子。最大的风险是，如果我们无法证明她无罪，媒体就会对我们的律所大肆抨击。如果我们成功了，那就是又一名女性受害者因我们而得到公正。你知道，这对我意义重大。”

凯特打断了我，我能看到她眼中的热情——她想要接手这个案子。自从我们成为合伙人以来，凯特一直致力于为职场上遭受性别歧视和性骚扰的女性提供法律援助。在上一家律所工作时，凯特曾遭到同一业务组合伙人的不当骚扰，自那时起，她便致力于打击那些“厌女”的雇主。那些案件对她而言具有个人意义：她每帮助一名女性，都不仅仅是在为那个人伸张正义，同时也是在疗愈受到伤害且至今尚未完全愈合的那一部分自己。

我点点头。

“那就听听他的说法吧。”凯特说。

“好吧，让他进来。”

丹尼斯请那人进来。我的办公室不算特别大，所以现在略显拥挤。他脸上仍是那种表情——一个陷入困境、需要我们帮助的人的表情。我把手伸向胸口，摸到了佩戴在衬衫上的圣克里斯多福纪念章①。

落座的奥托勉强挤出一丝微笑。他需要我们，但他仍觉得自己应该说服我接手这个案子。自我介绍了一番后，他接着说：“恭喜您，弗林先生，您现在接手了全美国关注度最高的谋杀案审判。”

“我不想失礼，”我说，“但我对这一切都感到陌生。我猜我的同事们预料到我会有所抵触了。首先，除非我相信客户是无辜的，否则我不会接手案件。我以前栽过跟头，不需要再有更多心魔。其次，我是个疑心重的人。我还是没弄明白，你为什么会把这个案子转给其他律师事务所。我认识的一些律师，他们为了这样的案子甚至可能六亲不认。”

① 一种常见的宗教护身符，多被天主教信徒佩戴。圣克里斯多福是旅行者的守护圣人，因此相应纪念章或吊坠常被旅行者佩戴，以求旅途平安。

奥托交叉起长腿，面带微笑地说："我可以给您不止一个理由来接受这个提议。我的客户，对不起，应该是您的客户，愿意给你们律所200万个理由。此案的代理费是300万美金，我拿走三分之一，作为前期准备工作的报酬，剩下的归你们。所以，成交吗？"

这个数字让凯特双眼放光。这就是那种大案子，是全国最热门的案件，有着大多数律师只能幻想的巨额报酬。这是个一生难得一遇的案件，是个我们都在追寻的那种案子，是个能够成就我们职业生涯的案子。对我们律所来说，这就像是中了彩票，只有傻瓜才会拒绝。

所以，我回答说："不。"

00:02

艾迪

"听着，佩尔蒂埃先生，我对你和你的客户并无不敬之意，但这对我来说不对劲。"我说。

"我理解，也许我没有向您的同事表达清楚。"他说，"我本打算与地方检察官达成协议：作为我客户在睡魔案中合作的交换条件，我希望他们撤销对她的指控。起初我以为他们只是在假装强硬，先将我们逼至法庭门前，然后再谈交易。遗憾的是，他们并不是在虚张声势，案件将在两天后开审。我虽然是一名还算不错的律师和谈判专家，但缺乏庭审经验，而这正是你们的强项。凯莉是无辜的，我想让她得到公正的审判。要做到这一点，她需要最好的代理律师。"

他言辞清晰、自信，保持着良好的眼神交流，手势也很自然，可以说毫无破绽。没有任何迹象表明他在撒谎——除了他没有告诉我事实的全部。

情况一定发生了某种变化，导致奥托先前为凯莉·米勒制定的辩护策略无法实施，而他也无法再代理此案。我对此确信无疑，没有律师会放弃这样的机会。

“最后一个审前动议[1]是什么？”我两眼紧盯着奥托问。

这个问题令他眼周的皮肤紧绷。

“控方要求对佩尔蒂埃先生办公室内的若干文件进行检查和扣押，”凯特说，“包括一些在米勒夫人被捕前产生的文件和资料，我没说错吧？”

奥托缓缓点头。

我喝完最后一口咖啡。站在众人身后的丹尼斯双臂抱胸，她很了解我，知道我终于开始动脑筋了。

“佩尔蒂埃先生，我们的开始并不顺利。你没有撒谎，但也未告诉我们全部的实情。现在请停止隐瞒，我要问你几个问题。如果你撒谎，那会面就此结束，你带着你的案子，穿上那件昂贵的西装，离开这里。我表达清楚了吗？”

“我本打算在您同意接手案件之后立即披露一切，那时我们的对话将受到律师与当事人的秘匿特权保护。”他微笑着说。

他确实有所保留，且这个理由还算说得过去。律师与当事人的秘匿特权是这个职业的基础，客户直接告诉你或通过第三方告诉你的任何信息都是私密的。你不可以向任何人透露，且任何人都无权询问你，或者查看你的笔记及任何客户文件。地方检察官办公室要想获取奥托

① 律师要求法官在正式审理案件之前对特定问题作出裁定的正式请求。

的文件，必须有充分的理由。

“是什么让地方检察官办公室翻出了你的旧文件？”我问。

“银行记录中显示，凯莉·米勒向我所在的律所支付了法律咨询费用。”他说。

这是实话，毫无疑问。

“文件里有什么内容？”

“提供这一信息就意味着我打破了律师与当事人的秘匿特权……”他开始说。

“既然地方检察官已经有文件在手，秘匿特权就已经被打破了。他们在找什么？”

“他们在寻找我手中任何能证明凯莉·米勒参与杀害六名睡魔受害者的线索。”

又是诚实的回答，这也是我预料之中的。

“他们找到了什么？”

他毫不犹豫地回答了：“他们发现了我与米勒夫人多次会面的笔记，以及她希望我代为保管的日记。我知道你肯定要问，所以我直接告诉你，那些会面讨论的是以遭到残忍和不人道的对待为由提起离婚的可能性。米勒夫人告诉我，她怀疑她丈夫是连环杀手。”

“她知道？”凯特问。

“她并不确定，只是有所怀疑。”奥托温和地说。

“她对此无动于衷，对吗？她没有报警？”哈利问。

“是的，她没有。她的婚前协议中有几项条款，规定如果她提出无理指控，那么警方的介入将触发这些条款，其结果就是米勒夫人将丧失分割夫妻共同财产的权利。换句话说，她只需一个电话，就会白白损失 800 万美金。”

“800 万，那是她离婚后应得的份额？”凯特问。

奥托点点头。

“这改变了整个案情，”哈利说，“地方检察官可以向陪审团列举 800 万个理由，说明凯莉为何保持沉默，并帮助丈夫逃避警方追捕。”

哈利说得对。凯莉·米勒无法证明自己对丈夫的罪行一无所知，她只能说自己不确定，但很难让陪审团相信。

很多连环杀手都是在婚姻幸福的情况下实施犯罪的。据我所知，他们的妻子既不知情，也没有丝毫怀疑。在那些案子中，她们都没有被当作帮凶起诉。每个新闻频道的评论员都在讨论这个案件，奥普拉[1]为此还专门制作了一期节目，尽管凯莉拒绝参加。每个人都在问同一个问题：你怎么可能不知道自己嫁给了一个连环杀手？在某种程度上，我们之所以关注这类故事，是因为我们需要获得一种满足感，即这些男人身上有明显的迹象或暗示表明他们是杀手，而他们的妻子忽视了这些迹象，可是公众能察觉到这些迹象，不会轻易被骗。事实上，那些杀手的妻子们从未有过任何怀疑。

这在很多层面上令人不安。

首先，这证实了这些杀手有着令人难以置信的能力，能够对包括最亲近的人在内的所有人隐藏其真实面目。其次，如果这种情况能发生在那些女人身上，难道就不会发生在自己身上吗？自己又对自己的伴侣、兄弟或父亲了解多少？

但公众总是认为这是女人的错，认为她们对真相视而不见，认为

① 奥普拉·温弗瑞（Oprah Winfrey），一位极具影响力的美国媒体大亨、脱口秀主持人、演员、制片人和慈善家。出生于 1954 年 1 月 29 日，通过自己的努力成为一名成功的新闻主播，并最终主持了自己的脱口秀节目《奥普拉·温弗瑞秀》。这档节目在美国乃至全球范围内都非常受欢迎，从 1986 年到 2011 年持续播出了 25 季。

如果他们处在同样的情况下，他们肯定会察觉。

陪审团的心理屏障往往难以打破。在这个案件中，地方检察官只需强化陪审团的预设立场就行，即凯莉·米勒知道丈夫是杀手并帮他掩盖罪行，而凯莉所谓的怀疑实际上帮了地方检察官的忙。所以，即便是平庸的检察官也能轻松获胜。

如果他们能够证明凯莉知道丈夫是杀手，针对她的案件看起来会更有说服力，但这并非奥托必须为她另寻代理律师的真正原因。

“佩尔蒂埃先生，如果你一开始就坦诚相告，可以节省很多时间。如果我们同意接手案件，总会发现这一点的。”

“当然，但到那个时候就太晚了。因为你们那时已经同意接手案件，并作为被告的律师被记入法院记录了。”

“我不明白，”丹尼斯说，“地方检察官拥有您的旧文件，并不意味着您不能继续代理凯莉·米勒的案件。”

“地方检察官拥有我的文件是有后果的。”奥托说。

我立刻明白了是怎么回事。

“你不能再担任她的律师，你根本无法在这场审判中作为律师出庭。”我说。

奥托长长地叹了口气。

我继续说：“凯莉·米勒告诉过你，她怀疑丈夫是连环杀手，这使你成为检方的关键证人。”

00:03

艾迪

布洛赫开着一辆奶油色大切诺基吉普车[1]带我们驶出曼哈顿，奥托则驾驶着奔驰跟随我们。午间的交通状况尚可，布洛赫驾驶着这辆大型 SUV 在柏油路上平稳行驶。哈利坐在前排，方便凯特在后排与我争论。40 分钟后，我们来到了中央大道公园路的尽头，抵达了长岛高速公路的入口。金属片般的天空遮住了低垂的11月的阳光。天气渐冷，但还不至于让我披上大衣。

凯特说："我认为凯莉只是睡魔的另一个受害者，我们向世界揭示真相对我来说至关重要。让她发声，我相信她。我觉得你也会。"

"我会和她谈谈，但如果我没有被说服，我们就退出。同意吗？"

"你知道这不是一般律师的执业方式，对吧？"

"如果有人承认自己的所作所为，那我也会为他们代理。我会将他们的故事讲述给法庭，并请求适当的判决。有时是缓刑，有时我祝他们在入狱后一切顺利。每个人都会犯错，承认错误是好事，但我早就决定，我不会成为让危险人物重返街头的那种人。"

"但作出裁决的不是你，是陪审团。每个人都享有辩护权，这就是制度的运作方式……"

凯特已经是一位出色的律师，尽管她执业的时间还不长。几年后，她将成为最优秀的律师之一，但法律还未给她带来过沉重打击。

① 美国汽车制造商克雷斯勒旗下品牌吉普生产的一款豪华 SUV 车型，以优良的越野性能、豪华的内饰以及先进的技术配置而闻名，自 1992 年首次推出以来，已经成为吉普品牌中最受欢迎的车型之一。

“制度是可以被操纵的，而且通常是由我们来操纵。我说过，我会和凯莉·米勒谈谈。如果我认为她讲的是真话，我们就接这个案子。”

“有时候我真搞不懂你。”凯特说着，转头看向了身侧的车窗。我希望她永远都不明白我的理由。在司法这盘棋里，真正蒙眼的是律师，而非法院大楼顶上一手持剑、一手托天平的正义女神雕像。刑事律师不会问其委托人是否有罪，他们只会告诉委托人何时该认罪求和，何时又该奋力抗争。但如果你为一个有罪之人赢得了一桩官司——这种胜利是有代价的，我说的可不是诉讼费，而是律师的一部分会随之消亡。如此反复多次，你就成了行尸走肉。然后有一天，你帮某个委托人脱了罪，而他刚走出法庭就杀了人——这时，你才会遭受当头一击，痛不欲生。

大约五年前，我也曾面临同样的境地，只不过我当时及时阻止了那家伙杀害受害者。是我帮他从监狱里出来的，一切都是我的错。从那时起，我日复一日为这个错误付出代价。渐渐地，我学会了独自承受那份痛苦，而且不再借酒浇愁。

我移开目光，不再看凯特，而是凝视着高速路两旁的树。布洛赫带我们驶出高速口，很快便进入老韦斯特伯里镇的住宅区。我这辈子大概只开车路过纳苏县[①]的这片区域两次，而且从未驻足停留、四处看看。每次经过时，附近总有摄制组在拍电影。如果你在拍电影，而且想找个豪宅作为电影取景地，来老韦斯特伯里就行了。除了加州硅谷的阿瑟顿郊区小镇，这里恐怕是全美最富有的地区。街道两侧绿树成荫，座座豪宅远离路边，占地面积广大。

凯莉·米勒住在梅多路上的一个小型封闭社区内，此时小区的门

① 美国纽约州的一个县，位于长岛，东接萨福克县，西邻纽约市的皇后区，北临长岛海湾，南濒大西洋。

外聚集了二十来人。新闻频道的采访车沿着人行道排成一列，但人群中并非只有记者。五六个人举着横幅站在那里，高喊口号。我摇下车窗，想听清楚他们在喊什么。

“有罪的婊子！”

“有罪的婊子！”

“有罪的婊子！”

那些横幅上的内容也好不到哪儿去。布洛赫按了下喇叭，记者和抗议者纷纷转头打量我们，我连忙用手遮住脸。人群闪到一边，大门随之开启。奥托的奔驰车跟在我们后面。

一看见奥托的车，摄像机的灯光瞬间亮起，抗议者的口号声也越发响亮。奥托在庭前听证会上被拍过照、录过像，大家都知道他在为谁辩护。人们围住他的车，其中一名抗议者——脖子上围着一条厚实粉红围巾的女子——朝奥托的挡风玻璃啐了一口唾沫。奥托启动雨刮器，缓缓跟随我们驶进大门，小心翼翼，生怕不小心轧到抗议者或记者。

“老天，这日子可不好过啊。”我说。

“奥托告诉我，凯莉已经快撑不住了。她收到了数百条死亡威胁，上个月还收到了一封联名信，要求她搬走，署名的是她所有的邻居。”

这片小区内有各种规模的房子，尽管在我看来这些房子全都是豪宅。哈利看到一栋侧面带泳池的房子，不禁吹了声口哨表示赞赏。然而，在某些居民眼里，这里不过是老韦斯特伯里较为寒酸的一边。那些需要配有庭院和花园的宫殿式豪宅的纽约老牌家族，比如范德比尔特家族[1]、菲普斯家族[2]、惠特尼家族[3]、杜邦家族[4]，以及其他富可敌国的人家，都在另一边。他们建造的宏伟宅邸有二十多个卧室，看上去就像是直接从英国乡村连同住在里面的喝得醉醺醺的乡绅一起连根拔起，小心翼翼地安放到了老韦斯特伯里。相比之下，这一侧的住宅就显得颇为低调，但我无论如何也买不起其中任何一个——哪怕我买彩票中了大奖也不行。

布洛赫在一栋殖民风格的红砖房前停下了车，房子的前门是红色的。奥托将奔驰车停在吉普车后方时，我们下了车。我花了一会儿时间欣赏周围的环境：这些房产彼此间相隔甚远，足球场般宽阔的草坪更是增添了距离感和空间感，在凯莉·米勒的住宅背后，是一片橡树和铜色山毛榉树林。

奥托俯身查看车身，车的一侧有一道很深的从头到尾的划痕。

“看上去很严重。”我说。

“无所谓了，这已经是本月的第三次了。相比凯莉要面对的一切，这只是小菜一碟——她几乎成了这里的囚徒。记者和抗议者一般在晚上 10 点左右离开，那时天气非常冷了。我通常把会面安排在早上 6 点之前或晚上 10 点之后，那时候门口没什么人。”

“凯莉是怎么应对这一切的？”我问。

① 创始人科尼利尔斯·范德比尔特（Cornelius Vanderbilt），又称“海军准将范德比尔特”，是 19 世纪美国最富有的人之一。范德比尔特家族最初通过航运业致富，后来转向铁路运输，通过建立庞大的铁路帝国积累了巨额财富。

② 创始人亨利·菲普斯（Henry Phipps）曾是安德鲁·卡内基钢铁公司的合伙人之一，家族的主要财富来自钢铁工业。

③ 创始人约翰·惠特尼（John Whitney），是美国工业革命早期的发明家和企业家，家族的财富主要来源于制造业和金融。约翰·惠特尼发明了用于制造枪支的标准化零件生产方法，这对美国的工业生产产生了重大影响。

④ 创始人是埃勒瑟·伊雷内·杜邦（Éleuthère Irénée du Pont）。该公司最初生产火药，后来扩展到化工、纤维等多个领域。但家族的财富主要来源于火药制造。

奥托的头垂下了片刻，当他重新看向我时，我从他的表情中找到了答案。

“头两个星期，她几乎不说话，成天以泪洗面，嗓子都哭哑了。我叫了医生过来，他给她开了些药，让她昏睡了好几天，之后她才又能开口说话了。那些药只是暂时麻痹了痛苦，她彻底崩溃了，艾迪，您能想到的。她遭到了背叛，孤身一人，被全国上下憎恨，还要面对多重谋杀指控——您知道吗？有一阵子我以为她要放弃自己了。我每次送药只送一天的量，因为我不敢把整瓶药留给她。您懂我的意思吧？”

我点点头。

“但她还在坚持。她很坚强，而且有继续活下去的理由，她希望向人们证实她是无辜的。某种程度上，我认为正是审判给了她坚持下去的动力，她想要与之抗争。但不管她的力量来自何处，这股力量正在逐渐耗尽，随着庭审即将开始，压力又回来了。您会看到的。”

“说实话，你觉得她怎么样？”

“我还记得来到法学院的第一个月的情景：大家研读案例，知道法律能创造奇迹，但同样也能轻易摧毁无辜之人。这太可怕了，但司法这行就是这样。她让我想起了那些事情，这就是为什么您在这儿。您是比我出色得多的庭审律师，我不希望二十年后，法学专业的学生阅读她的案件记录时，剖析的是我如何失败如何害了她。”

即便身穿价值上千美金的西装，开着顶级豪车，展现出强大的权势和财富，此刻的奥托还是害怕了——他害怕辜负了凯莉。这就是庭审工作对人的影响。事实上，你应该感到害怕，这是个好兆头，意味着你很在乎，意味着你会全力以赴，拼命抗争。律师关心无辜的委托人，关心那些需要法律体系发挥作用的人。这类案件让我们夜不能寐，汗流浃背。而奥托是初次体验这样的工作。

“我知道您不会让她失望，艾迪。”他说。

说完，他转身沿着铺有大理石石板的小径走去，我们紧随其后。门已经被一位女士打开，我一眼就认出她是凯莉·米勒。我第一次见到她是在新闻上看到她的照片，是她正从位于中央大街100号的法院大楼走出来，记者和闪光灯如雨点般向她袭去。那样的场景我再熟悉不过了，但那张照片却有所不同。我曾多次带领委托人走出那座大楼，同样面对着如饥似渴的媒体。通常，我的委托人会戴个帽子，或者用大衣遮住头部，他们不愿在这种戏剧性的高潮时刻被镜头捕捉到自己最脆弱的一面。

而照片中，凯莉·米勒身穿海军蓝套装，昂首阔步穿过记者群，眼中露出坚定的神情。或许正是因为她的自信，记者们让开一条通道，让她走向等候的汽车。她的动作、眼神中都透出一种沉着的气质，近乎优雅。

而此刻站在自家门前，那种气质荡然无存。不论她曾被建议在媒体面前塑造怎样的形象，现在的她与那个她截然不同。

她穿着紫罗兰色牛仔裤和黑色T恤，几乎无法抬起头来看奥托。她双肩低垂，双臂紧紧环抱瘦弱的身体，目光死死盯着地面，偶尔吃力地向上瞥一眼。她脖子周围的皮肤红一块、紫一块，满是抓痕，嘴角向下撇着。仿佛有一种原始的力量正将她越拉越低，沉入土中。她乌黑的头发都稀疏了不少，还夹杂着几根白发。

“凯莉，这就是我跟你提起过的律师团队，他们是凯特·布鲁克斯女士、哈利·福特先生、他们的调查员布洛赫小姐，还有这位——”

“艾迪·弗林。”她看着我，说出了我的名字。

从她那双布满血丝的绿色眼睛中，我看到了疲惫与迷茫。

“请进。”她说着，转身领我们进屋。

入口大厅中央是一段配有黄铜扶手的弧形楼梯，我和团队成员走进右侧的房间。这是一间客厅，两张沙发相对摆放。整个房间风格极简，仅由一张白色大理石桌把沙发分割开，后墙则设有一个壁炉。一面墙上挂着一幅金牛画像，另一面墙则是一扇大窗户，可以环视前院。总的来说，这是一间充满阳刚气息的房间。如果不知道凯莉住在这里，我一定会以为这是单身汉的住所。

电视柜上本应摆放一台大电视，但现在那里空空如也。我没有问电视去了哪里——如果我每晚都要在电视上看到自己的面孔，听那些根本不了解我的人称我为杀人犯，我也会把那破玩意扔进垃圾桶。

凯莉和奥托坐在一张沙发上，哈利、凯特和布洛赫则占据了另一张沙发。

我仍旧站着。

“在接手这个案子之前，我们有些问题需要您回答，米勒夫人。”凯特说，“我们需要确定您有足够的辩护基础才能投入工作。”

“我没有伤害任何人。而且，如果你们指的是这个意思，我也不知道自己嫁给了魔鬼。”她嗓音紧绷，低沉而破碎，仿佛已经哭了好几个小时。从她现在的样子来看，我想情况很可能就是这样。

“我们了解到，您曾向佩尔蒂埃先生透露过对丈夫的怀疑。您能否告诉我，是什么让您开始怀疑您丈夫的？”凯特问道。

“嗯，问题就在这儿。”凯莉说，“回想起来，以前确实发生过一些奇怪的事情，但丹尼尔总是能给出解释。一旦和他聊过，那些事情似乎就变得无足轻重了。怀疑他，更多的是一种感觉。我不是偏执狂，但现在看来，或许我是，我只是想找个人倾诉一下，告诉他发生了什么以及我心里的想法。”

“这么说，您从未真正相信过您丈夫就是睡魔。”凯特说。

“不确定。有一段时间，我觉得他是。即使现在，在某种程度上，我仍然觉得难以置信。”

凯特看向我，我能感觉到她的目光。凯莉是发自肺腑地说这番话，但声音背后还有别的东西，那不是她喉咙嘶哑发出的声音，而是另一种不同的感觉，仿佛她在隐瞒什么。这是一种直觉，一种本能的预感。

“米勒夫人，”我说，“您有没有和您丈夫一起伤害或杀害过任何人？”

起初，她没有作答。她闭上双眼，眉头紧锁，仿佛突然感到疼痛。就像这个问题是伤口中的毒药，必须挤出一样。

“没有，我没有。”她长长地呼出一口气。

“那您是否知道您的丈夫是个杀人犯？”

泪水在她眼中弥漫开来。她眨了一下眼，眼泪滑落，沿着脸颊相互追逐，一路向下，在下巴相遇，合二为一，最终滴落在地板上。

“我并不确定，我只是怀疑他。我也怀疑自己那样想可能是疯了。”

“在怀疑他的时候，您是否做过什么可能会帮助他避开警方调查的事情？”

她立刻否认：“我那时并不知情，更没有故意帮过他。哪怕有那么一瞬间确切知道他是杀手，我也一定会报警。”

“他们在您的抽屉里找到的那些属于睡魔案受害者的珠宝，您是从哪儿得到的？”

“丹尼尔给我的。”

“您知道您衬衫袖子上的血迹是怎么来的吗？”

“警察告诉我之前，我都不知道它的存在。我完全不清楚它是怎么沾上去的，我只能猜测可能是丹尼尔留下的。”

“您可能会因为报警而损失 800 万美金，这个因素对您决定不报警有影响吗？”

她向前倾身，用纤细颤抖的手指抹去一滴眼泪，袒露心声。

“一点都没有。奥托告诉我说，提出无法证实的指控是不明智的，但我并不在乎。如果我知道真相，肯定会报警。相信我，这个问题我已经反复思考过无数次了。我太愚蠢了，竟然听信了丹尼尔的话。弗林先生，您曾经被人背叛过吗？”

我点了点头。

“这很痛苦，没有什么比这更痛苦的了。我说的不是报纸或电视上关于我的报道，也不是外面那些举着横幅的人，或是社交媒体上成千上万条要强奸和谋杀我的威胁。所有这些都是一场超乎我想象的噩梦，但我有时候觉得，这是我罪有应得。”

我摇摇头说：“您不应该承受这些，凯莉。”

“也许我应该。我信任丹尼尔，不惜怀疑自己的判断。正因如此，正因为我，那些人丧了命。我每天都为此责备自己，如果我更聪明、更勇敢一些，或许就能救下其中一些人。他们之所以死去，是因为我没有站出来发声，这是会让我余生都饱受折磨的事。”

就在这时，我从她眼中看到了她隐藏的东西。

痛苦与内疚。

凯莉·米勒被一个邪恶的男人欺骗和操控，对那个人，她曾深信不疑并深深爱着。我无法想象，这对一个年轻女性会造成多么巨大的心理冲击。她丈夫的污秽不知怎的也玷污了她，让她身处一场仇恨、内疚与痛苦的风暴之中。即便她坐在沙发上，我都能感受到那些旋风围绕着她，随时可能将她撕碎，而且让她再无宁日。在清醒的每一时刻，她的内心都在遭受极大的折磨。这个女人就像身处一座心灵酷刑室，全世界的媒体、她的朋友、她的邻居，甚至她自己，都在慢慢拧紧螺丝，将炽热的钉子刺入她的大脑。

我了解痛苦与失去。我曾见过被悲伤压垮的人，悲伤彻底摧毁了他们。每当我被沉重的悲伤笼罩时（这种情况经常出现），我总会努力挣扎。因为我深知，如果不这样做，我就会被悲伤淹没。

凯莉·米勒所承受的痛苦是我前所未见的。

她讲话时，我仔细聆听着。

真相很难描述。真相有重量，有密度。当它穿透你的胸部，触及你的灵魂，最后落入你的腹腔时，会发出声响。你可以感受到真相，它萦绕在空气中，浓重且不容否认，你甚至可以一口吞掉它。大多数时候，只要你听到它，你就会知道那就是真相。

她说的是真相。这个时候我知道了，我会为她而战。

因为没有人会这么做了。

当然，会有不少律师愿意接手此案，以此提升自己的职业声望，或单纯是为了钱。

我对钱不感兴趣。当我站在这里，看着她瘫倒在沙发上，我知道，我必须帮助她，我希望她能挺过这一切。最重要的是，我希望她也相信这一点。

我们都难免会受到伤害，黑暗迟早会触及所有人。如果我能帮凯莉渡过难关，如果我能拯救她，那么任何人都有可能获救，包括我自己。我成为律师并非为了赢得案子，而是为了帮助他人。这是人类的本能，或许这是我们最好的一面。无论你在新闻中看到何种灾难——火灾、建筑物倒塌、地震或恐怖袭击——总会有人冲向危险，伸出援手。

她需要有人站在她身边，握住她的手。

她需要凯特和我们所有人。

此刻，凯莉·米勒就像被困在一栋燃烧的大楼里，而我则在外面，准备爬上梯子把她救出来。

我看着布洛赫。她对我微笑着，眨了眨眼。哈利则朝我竖起大拇指。

我朝凯特点点头。

凯特说：“米勒夫人，我们很高兴成为您新的法律团队。”

00:04

睡魔

很多人都过着双面生活。

一位在顶层豪华办公室里冷酷无情、刚愎自用的首席执行官，在家中可能是一位温柔体贴的家长和配偶；一位在白天是富有同情心、尽职尽责的心理治疗师，夜晚却可能变成一个破坏性极强、极度偏执的伴侣；一名在战场上毫不犹豫夺人性命的士兵，在看到孩子膝盖上流出的血时会因害怕而退缩。人们不仅仅为不同的生活换上不同的服装，同时还会换上不同的面孔，而情境和环境有助于强化这种性格的转变。

对于那些与我们大多数人不同的少数人，那些毫无悔恨地“猎食”同类的人来说，这种变化可能更为鲜明。

对于我们要说的这个人，作为少数人中的一员，他像噩梦中的野兽一样脱去了外皮，用锋利的爪子撕裂宿主的肉体，降生在这个世界。他赋予了这个版本的自己一个名字，在以野兽的身份行事时，他只会以这个名字来思考。这个名字带给他人恐惧，这个名字拥有力量，而他则骄傲地拥有着它。

他的名字叫睡魔。

他已经躲藏了一年，避开了联邦调查局和纽约警察局。

他不能再躲下去了。

现在，他有了一个目标、一个使命，一个不能失败的使命。

睡魔驾车驶入停车场时，低矮的红色太阳正沉入格雷迪酒店那破败不堪的屋顶之下。附近有很多酒店：皇后区的这一带靠近肯尼迪国际机场，所以这里几乎成了廉价酒店之城。格雷迪酒店碰巧比其他任何一家都便宜，而且一分价钱一分货。这里曾是一座宏伟的宅邸，但在 1929 年的黑色星期五，纽约证券交易所崩盘引发大萧条时，这家人失去了所有的财富。

从这座建筑的样子来看，大萧条还在继续，只有绝望、破产或两者兼具的人才会住在这里。

钱对睡魔来说并不是问题。

监控才是问题。

格雷迪酒店曾是一家有着五十年历史的高级酒店，但时间和缺乏维护使其几乎沦为废墟。纽约司法部曾多年预订大量房间，用于隔离陪审团，从而维持了这家酒店的运营，但自从连环杀手“1 美金杀手”在担任陪审员期间入住并在此杀人后，这一切都停止了。如今，唯一的一批客人是那些住不起假日酒店，或者不在乎、不知道这家酒店近期血腥历史的人。

小小的停车场大约有二十个车位，其中停着两辆车。一辆旧面包车已经在那儿停了很久——从挡风玻璃上的尘土和四个瘪胎可以看出来。另一辆是丰田汽车，可能是夜班经理的。

睡魔从他的黑色面包车里提起包。美国所有执法机构都在寻找这辆面包车，已经找了一年了。他会定期更换车牌让其得以继续使用，并避开他们的视线。他戴上棒球帽，又花了一些时间欣赏这座建筑和周围的林地。那些木板墙和窗框上的油漆都已开裂，屋顶的石板瓦片很旧，看起来一阵风吹过就会滑落，甚至有几块瓦片已经脱落了，一丛丛杂草在屋顶间隙长了出来。

这是一座黑暗的房子，又大又空。

正合他意。

他走上台阶，穿过宏伟的门厅来到前台。墙上贴着木板，使整个空间显得庄重又威严，就连壁挂的鹿头也没有为装饰增添一丝轻松。前台后面的男人坐在椅子上看着一本平装书，即使他后来注意到了睡魔，也没有立刻起身，而是放下书，露出苍白的脸、油乎乎的头发和一抹淡淡的微笑。

“有什么可以帮您的吗，先生？”他问。

“找想订个房间。”

男子考虑了一下，过了一会儿才意识到睡魔并非在开玩笑。

“您打算住多久？我们不是按小时收费的。”男子说。

“我要住一晚。”

“一晚是 53 美金。”接待员说着，将一份宾客登记表推向桌子另一边。

睡魔从杯子里挑了支铅笔，开始填写表格。

“我需要刷一下您的信用卡，而且按照我们的惯例，我们会预扣 50 美金作为额外费用，您不介意吧？”

“一点也不介意。”他说着，从钱包里抽出一张信用卡递给接待员。接待员将其在机器上划过，打印出一张凭单，又索要了地址和另一个签名。

当男子敲击电脑屏幕时，睡魔翻过凭单，在背面写了些什么，然后翻回来，写下在老韦斯特伯里的地址，并签上了名。接着睡魔把凭单还给对方，说："我要去吃晚饭。能把包放在你们的行李寄存处吗？"

"当然可以，先生，我帮您拿。顺便说一下，我叫汤姆，是这儿的经理。"

"谢谢你，汤姆。"睡魔说着，递过他的帆布背包，随后离开了酒店，钻进车里，转动钥匙点火。

他看了看手表，忍不住用食指绕着青铜表壳画圈。这是一块沛纳海潜行 1950 腕表[1]，是一件昂贵且备受他喜爱的礼物。加上这块，工厂只生产了 250 块。这些手表出厂时完全相同，但随着时间推移，表壳会因暴露在环境中而形成独特的铜绿。这块表对他意义重大：这是一份深思熟虑的礼物，因为这表就像他一样——精确且独一无二。

此时正好是晚上 7 点 58 分。

30 分钟左右。

那是联邦调查局的反应时间。

他将车挂入一挡，驶出了停车场。

---

① 一个享誉世界的意大利高端腕表品牌，以精湛的制表工艺和独特的设计风格闻名。潜行系列是其专业潜水表系列之一。

00:05

德莱尼

7 点 58 分。

德莱尼结束了在联邦调查局办公室一天的工作，结束的方式与早晨开始时完全相同。过去一年里，德莱尼每天早上和傍晚都会检查睡魔的最新情况。联邦调查局可以访问世界各地的犯罪数据库，这些数据库会定期更新，更新的频率取决于所在地区。有些数据库，比如国际刑警组织的面部识别系统，每隔几分钟就会刷新生物特征识别数据；对于其他一些数据库来说，更新间隔可能是几个小时、一天甚至一个月。这对德莱尼来说无所谓，她统计了一下数字，要检查 31 个数据库，每天早上和傍晚都要检查。

她一边进行检查，一边喝完了一杯冷咖啡，就像每天早上、每天傍晚那样。不加奶油、加五块糖，就像上帝安排的那样。

她在桌上的电话上拨了一个号码，这是她同时处理多个任务的另一种方式。电话响了一声、两声、三声，她只需要做这些就行——让电话响三次，然后挂断。从 18 岁起，德莱尼每次在外过夜，无论多晚，回到住处后都必须给母亲打电话，让电话响三次，这样母亲科琳就知道她平安无事。母亲们都会担心，但爱尔兰母亲是担心方面的世界级冠军。正当她完成对母亲的责任，准备挂断电话时——尽管有点提前——她听到电话被接了起来。

“佩吉，是你吗？你那边信号不好了。你没回家，对吧？”科琳用上气不接下气的都柏林口音说。尽管在波士顿生活了四十多年，她仍顽固地坚持保留这种口音。

“是我，妈妈。我没事，我只是……”

“你知道，我要确认你安全到家才能安心睡觉。现在可别骗我，我虽然年纪大了，可你撒谎的水平没你想象得那么好，小姑娘。”

“妈妈，我真的没事，我现在正要离开办公室……”

“那现在这样可不行啊。你应该在安全到家之后再给我打电话，而不是在之前。”

德莱尼听见电话那头传来微弱的咔嗒声。那并不是信号的问题，而是她妈妈握着的念珠发出的声音。她知道，现在最好别去争论。

“我到家后会打电话的，我爱你。”

“我也爱你，甜心。”

挂断电话后，她回到显示器前。

31 个数据库。

就像今天早上一样，没有任何线索显示丹尼尔·米勒的银行账户、信用卡记录、那辆面包车的车牌信息，也没有监控摄像头通过面部识别技术捕捉到他的身影。睡魔依然稳居联邦调查局十大通缉犯名单的第一位。德莱尼整理办公桌，准备明天的工作，找到了她的任务清单。通常情况下，她会在下班时把清单揉成一团扔进碎纸堆。如果清单上还有未完成的任务，她会加班直至完成。

还剩下一项任务。

德莱尼拨打了那个号码，等待接通。和之前三次拨打的情况一样，这次也是直接进入了语音信箱。凯莉·米勒的审判将在两天后开始，证人名单很长，工作由纽约警察局和联邦调查局共同分担。任何与德莱尼有关系的证人，她都有责任去核实，确保他们准备好出庭，并及时告知他们可能需要接受传唤的时间。

她几乎联系上了所有证人，除了那个人。

总会有那么一个例外。

切斯特·莫里斯，他是布鲁克林第四大道乐蓝酒店的一名门卫。在凯莉·米勒的照片首次出现在媒体上之后，切斯特主动联系了纽约警察局。他表示，在某个深夜值班结束后，他在第4街和第6街拐角处的餐厅，买了墨西哥卷饼的外卖。拿着食物离开时，他注意到两个人站在餐厅旁边公寓楼的前门下，一男一女。尽管并未下雨，两人仍站在雨篷下，依偎在一起。男子看起来像是在摸索钥匙，试图开门，接着他看见那名男子用钥匙或其他什么东西摆弄着锁。切斯特继续朝公交车站走去，并未介入此事。

直到第二天晚上，切斯特从新闻中得知，那个公寓楼里的两名女子被睡魔杀害。虽然他对当时门外的那对男女有所怀疑，但警方当时只是在寻找一名男子，而不是一对夫妇。

直到丹尼尔·米勒和凯莉·米勒的照片登上头版，切斯特才打电话给纽约警察局，告诉他们，在案发当晚，他曾看见那对男女在公寓楼外。

这是重要的证据，而切斯特将会是一名很好的目击证人。当然，作为出庭做证的回报，切斯特希望解决一件对他来说至关重要的事情.他有一项待审的袭击指控，如果被判有罪，他将无法继续担任门卫。比尔·宋和德鲁·怀特与切斯特达成了协议，承诺只要他配合，袭击案就会无影无踪。不知为何，媒体得知了切斯特的证词，并对此发表了几篇报道文章。

现在，切斯特始终没有接听电话，德莱尼只好留下语音信息，他可能正在上班，忙着处理某个客人的事务。

她从办公桌前站起来，伸展了一下背部。现在已经是晚上8点05分了，她觉得今天自己做得已经足够多了。正当她伸手要去拿手机时，一条新消息进入的提示音传来，紧接着电脑也响起了一声邮件通知铃声。

短信是来自美国运通[①]提醒提防金融欺诈团队的警报。她查看了电子邮件，发现这是一封备份通知，确保她看到了短信提醒。还没等德莱尼给银行打电话，她的手机就响了起来，来电显示是位于匡蒂科[②]的白领犯罪调查部。

“特别探员德莱尼，我是刑事调查部的鲁德尼克探员，我们追踪到了你要找的那个人。”对方说道。

一时之间，德莱尼竟无法言语。她等待案件的突破已经太久，而现在，一切就在眼前，这就是她在等的那个电话。自从丹尼尔·米勒潜逃以来，联邦调查局一直在监控他的银行账户和信用卡。他们并没有冻结那些账户，而是在监控是否有交易活动。他们认为，虽然身为富豪的米勒拥有大量现金以保持低调生活，但是现金总有花完的时候。

“在哪里？”德莱尼问道。根据她的预期，警报会来自苏里南的一家汽车经销商、哥伦比亚的一家私人包机服务公司，或是萨尔瓦多购买日常用品的地方。她确信他已经逃离了美国，躲藏在一个远离联邦调查局触角的偏远小镇上。

“在皇后区的格雷迪酒店，睡魔刚刚使用了他的美国运通卡。”

---

① 美国运通是一家全球知名的金融服务公司，主要提供信用卡、旅行支票、消费贷款、财务规划等一系列金融服务。

② 位于美国弗吉尼亚州威廉王子县的一个镇，原名为波多马克，因波多马克河流经该镇而得名。匡蒂科最为人所知的是其为联邦调查局训练学院的所在地，该学院负责培训联邦调查局的新探员及其他执法机构的人员。

00:06

德莱尼

格雷迪酒店的停车场被警车灯光照得灯火通明。前大灯、闪烁着蓝红光芒的警灯，甚至还有一些大型聚光灯，把这里照得如同 7 月 4 日的美国独立日一般热闹非凡。德莱尼之前为了追捕连环杀手“1 美金杀手”来过这家酒店，当时她作为陪审团成员被隔离在这里。如果说现在和以前相比有什么不同的话，那就是这个地方现在看起来比上次更加破败不堪。

德莱尼减了速，紧挨着一辆四个轮胎都瘪了的老旧面包车停下。停车场里还有一辆民用汽车——是一辆丰田。至少酒店目前没有那么繁忙，而且如果睡魔在这里有所行动的话，也不必担心遇见住满人的酒店会有的人质问题。大约三十名警察手持猎枪或突击步枪站在酒店外面，随时准备应对突发状况。

比尔·宋护送着一名身穿黑色长裤、黑色马甲和白色衬衫的男子走出酒店，这人可能是值班经理。在他们身后，跟着一位穿着运动服、系着围裙的 50 多岁的女士，鉴于酒店客人稀少，她是这里仅有的清洁工。一名警官将经理和清洁工带到附近的一辆特警车旁，并陪同他们进入了车内。

“他在吗？”德莱尼声音沉闷地问道，她预感他们错过了他。

“值班经理汤姆说，他在 40 分钟至 45 分钟前办理了入住手续。然后他说要去吃点东西，就把包留下人离开了。”

“他把包留在房间里了吗？”

“没有，他把包交给了经理保管。”

“是他吗？是米勒吗？”德莱尼心中涌起一阵恶心。他们最不愿看到的就是有人偷走了米勒的信用卡，这人一定要是他——睡魔。

“就是他。”

“有监控吗？”

“他们的监控摄像头是通过一台录像机运作的，那台录像机五年前就坏了，他们一直没找人来修，也买不起新的系统，所以没有视频记录。经理给出了一个大致的描述，年龄和身高都对得上。”

“你给他看过米勒的照片了吗？”

“给了。他说有可能就是那个人，当时他戴着帽子。我们不知道米勒在过去一年中可能改变了什么外貌特征，但别担心，就是他。”

“你怎么能确定他一定是睡魔呢？”

“他用的是美国运通卡，并且留下了一张纸条。快点，我们得疏散周围的人。”他说着，递给德莱尼一个装有客人登记凭单的透明塑料物证袋，然后挽起她的手臂，轻轻将她带到远离大楼的地方。

她看着那张客人登记凭单。

上面签的名字是丹·米勒，使用的是老韦斯特伯里镇梅多路的地址。她把登记凭单翻过来，背面写了两个词：

嘀嗒——嘀嗒——

当德莱尼思考这两个词所代表的意义时，她回头瞥了一眼酒店，又看向停满警车的停车场。

“我们需要在酒店内部布置些人手，把这些警车藏起来，用无标识车辆设置警戒线，他随时可能回来。”她说。

“他不会再回来了。”比尔说，“我走进储藏室，一听到那个声音就转身走了出来。”

“你听到了什么？”

“米勒的包在嘀嗒作响，炸弹处理小组5分钟内就会赶到。”

德莱尼颓然垂下肩膀。

“他没有用完现金，也没有犯错。”她说。

比尔点头表示同意，接着向停车场内的警员大声下令，让他们后退，清空这片区域。

“没错，他是故意的，”比尔说，“他希望我们找到那个包，然后——砰。”

“为什么偏偏是现在？”德莱尼问，更多的是自言自语。

“也许是因为他的妻子几天后就要受审了。”

拆弹小组抵达现场的同时，警车开始驶离并扩大警戒范围。格雷迪酒店周围有很大的空地，大部分是疏于打理的草坪，此外还有延伸至另一条四车道高速公路的树木。最近的建筑物恰好是一座浸信会教堂，其位置远在背包中所能隐藏的任何爆炸装置可以波及的范围之外。但是，警方仍要确保无人驾车进入该区域，并将仅有的两名工作人员护送到安全地带。尽管做了大量基础工作，现场仍有太多警察。比尔命令其中三分之一的警员去周边地区巡逻，另外三分之一去寻找覆盖酒店进出道路的监控摄像头，并确保获取睡魔在到达和离开前后1小时的录像资料。如果幸运的话，他们或许能够发现车牌号。他们怀疑，如果他还继续驾驶那辆车的话，应该是一直在更换车牌。

酒店前迅速竖起了一排防爆屏，上述行动内容都在距此15米处的纽约警察局的指挥车中进行了讨论。一旦装置爆炸，他们将无法阻止建筑物受损，那些防爆屏主要是用来拦截爆炸产生的碎片和玻璃碴的。

拆弹小组派出了遥控机器人进行操作，德莱尼则开始等待。这类行动耗时很长，感觉起来更是遥遥无期。等待爆炸是一种奇特的感觉，由一种无聊而又紧张的情绪交织，德莱尼一生中经历过几次这种感受。从军队退伍后，她加入了联邦调查局。在伊拉克和阿富汗的经历，让她意识到自己需要换一个职业。坐在基地里，在任务间隙的所谓“休整期”，她就会有一种不同寻常、麻木的焦虑感。实际上并没有休整期——至少不是真正意义上的休整。半小时之后，通知一来，她可能又要重返战场。即使在基地内，也会有迫击炮袭击，或自杀式袭击者驾驶着载满军火的半挂车闯入，那些威胁始终存在。正是在那些痛苦等待的过程中，她开始理解母亲的感受，这也是她选择退出军队的部分原因。在德莱尼服役期间，科琳每天都会去多切斯特教区的教堂，点燃一支蜡烛，向圣母马利亚祈祷女儿平安归来。当德莱尼完成服役回家时，牧师告诉她，科琳几乎用那些蜡烛把教堂“付之一炬”。

这次等待与之前相似，但没有让她出那么多汗，不像在费卢杰①那次。费卢杰那次的汗流浃背不是因为热，而是压力压得她的双肩发紧，沿着后颈向上攀升，几乎要烧焦她的大脑。她和比尔站在一起，靠在他路虎揽胜车的发动机盖上，咬牙忍耐。40分钟甚至更久的时间过去了，几乎没有什么事情发生。一组法医技术员带着咖啡赶到现场，准备在得到解除警报的通知前耐心等待。一位身穿重型防爆装甲的拆弹专家从防爆屏的缝隙中滑过，朝酒店走去。又过了半个小时，比尔才从通信设备中收到消息。

“一切安全，是虚惊一场，包里没有装置。”技术人员说。

德莱尼和比尔快速交换了一个充满疑惑的眼神后，一起向酒店走去。他们进入时，那位身穿装甲的拆弹专家正好走出来。

“如果包里没有装置，那我听到的嘀嗒声是什么？”比尔问。

① 位于伊拉克安巴尔省境内，在首都巴格达以西约69公里处，约有30万人口。

技术员耸耸肩："包里没有任何金属，没有塑性炸药，也没有液体……里面是……你们最好自己去看看。"

现在，那个包被放在了酒店前台的柜台上，顶部敞开着。比尔戴上手套，将包从柜台上拿起，放到地板上。德莱尼抬头，看见法医团队正走进来，其中一人拿着相机，已经开始调整角度准备拍照。

"拍一张包顶的照片。"比尔说着，让到一旁避免挡到镜头。相机闪光灯亮了两次，随后比尔跪下，德莱尼在他旁边。他将拉链完全拉开，将包口撑得大大的。

她现在知道切斯特·莫里斯为什么不接电话了。切斯特不必再担心要出庭指证凯莉·米勒了，更不必操心如何撤销那项袭击指控了。

切斯特的眼睛不见了，他的头颅被某种极锋利的东西从脖子的根部切断，那干净利落的切口说明了这一点。他的嘴巴张开，仿佛在无声地尖叫。某种黑色物质填满了他的口腔和眼窝，但那并不是血。

那是沙子。

德莱尼在职业生涯中见识过许多可怕的事物。

当人被摧毁、被折磨、被谋杀，他们临终时的恐惧与痛苦，会清晰地烙印在残存的面部表情上。她退后一步，深吸一口气，咔嚓一声扭动脖子，然后再次靠近仔细查看那颗头颅。

就在这时，他们听到了嘀嗒声。

"天哪，他的脑袋里一定装了什么装置——"比尔说，但他还没来得及继续，就被德莱尼打断了。

"那不是什么机械装置，听。"她说。

他们屏息静立，再次听到了那个声音。那是一种快速、有节奏的敲击声。比尔从腰带上取下手电筒，照亮了背包内部。突如其来的强光照亮了一个小黑影，它迅速从切斯特的门牙前掠过。那不是阴影，而是一种昆虫。

“是蟋蟀。”比尔呼出一口气。自听到嘀嗒声以来，他一直在屏住呼吸。

“那不是蟋蟀，”德莱尼说，“太小了，而且它们不会发出那种声音。”

“我们应该逮捕凯莉·米勒，”比尔说，“她一定是向她丈夫透露了信息，现在他正在对关键证人进行伏击。我会联系地方检察官，我们要为审判中的每个证人提供全天候保护。”

“比尔，我们需要做的远不止这些。老天爷啊，切斯特今早还在新闻里露面了。几个月前我就告诉过你，我们应该……”

“不行，我不同意。”

“好吧，到目前为止我们尝试的所有方法都失败了。如果说有谁能抓到睡魔，那就只有加布里埃尔·莱克了。”

“你真的这么认为？”

她点点头，说：“他是我所知道的唯一能像杀手那样思考的人。”

“而他之所以能像杀手那样思考，是有原因的，对吧，佩吉。”

她刚要开口说些什么，又被他打断了。

“我不能这么做，”比尔说，“他很危险，我不信任他。”

她摇摇头，看来自己无法说服比尔。

德莱尼和比尔留下法医技术人员检查背包和头颅。对于那些藏在沙子里的小型昆虫状生物以及它们发出的声音，德莱尼不知为何有种熟悉感，但此时此刻，她却想不起在哪里见过了。2 个小时过去了，他们并未取得任何进展。睡魔在戏弄他们，戏弄德莱尼和比尔。自从讨论过莱克的事情后，她几乎没怎么和比尔说话，他根本听不进去。像比尔·宋这样的人，只会担心事情搞砸，会带来何种政治后果。他们都在为自己考虑，考虑自己的职业生涯。

莱克带来的麻烦比波音 747 上的行李还多，但随之而来的是实实在在的结果。

他是个猎人，纯粹而简单。而现在，他们比以往任何时候都更需要他。

筋疲力尽的德莱尼走向停车场里的车。她注意到，自己车旁边的那辆旧面包车的后门微微开了条 2.5 厘米宽的缝隙，后座上放着一些毛毯。这可能是城市里众多无家可归者中某个人的临时休息地。她驱车返回市区，前方等待她的将是睡眠的慰藉。等待拆弹时的那种紧张情绪的放松，加上失去证人带来的打击，使她的精力几乎耗尽。这就是睡魔想要的——他随心所欲地杀人，同时戏耍着警方和联邦调查局。德莱尼对未来几天充满了担忧。

联邦调查局在纽约市各处拥有十几处房产，甚至有几处在曼哈顿，比如德莱尼研究睡魔案时曾待的公寓。那些大多是安全屋，偶尔也会供外派探员使用。她申请了这栋建筑，是因为它是少数设有地下车库的住宅之一。公寓本身并不豪华，但附带的停车位却价值不菲，几乎和公寓一样贵。她用遥控钥匙打开道闸，驾车驶下坡道，在昏暗的地下停车场找到了自己的车位。

她熄灭发动机，叹了口气，耸了耸肩，把后脑勺靠在头枕上。

就在她闭上眼睛的瞬间，一道细长的黑影从她的头顶飞快掠过，沿着视线向下，接着……

她听到束线带勒住她的喉咙时塑料齿发出的摩擦声，这阻断了空气流通，憋得她双眼圆瞪，嘴巴大张，接着脖子被固定在头枕上。她的手指疯狂抓挠着脖子，双腿在脚垫上狂踢，脚踝在踏板侧边来回刮擦。

通过后视镜，她看到后座上有个身影。一只强有力的手抓住她的头顶，另一只手则将某个尖锐的东西刺入她的喉咙。当那只手移开时，她瞥见一支沾满了自己鲜血的注射器。

她的双腿慢慢变得无法动弹，双臂也变得无力，一阵恶心和眩晕感席卷全身。在眼睛渐渐合上时，她似乎听到电话铃声响起，一次、两次、三次……伴随着铃声，还有念珠晃动的声响。

热气拂过她的脖子。

接着，一个声音传来。

那是一个真实的声音，而非药物引发的幻觉。是低沉而沙哑的男中音，几乎立刻让她陷入了沉睡。

睡魔先生，带我进入梦乡。让她成为我见过的最可爱的人……

00:07

艾迪

我合上了桌上关于凯莉·米勒的档案，靠在椅背上聆听夜晚的声音。小时候，我在学校的录像带上看过一档自然节目，讲的是亚马孙热带雨林，我记得解说员说过，太阳落山后，森林会变得生机勃勃。

曼哈顿也是如此。这里的白天总是充斥着车辆和人群的喧嚣，我想南美洲的热带雨林大概也是如此，而夜晚你会更加清晰地感受到这一切。有人在唱一首古老的爱尔兰民歌，但我分辨不出具体是哪首，因为附近有人正在歌声中大声争论着谁来付出租车钱。汽车喇叭吼叫着，发动机轰鸣着，轮胎尖啸着。

在花了5个小时阅读有关死亡的文字并查看睡魔受害者的照片后，我需要暂停一下，沉浸在这生活的海洋中。纽约是最适合这种生活的地方，这是一个不同的丛林，同样拥挤，同样充满光线与声音。或许，也同样危险。

这里有潜伏在黑暗街头的捕食者，他们大多猎捕弱者和穷人，但也有些像睡魔那样的人，四处猎杀任何人。这也是他如此可怕的原因，他的攻击毫无规律可循，地点、时间都飘忽不定，也没有特定的受害者类型。无论你是凌晨4点走在街上，还是待在家中紧闭门窗，都无法保证自己的安全。

在他疯狂杀戮期间，整个城市都安静了下来。后来，谋杀停止了。在新冠疫情封锁期间，有一种流行的观点认为，睡魔已经躲藏起来，甚至很可能已经离开了这个国家，所以很多人觉得外出以及晚上独自睡觉再次变得安全了。恐惧仍然存在，但已逐渐消散，正常生活慢慢回到了曼哈顿这座由钢铁、玻璃和混凝土组成的峡谷之中。

闭上眼睛时，那些在犯罪现场照片中看到的画面在我的脑海中闪现。大多数受害者是女性，她们的眼睛被挖出，沙子撒在她们的脸上，填满了原本尚有灵魂的双眼窝，填满了她们的喉咙和口腔。沙子粘在她们的牙齿之间，粘在嘴唇和牙龈上。她们的伤口将沙子染成了粉红色，只有她们口中含着的沙子依然苍白而陌生。

文件按照起诉书中的指控，将受害者细分成了不同的部分，其中有六名受害者与凯莉相关。我认为，如果地方检察官能将这些指控定罪，联邦政府可能会试图将其他睡魔谋杀案与凯莉联系起来，但这是未来需要担忧的事情。目前我手头有犯罪现场报告和邻居、家属的陈述笔录，这些足以让我快速了解这次审判涉及的六名受害者的生平概况，以及她们是如何惨遭杀害的。

玛格丽特·夏普居住在东哈莱姆区，是一位年仅32岁的市场营销总监。她喜欢复古服饰和家庭烘焙，每天都会骑着一辆饰有紫色和白色花纹图案的自行车上下班，自行车前挡泥板的上方，有一个柳条篮子，是她用来装生活用品的。有一天，她在健身房结识了一位同样热爱骑行和烘焙的年轻女士——佩特拉，后来两人建立起了友谊，并且刚庆祝了相识六个月的纪念日。她们经常一起骑车上班。悲剧发生在去年5月21日，当天玛格丽特没有接听电话，所以佩特拉拿备用钥匙进入了玛格丽特的公寓，结果发现玛格丽特已经遇害身亡。在后来的调查中，佩特拉向警方指认，从凯莉衣柜里找到的一对复古纯银玫瑰耳环是属于玛格丽特的私人物品。

佩妮·琼斯和苏珊娜·艾布拉姆斯共同租住在布鲁克林第四大道的一套公寓里。佩妮是一名21岁的创作型歌手，每周会参加八场演出，而且只要有空，就会在卡茨熟食店做服务员。苏珊娜年纪稍大，却并未显得更有智慧，她在距离公寓两个街区之外的一家卖吉尼斯黑啤酒和威士忌的爱尔兰酒吧担任酒保，每晚赚取的小费通常比佩妮一周的收入还要多。问题是，这些小费总会以这样或那样的方式流回酒吧，特别是当佩妮收到拒稿通知时。佩妮写了一本小说，正努力寻找一名文学经纪人，但每次打开电子邮件，她都感觉像是被人迎面打了一拳。

这两个年轻女子在这里尽情享受生活，试图在这个世界上最大的都市闯出一片天地。

5月29日早晨，邻居注意到她们公寓的门开着，叫她们却没有回应。他进屋查看，随后跑出去赶紧打了911报警。佩妮和苏珊娜分别在各自的卧室中被发现，身体都受到严重摧残，体内灌满了沙子。两人的卧室门都是关着的，公寓内部没有明显的打斗痕迹。令人惊讶的是，这两个身体健康的女子似乎未能对袭击者做出反抗。一位名叫切斯特·莫里斯的目击者回忆，在5月28日即袭击发生的当晚，他看到一对男女出现在佩妮和苏珊娜公寓楼的大门前，看起来男子似乎在尝试撬锁。莫里斯证实，那对男女就是丹尼尔·米勒和凯莉·米勒。佩妮和苏珊娜各自丢失了一枚戒指：佩妮丢失的是一枚镶嵌着两颗红石榴石的玫瑰金戒指；苏珊娜丢失的是一枚带有灰色宝石的银戒指。后来，这两枚戒指均在凯莉的珠宝收藏中被找到。

莉莲·帕克性格内向，喜欢独处，是一名自由设计师，主要在特里贝克区①的家中工作。她的尸体在其公寓楼后面的巷子里被发现，这一点对睡魔来说很不寻常。41岁的她是一名狂热的小提琴手，尽管她的邻居们对此并不知情。她的小提琴被发现时，琴弦上缠着用来减弱音量的棉绒。住在隔壁公寓的邻居特蕾莎·瓦斯奎兹称，在6月3日袭击发生的当晚，她看到一对男女在楼外徘徊，描述的形象与丹尼尔·米勒和凯莉·米勒相符。和切斯特·莫里斯一样，特蕾莎·瓦斯奎兹也是在凯莉·米勒公开被捕后才站出来的。莉莲每天佩戴的一枚贝壳浮雕胸针既不在她的公寓内，也不在她的遗体上。是莉莲的母亲告诉警方，胸针不见了。这一发现促使警方重新审查了其他凶杀案中受害者亲属提供的信息，并重新识别了睡魔从受害者那里带走的各种首饰。如果不是帕克夫人提供线索，警方和联邦调查局可能至今都不知道睡魔会在作案后拿走战利品。

尼尔森一家住在东村②一栋宏伟的赤褐色砂石建筑中。在早上6点左右，一个好心人注意到他们家的前门敞开未关。最早到达现场的

① 曼哈顿岛上的一片三角地带，位于运河街以南，百老汇以西。
② 位于美国纽约市曼哈顿。

警官是刚入职不久的新手，他的主管带领这名新警官进入房子，并指示他去楼上检查。听到楼上传来的沉闷撞击声时，主管立即冲上楼梯，只见新手警官昏倒在通往主卧室的楼梯平台上。起初，主管以为新手警官是被袭击者打晕的，但他很快发现了其昏倒的原因。托拜厄斯·尼尔森和斯泰西·尼尔森夫妻俩紧紧相拥躺在床上，床单拉到脖子处，嘴巴和眼窝里塞满了沙子。在旁边的房间里，8 岁的埃莉·尼尔森抱着一只泰迪熊安然入睡；她被领养的弟弟罗伯特则在他自己的卧室里，年仅 5 岁。孩子们都活着，并且没有受到伤害，只是被人注射了镇静剂。他们在黑暗中并未看到刺伤他们颈部的人，但弟弟小罗伯特表示，他感觉到有人的气息吹在他的脸颊上。

这位新手警官因此请了一个月病假，病假结束后便辞职了。辞职后不到一周，他就因服用过量止痛药而去世，纽约市警察局为其举行了最高荣誉规格的葬礼。我不禁想，如果他能活得足够久，等到联邦调查局在丹尼尔·米勒家中找到相关证据，并在凯莉·米勒的衣橱中找到斯泰西·尼尔森的黑珍珠项链，这是否会给他的心灵带来一丝慰藉？是否会救下他一命？

这只是睡魔杀害的众多受害者中的一部分，而且是最新发生的、能够通过确凿证据与凯莉·米勒联系起来的谋杀案。我曾站在凯莉·米勒的房子里与她交谈过，并且我无法将这个人与能让孩子入睡后又冷静杀害他们父母的形象联系起来。

我以前也和恶魔打过交道。此案中，来自联邦调查局的首席分析师佩吉·德莱尼也是如此。事实上，德莱尼曾在博比·所罗门案中与我共事，当时，我们遇到了一个杀手，他竟然混入了博比审判的陪审团。那次案子中，我很幸运地活了下来，大腿上留下的 18 厘米长的疤痕至今在冬天还会痒，在夏天则疼痛难忍。德莱尼还在阿韦利诺案中给我提供了一些指导，那时我和凯特初次相遇——作为对手。德莱尼以追踪杀人犯为生，而我则为被控谋杀的人辩护。我们在同一座城市中都面临着最恶劣的恐怖案件，所以也难怪我们会相遇。我喜欢德莱尼，她聪明且勤奋。我曾深爱过的一个女人，名叫哈珀，她是我们的共同好友。

上次我和德莱尼谈话，还是在哈珀周年纪念追思会上。她谈论起我们的朋友时，那份温暖和深情是真挚的。德莱尼说话的时候，我听着，点着头，最后我们拥抱告别。我还没有准备好谈论哈珀，至少现在还不行，而且对任何人都不行，哪怕是哈利。曾经我以为，我们俩或许能共度余生。现在看来，身上的伤疤并不是我余生唯一要背负的旧伤。

我从椅子上起身，走到窗边。街对面俱乐部的霓虹灯光透过窗户洒进来，给房间涂上一层深深的红色。街上的嘈杂声似乎在这片光芒中渐渐淡去，仿佛斑斓的色彩削弱了其他一切声响。

布洛赫、凯特和哈利都相信凯莉·米勒是无辜的，我不能忽视这一点。当我直视她的眼睛，询问她是否杀害了那些人时，她告诉了我真相——我知道那是真的。针对她的证据虽然都是间接的，但却可以相互印证。我已经学会了不论检方说什么，都不能忽视我的直觉。

我想，也许她对丈夫阴暗一面的了解，比她愿意承认的更多。也许她早就知道了，而且一直生活在恐惧中——在沉默的愧疚中慢慢沉沦。我知道有一段时间她曾怀疑过他，但她没有采取行动，这无疑在折磨着她，而这也意味着她在意这一点。杀人犯没有同情心，也无法假装自己有。我们四个人都相信凯莉，这很重要。

但是全世界都认为她是凶手。

地方检察官将会提出两种论点。首选的是：她意图杀害受害者，并鼓励或协助其丈夫实施犯罪行为。如果检方无法证明她有预谋，那么还有备选论点——她作为帮凶参与了犯罪。在这种情况下，检方必须证明，她明知丈夫有意图杀人，而且提供了手段、机会或者仅仅是协助了他的犯罪行为。相对而言，后者更容易证明。如果这两种罪名中的任意一项成立，那么她将终生见不到监狱外的太阳。

检方手中的一项关键证据给我们带来了巨大的困扰，这是我未曾向凯莉提及的，至少没有专门提及。毫无疑问，大陪审团在考虑是否对她提起公诉时，会认为这一点至关重要。这一点在这个案件中是肯定的：丹尼尔·米勒就是睡魔，他杀害了所有那些人。

然而，凯莉·米勒为了掩盖事实撒了谎。

我需要解答的问题是：她为什么要保护他？

这时，我在办公桌上的手机振动了起来。

我看了看手表，这是多年前，我女儿艾米送给我的礼物。表盘已经磨损得很厉害，电池每隔几个月就需要更换一次，但我无论如何都不会把它丢掉。她曾有过一只和我一样的手表，至少在她的手表坏掉之前是这样的。她的继父，凯文，在她 15 岁生日时给她买了一块新手表。严格来说，他还不算是正式的继父，毕竟我的前妻克莉丝汀的再婚典礼还有几个星期才举行。听到克莉丝汀即将再婚的消息，我并未如预期般那样深受打击。我接受了她已经往前走的事实，那感觉就像是某种陈年的悲伤。大部分时候我还好，只有在不经意间触碰到这份悲伤时，才会感到疼痛。相比克莉丝汀，我更关心艾米。这感觉就像我在失去我的女儿。

我抓起手机，对照屏幕仔细核对了一下手表的时间。

快凌晨 2 点了，这个时间接到电话往往不是什么好事。

打电话的是我们的调查员，布洛赫。

“你还好吗？”我问道。

“我现在正在前往肯尼迪机场附近的联邦调查局的驻地办公室，全州刚刚发布了紧急警报。德莱尼公寓楼的一位住户报了警，说德莱尼的车停在地下停车场里，四个车门全都大开着，防盗警报器响个不停，她的手机和配枪都在车内……”

我想说话，但喉咙像是被冻住了，发不出声音。

“他又出现了。”布洛赫说道。

00:08

艾迪

联邦调查局在曼哈顿的总部位于联邦广场26号，此外，他们在纽约市还有五个分支办事处，称为驻地机构。其中靠近肯尼迪国际机场的牙买加驻地机构，坐落在邱园路一座现代玻璃幕墙建筑内，占据了一层楼，与之共享这座大楼的，还包括一个24小时营业的健身中心、一家护理机构、一所调酒学校、一家美发沙龙和一家保险经纪公司。

这里的安保措施相对宽松。

布洛赫在外面等我，她身穿黑色T恤，外面套着一件黑色运动夹克，下身则是蓝色紧身牛仔裤，脚蹬一双钢头靴。我还穿着那套海军蓝西装，只是已经解下了领带，白色棉质衬衫领口也敞开着。

“律师应该打领带。”布洛赫说。

“我做事的方式有点特别。”

“我注意到了。”

“有新消息吗？”

她摇摇头。

我们穿过旋转玻璃门，乘电梯来到联邦调查局的分支办事处。所有的安检设施都在这一层，金属探测门、行李扫描仪、人体扫描仪——各种安检设备应有尽有，全部通过后，我们才来到了接待区。接待区相当小，只有四把硬塑料座椅。这些椅子两两分布在门两侧，都面向前方一张看起来非常威严的桌子，桌后坐着一位威严的女士。她 60 多岁，眼神中透出岁月赋予的智慧。她转动椅子，面向我们，从厚重的黑框眼镜上方瞥了我们一眼，然后紧闭双唇。

“有什么可以帮忙的吗？”她问道。

“我们是佩吉·德莱尼的朋友，可以跟值班的探员谈一谈吗？我叫艾迪·弗林。”我说道。

“请坐。”她说完，便消失在一扇侧门后面。我没有告诉她我代表凯莉·米勒，否则他们肯定会立刻请我离开这里。

直到坐下后我才注意到，等候区的另一边还坐着一个人，他低着头，怪不得我刚才没注意到他。我们走向接待台时，只能看到椅子背面。他有着略带卷曲的深棕色头发，手指交叉紧握在颈部后面，仿佛在抱头防护。我们在接待室门口对面的座位坐下，他抬起头，揉了揉脸，然后花了会儿时间审视我们。

他脸色苍白，身形瘦削，脸颊上有些许浅浅的胡楂。他穿着一件蓝色衬衫和一套黑色西装，看上去就像是一个体形更大的男人昨晚穿着这套衣服睡了一晚，而他今天早上直接从那人背后偷走了这套衣服。衬衫的领子对他来说太大了，西装外套也像桌布一样搭在他瘦削的肩膀上。这个男人看上去病恹恹的，我猜测他最近体重有所下降。然而，他的棕色眼睛却迥然不同，那是一双敏锐的眼睛，并不会长时间停留在布洛赫或我身上，而是在我们身上迅速扫视——捕捉着每一个细节。

他开口说话之前嘴角微微抽搐了一下。

“我应该没听错吧？你们是德莱尼的朋友？”他问道。

我一时难以判断他的口音来自美国东海岸哪个地方，但肯定是在东海岸一带。

“没错。你是她的同事吗？”我问他。

这家伙看起来不太像联邦调查局探员，除非他是卧底。

“曾经是，”他说，“你们是怎么认识德莱尼的？”

“她帮我们解决了几个案子，还曾经救过我一命，或者说间接救了我一命，这对我来说意义重大。”我说。

他点了点头，但眼神中透露的神情显示，他并不满足于这个答案。

“你不是警察，”他对我说，“但你的朋友曾经是。”

布洛赫耸了耸肩。

“我叫艾迪·弗林，是一名律师。这位是我的调查员，布洛赫。”

“你在哪儿服役过呢？”

“到处跑。”布洛赫说。

她并非无礼，只是表现出了自己一贯的风格。

那人还没来得及自我介绍，一名联邦调查局探员就从接待台后面的门里走了出来。他的一切都是那么整洁：领带、衬衫、西装、头发，都很清爽干净。他绕过前台，侧目看了一眼坐在椅子上的男子，但没有说什么，而是朝我们走来，伸出一只手以示问候。

“弗林先生，我是特别探员比尔·宋。感谢您能过来，但现在我们无法提供任何信息。我们理解您的关切，一旦被允许，我们会立刻告诉您更多信息，但目前您最好还是回家，您什么也做不了。”

“我们只是觉得也许能帮上忙。这位布洛赫是位出色的调查员，如果你们需要更多人参与调查——”

“不用了，谢谢。布洛赫的名声不言而喻，但我们目前状况可控，全州的探员都在搜寻——”

“你们怎么确定是睡魔带走她的？”布洛赫问。她从不寒暄，总是直奔主题。

比尔话到嘴边停了下来，嘴唇微张。他在迅速权衡着。

“这一信息尚未向公众公布。”

“广播里都已经传遍了，你们怎么确定是他干的？”她再次追问。

我注意到，椅子上的男人饶有兴趣地抬头看向布洛赫。

“这个我不能说，但我们确信就是他。而且我们认为，她目前还活着。”

布洛赫点点头，站起来。她比比尔高出足足 8 厘米。

“德莱尼是艾迪的朋友，他非常担心她。”

“她也是我的朋友。”比尔说着，下巴的肌肉紧绷起来。

“那就让我们帮忙吧。”布洛赫说。

“我们自己能处理好这件事。”

布洛赫点点头，转身沿走廊往回走。

我想，我们的会面结束了。

“比尔，就让我看看——”坐在椅子上的男子说。

“不行。你们谁都不能插手这件事，我们会把她救回来的。别插手，让我们做好自己的工作。”比尔说完，便消失在接待台后的门里。

男子站起身，将一个褪色的棕色皮质挎包搭在肩膀上，然后向我走来。

“我本来希望他们能让我介入，那样事情会简单些。现在，我只好来硬的了。所以，你想找到德莱尼吗？”

我点了点头。

“我听说过你，弗林先生，大家都说你很聪明。如果你是德莱尼的朋友，那我想在我这里，你也算是个好人。我想，我知道我们可以从哪里开始找。”他说。

“哪里？”

“你有车吗？”

“有。你要我跟着你吗？”

“不，我需要搭个便车。”

“你是谁？”

他伸出手。我握了上去，对他的握手力度感到惊讶。

“我是加布里埃尔·莱克，”他说，“我猎杀连环杀手。”

00:09

艾迪

我打车去了联邦调查局办公室，知道会在那里见到布洛赫。她猛地打开吉普车门，我坐进了副驾驶位置，莱克坐在我身后的后排座位上。

“我们要去哪儿？”布洛赫问。

“今晚很多纽约警察局的人被召集到了一家酒店，”莱克说，“还有拆弹小组和联邦调查局的人。通常，在有恐怖威胁时，政府会向全州执法部门发出预警信号，但这次没有，所以我猜测是其他需要特警、五十名警察、一个拆弹小组和联邦调查局介入的事情。我认为是睡魔干的。格雷迪酒店离这儿大概 10 分钟车程。”

布洛赫将手机插进接口，然后开始在导航系统上搜索地址。

“我知道那家酒店，”我说，“我以前去过那儿。”

格雷迪酒店的停车场里停着两辆警车和另外两辆车。自从那天晚上在这里遇见约书亚·凯恩——一个混入我接手案件陪审团的杀手后，我就再没来过。现在看来，这座建筑更加破败了。屋顶凹陷得更深，墙和窗框上的油漆剥落得更多，周围的环境也被严重忽视，草地和周围的杂草疯长到 1.2 米高。

布洛赫将吉普车停在小停车场里，然后下车走向横在酒店入口处的警车。

“你要跟她一起去吗？”我问。

“不了，”莱克说，“我在执法部门不太受欢迎。”

“我也是。话说，你靠追踪连环杀手为生？”

“曾经是。”

“所以你是因为这个认识德莱尼的吗？”

“她在行为分析部门训练过我。德莱尼是我的导师，但远不止于此，我们是朋友，她一直很支持我……”

莱克说到这里停了下来，我转头看向他。他的眼神告诉我他似乎正在回忆另一个时空，那里只有恐惧和痛苦相伴。仪表盘的光线投射在他脸上，形成橙黄色的光晕，仿佛他正站在一团冷焰前。

“对不起，”他声音颤抖着说，喉咙里的每个字似乎都很沉重，“德莱尼对我来说很重要，弗林先生。”

我点了点头。德莱尼是个好人，如果她为了莱克愿意冒一定的职业风险，那么尽管他有些古怪，也证明了他本质上是个好人。

他清了清嗓子，透过挡风玻璃望出去，说道："她回来了。"

布洛赫坐进了驾驶位，拿出她的手机。

"几年前我给一个警员培训过高级驾驶技巧，他现在正帮我们开路。睡魔今天早些时候入住了这家酒店，他刷了卡，把包交给前台保管后就离开了。联邦调查局的人还以为那是个炸弹，因为他们听见里面有嘀嗒声，结果包里是个男人的头颅。我想比尔·宋知道那是谁，但这些警察不知道。现在有八十辆巡逻车，几乎每个警区都有，正在全城寻找德莱尼。"

她将手机举高，好像在找信号。

"当法医技术人员布置现场时，其中一个巡警偷偷拍下了包里头颅的照片。如果早上《纽约邮报》头版就把这张照片登出来，下午有警察去买新车了，也别惊讶。"

"是你训练的那个警员拍的照片吗？"我问。

"不是，但警察之间有他们互相掩护的方式。不管是谁拍的，一旦把照片卖了，他就会把它分享到警署的聊天群里，然后那个群又会传给另一个群。这样，万一内部事务部门调查是谁拍了照并卖给了《纽约邮报》——全城警察的手机里都有这张照片。"

"警警相护。"我摇摇头说。

"不是所有警察都这样。"莱克说。

我刚想问他这话是什么意思，布洛赫手机上突然响起了尖锐的信息提示音，于是我们优先处理这件事。

她打开手机，显示出一张图片。

是一个包的图片：包里是黄色帆布材质的内衬，上面的血迹已经变成了深红色；包的底部是一个男人的头颅，他的眼睛不见了，取而代之的是沾满血污的沙子，他的嘴里也都是沙子。他的脸上散布着黑色的斑点，一开始我以为那是干涸的血滴。布洛赫捏住屏幕，用食指和拇指向外拉伸，放大了图像。那些斑点并不是血滴。

“虫子。”我说。

“不，”莱克说，“这些不是普通的虫子。它们属于昆虫纲下的膜翅目或者甲虫目。我能仔细看看吗？”

布洛赫挑了挑眉，把手机递给了后排的莱克。

我们转过身，看到他进一步放大图片，然后缩小，接着再放大。

“大概 1 厘米长，或许还不到。这些虫子身上有黄毛，非常显眼。我想这可能解释了为什么他们会以为包里有计时器的声音。”

“它们到底是什么？”我问。

他把手机还给布洛赫，又重靠回座位上。

“它们会发出响亮的嘀嗒声，数量足够多的时候，听起来就像是钟表或是机械计时器的声音。多年来，人们并不认为是这些甲虫发出的声音，而是以为被甲虫蛀蚀的木头在开裂。但现在我们知道，它们在每年特定的时期会发出这种声音。它们喜欢有着古老木结构的老房子，大多数人都是在起夜、房子很安静的时候，听到它们的动静。据说这些甲虫的名字来源于爱尔兰的守丧习俗，爱尔兰人有一种守丧仪式——有人会一直陪伴着遗体，即使在夜里，持续三天三夜。那正是他们听到嘀嗒声的时候——在守丧期间。”

“死亡守望甲虫，”布洛赫说，“你对昆虫了解得真不少。”

“你花时间追踪连环杀手，自然而然会学到一些东西。这些昆虫并不以尸体为食，睡魔特意将其与那人的头颅一起放在包里，他想让人发现它们。”

“为什么？”我问。

“这是警告，”莱克说，“那种声音是死亡的预兆。”

我们一时都没说话。

沉默突然被打破——布洛赫的手机再次连续响起提示音，更多的图片被传了过来。

这些是现场背景照片，其中一张是酒店正面的，画面中有一位身穿防护服的拆弹专家，看上去就像深海潜水员一样，正穿过防爆屏走向酒店。其他照片则是停车场大量警力部署的震撼景象，显示了响应规模之大。布洛赫快速翻阅着这些照片，犹豫了一下，然后又倒回去看之前的那张，之后又看到最后一张。

她把手机递给我，一言不发地下了车，去查看停车场的情况。

莱克和我下车跟着她。她走近一辆停着的面包车，那辆车的轮胎瘪了，挡风玻璃上覆盖着一层厚厚的灰尘。她伸手去拉后座门，门是开着的。

"他们在德莱尼家所在大楼的地下停车场找到了她的车，车门敞着，警报器响个不停。"她说，"没有门禁卡或遥控器，入侵者是不可能进去的。所有那些停车场都是安全的，因为那些停车场的价格都很昂贵。那么他是怎么进入停车场的呢？不可能是开车进去的。"

我检查了她一直在研究的照片，两张照片中都能看到那辆面包车。在其中一张照片里，面包车后座门微微开着；而在另一张照片中，门是关着的。

"在面包车旁边，是德莱尼的车。"莱克说，"现在我们知道他是怎么进入地下停车场的了。他一直躲在面包车里，当大家的注意力集中在拆弹小组上时，他就溜出来，钻进了德莱尼的车后座。"

"但他怎么预判到她会将车停在面包车旁边呢？"我问。

"他不知道，"布洛赫说，"面包车停在停车场的后面，拆弹小组在这里的时候，每个警察的注意力都集中在建筑物上，他们并没有留意身后 15 米外停车场里发生的事情。他不急不躁，选准时机，悄悄潜入了德莱尼的车，她只是碰巧将车停在了面包车的旁边。我们得去检查一下她的住处。”

“我知道在哪里。”莱克说。

00:10

艾迪

只有近四十年建造的楼房才有地下停车场，虽然数量不多，但可能还是要比你想象的多。联邦调查局在曼哈顿东区中城的一栋楼里租了一套公寓。

地下停车场的入口和出口各停了两辆巡逻车，无法直接通过。这里是犯罪现场，布洛赫的名声也无法让我们通过地下停车场坡道的警察封锁。

一名巡逻警官拿起对讲机说了些什么，然后上车并倒了出去。另一辆巡逻车也做了同样的操作，为一辆灰色轿车清开了入口，那辆车随即驶下坡道进入了停车场，经过了被打开的路障。我没有看到司机，但后座上的其中一个人是比尔·宋。轿车一过去，巡逻车就重新设置了路障。

“车后座那个人是比尔。”莱克说。

“我们进去吧。”我说。

布洛赫把车停在街上，然后我们折返回大楼。居民入口是两扇玻璃门，门外的墙上装有一个对讲机，旁边是数字键盘和使用说明。

“德莱尼的公寓号是多少？”我问。

“1011。”莱克说。

联邦调查局首次得知他们的探员失踪后，会有一系列标准的核查程序要做：检查手机、公寓，询问目击者。

今晚肯定已经有团队进入过德莱尼的公寓。一旦发现公寓无人，他们就会与她的邻居交谈，以确定最后一次见到她的时间，以及当晚是否注意到什么可疑情况。

我在键盘上按下1012，电话很快被一个男性接了起来。

“喂？”对方说。

“我是联邦调查局的，我们之前聊过。能麻烦您帮我们开下门吗？”我说道。

一阵蜂鸣声响起，布洛赫推开前门，我们进去了。电梯将我们带到地下二层，到达停车场。地下停车场大多相似：裸露的钢梁和条形照明灯，处理过的混凝土地面上涂着黄白相间的油漆，某块地方总有一摊水洼，上方不断有水滴落下。还有那种气味——燃烧过的机油和陈旧垃圾的味道。

一群穿着蓝色防护服的法医技术人员正围着德莱尼的车忙碌。约6米开外，比尔·宋和其他五个探员聚在一起，他们都是男性，都穿着海军蓝或黑色西服，发型也基本相同，除了一位剃了光头。

我希望他不会注意到我们，那样我们就能更接近德莱尼的车，以便看得更清楚。一方面，我想看看睡魔是否留下了更多警告，但主要还是想知道座椅或仪表盘上是否有血迹。停车场里很冷，但我仍能感觉到后颈的汗水——我不想再失去一个朋友。布洛赫和我悄悄靠近德莱尼的车。

“嘿，比尔。”莱克喊道。

布洛赫低声咒骂了一句，朝莱克做了个手势。

“我喜欢他。”我说。

“怎么会……你们不能待在这儿。立刻让他们离开。”比尔嚷道。

原本围在一旁的联邦调查局探员们朝我们走来，态度坚决。

“先等一下，我们知道他是怎么进入大楼的了。”莱克说，“他躲在德莱尼的车后座。丹尼尔·米勒在酒店制造炸弹威胁，让你们都紧张起来，那是个烟幕弹。他一直躲在那辆旧面包车里，趁所有人都注意着拆弹小组时，偷偷溜进了她的车后座。”

比尔没有说话，但我能感觉到他在思考。一个联邦调查局探员刚要伸手拦住我时，比尔让他等一下，然后示意我们过去。

“如果你知道这么多，那就告诉我这意味着什么。”比尔举起一台平板电脑说：“这是德莱尼车内的实时监控画面。”我扫视了一下停车场，看到三脚架上设置了一台摄像机，正对着德莱尼的车，平板电脑上是实时画面。仪表盘上放着什么东西，我花了一秒才意识到那是什么。

那东西大概有 30 厘米高，被放在挡风玻璃和仪表板之间。起初，我以为自己看到的是两个叠放在一起的威士忌酒杯，装在一个木质框架里。

我凑近看了看。

那是一个沙漏。上半部分的沙子现在所剩无几了，细沙正通过中间的孔持续不断地落入下面对称的球体中。

“还剩多少时间？”我问道。

“我们估计，大概还有 10 分钟。我们猜这是一个 4 小时的沙漏计时器，没有任何要求，没有联系方式，车内也没有留言，只有一个该死的计时器。”比尔说。

“他是怎么把她带出这栋楼的？”莱克问。

“我们不确定。我们检查了大厅里的摄像头，他没有从那里出去。停车场里唯一的摄像头只覆盖入口和出口，而且德莱尼开车进来后没有车辆离开。有可能是他给她用了镇静剂，然后拖着她紧贴着墙壁上了坡道，避开摄像头的视角，弯腰穿过路障，再把她抬到街边停好的车上。这是我们认为最有可能的方式了。”

“在纽约街头拖着一个人走上 3 到 6 米，怎么可能不被人看见呢？米勒虽然爱冒险，但那样的风险对他来说也太大了。”莱克说。

“你有更合理的推测说明他是怎么把她带出去的吗？”

布洛赫和我一同走向斜坡，左侧墙的高处有一个安全摄像头。如果有人背对着砖墙，可以直接沿着墙边溜过去而不被摄像头拍到。但如果带着人质，无论人质是否清醒，都不可能做到。

“我不喜欢这个推测。”我说。

不管是布洛赫没听见我的话，还是故意忽略了我，这都不重要。她打开了口袋里的手电筒，开始在停车场四处查看。我离开比尔和其他人，跟上了布洛赫。几乎所有的车位都被占满了，有 40 到 50 辆车。

“我相信他们已经检查过停车场了。”我说。

“他们只是快速扫视了一遍，仅此而已。”布洛赫回答。

莱克和比尔争执的时候，布洛赫和我在停车场里走动。我们的目光随着手电筒的光线移动，照向车辆之间和背后的阴暗处，这些都是条形照明灯照射不到的地方。停车场里弥漫着机油、汽油和潮湿的气味。

天花板上稳定的滴答声，像是老旧时钟在一秒一秒地计时。

没有什么异常的地方。布洛赫用手电筒在每辆车之间照着，但没有停留。她发现了一辆有着二十年车龄的保时捷，检查了里面之后又继续前进。我们检查完这一排，然后穿到下一排。最后，布洛赫停在了与德莱尼车相对的那辆车旁。那是一辆老款的丰田皮卡，货斗上盖着防水布。

“你能告诉我咱们在找什么吗？”我问。

“一辆没有报警器的老车……”她刚开口，随即停住了。布洛赫举起手，示意我安静。

“你听到那声音了吗？”她问。

我听了听，但只能听到管道稳定的滴水声，但是这边更响些。我抬头望去，试图找出滴水的地方，但没能成功。

“我看不出他是怎么把德莱尼带出这里的。”我说。

“我觉得那个联邦调查局探员只说对了一半。”布洛赫说。

“什么意思，对了一半？”

“我认为睡魔确实贴着墙，避过了斜坡，步行上了街。但是德莱尼……”

“什么！你觉得她还在这里。”

她蹲下身，用手电筒照向皮卡车底。

“莱克！比尔！来这边。”她喊道。

我跪下来查看：在皮卡车下方，有一摊深色液体汇集流向排水口。有液体从卡车后部滴落，但那味道不像是油。

等我站起身时，布洛赫已经掀开了遮盖皮卡车车斗的防水布——佩吉·德莱尼就躺在货斗里。

我见过各种各样的伤，见过人类所能弄出的最糟糕的伤，但看到自己认识的人遭到如此摧残，我不禁畏缩了。我闭上眼睛，片刻后转过头去。

她腹部的巨大伤口使其从膝盖到颈部都浸透了血。他还挖去了她的眼睛。

布洛赫先是呼叫医护人员，然后一手按着德莱尼腹部的伤口，另一只手摸着德莱尼的脖子。她把手从她的喉咙处拿开，说：“我找不到脉搏。”我爬进去，帮忙按压伤口。一碰到她的腹部，我就知道我们来得太迟了。她摸起来已经冰凉了。

一瞬间，千头万绪，地下停车场里充满了嘈杂声。我听到几个联邦调查局探员跑向皮卡车的脚步声和呼叫声，其中一人对着无线电大声呼喊着叫救护车；比尔在下达命令；德莱尼生命之血的滴答声逐渐消逝。

她的双手被绑在背后，透过血迹，我能看到她脖子上有一大块圆形的瘀青，瘀青中央有一个针孔——她被打过麻醉。我祈祷她从未从麻醉中醒来。

我按住德莱尼的肚子，布洛赫开始做胸外按压。周围的恐慌仿佛让时间变慢了，我看到比尔把手伸进皮卡车的货斗，拿起一个信封，信封上有他的名字。其余的联邦调查局探员要么对着布洛赫下命令，要么在打电话。

每次布洛赫挤压德莱尼的胸部，都会有新鲜的血液溢出，流过我的手背。我向左瞥了一眼，看到了莱克。他靠在一根裸露的钢梁上，但那也不足以支撑他站立，他的背沿着钢梁滑下，直到坐在地上。他用手捂着脸，我能看见他的身体因悲痛而起伏。

我听到远处的警笛声划破夜空。

但我知道一切都太晚了。

00:11

摘自凯莉·米勒的日记

5月22日

今天是丹尼尔的生日。

我非常想让他觉得今晚与众不同，以此来表达我有多么爱他，并且希望能重现我们刚开始约会时的那种化学反应。天哪，我说得好像我们已经结婚十年了。其实我们的婚姻即将满一年，而我已经开始（稍微）感到担心和恐慌，害怕自己在婚姻这件事上失败了，就像我几乎在所有事情上都经历过失败。

你该给一个拥有一切的人送什么呢？我甚至在谷歌上搜了这个问题。最后，我在网上找到了一位书法艺术家，他给我寄来了一幅装裱好的羊皮纸，上面用漂亮的古体字写着“和你在一起时，我最幸福”。我想让他知道，我不需要他的钱，不需要这栋房子，也不需要那辆豪华汽车，我真正想要的只有他——他的陪伴。结婚一周年是纸婚纪念，所以纸婚纪念礼物我已经准备好了，但我不能将其作为他的生日礼物，我还需要其他东西。

他总是能给我惊喜，送上那些完美又贴心的礼物，所以我也想给他一些真正美好的东西。我找到一个手表经销商，因为丹尼尔有一些不错的手表，就是有点过于张扬，我希望给他找一款更有品位的。经销商推荐的沛纳海潜行系列手表简直太漂亮了，黄铜的颜色会随着时间的推移而加深，我希望能借此寓意我们的关系也能如此日益深厚。丹尼尔对我来说非常特别，我也希望他能拥有同样特别的东西，一件独一无二的礼物，而这只手表正好符合我对寓意的期待。

手表送到后，我记得自己有那么一点点害怕。我想起了每当爷爷抱怨奶奶送的那只总是太慢的旧发条表时，奶奶常说的话。奶奶不允许爷爷给她买新手表，她说手表会给婚姻设定一个时间限制，就像定时炸弹。

我奶奶甚至认为猫王还活着，在里诺的一家沃尔玛工作。

我最终还是买了那块手表。

看到他在早餐吧台拆开盒子时脸上的表情，一切都值了。今早我在煎蛋时，他把手表戴上了。这就是我深爱的丹尼尔，我们在一起时，我总是感到无比温暖，感到安全。

但似乎我们共度的时间越来越少，这与我对婚姻的期盼不太一样。我努力让这个家更舒适些，你懂的，我到处留下我的印记，不是大的变动，只是些温柔的点缀，让家里变得更温馨、更有家的感觉——变成一个他永远不想离开的地方。

然而昨晚，这些工作并未奏效。我听到他在凌晨 4 点回家，然后发现他在客房浴室洗澡。我给他拿了条干净的毛巾后，他为吵醒我而道歉。我本想去帮他拿西装和衬衫，但他告诉我他已经打包好准备送去干洗了——因为他陪的那个客户整晚都在抽雪茄。我用毛巾擦干他的头发时，他捏着鼻子笑。他工作的部分内容是与投资者建立联系，而我提醒自己，他做这一切都是为了我。他曾告诉我，他会给我全世界。我相信他。

今早，吃完鸡蛋后他坐在厨房吧台旁，欣赏着手表，让我闭上眼睛并张开手，他有个惊喜给我。丹尼尔一向这样，就连自己生日也在想着我。我感到手里有东西，睁开眼看到一对漂亮的古董耳环。耳环是银质的，每只都做成了玫瑰形状。玫瑰是我最爱的花。这对耳环简单而惊艳，没有包装盒，他说他在一家小店看到，就忍不住买了。这对耳环太完美了。

他太完美了。

遇见丹尼尔后，我的生活彻底改变了。

从小女孩时代起，我就在位于克利夫兰[1]的小房子里，坐在父母的沙发上，观看《演艺船》[2]《红男绿女》[3]和《第 42 街》[4]，那时我就梦想着唱歌和跳舞。和许多人一样，我带着远大的梦想和微薄的资金来到了纽约，与不认识的人合租破旧的公寓，同时打着三份工，经历了无数次失败的公开试镜。当我没有得到儿童剧《小鸡查克》中“小鸡查克”这一角色时，我死了心，认为娱乐行业不适合我。

我辞掉了三份服务员的工作，得到了一个更好的职位，成了一家皮具店的客户服务代理，这家店就在东 26 街和麦迪逊大道的拐角处。我换租了一间公寓，不再像以前那样和一堆陌生人挤在一起了。我不必在沙发垫子下面摸索，寻找遗失的硬币去买面条了。就这样，我的生活持续了一年，直到丹尼尔·米勒透过皮具店的窗户看到了我，停下脚步走了进来。他不想买公文包，也不想买过夜箱[5]，甚至连钱包都

---

① 美国俄亥俄州东北部的城市。

② 音乐剧，亦译为《画舫艳史》。由美国音乐人奥斯卡·汉默斯坦二世编剧，美国作曲家杰罗姆·大卫·克恩作曲。1927 年在百老汇首演。写“棉花号”演艺船船主的女儿玛格诺莉和青年盖洛在纳齐兹码头演出时由相遇、相爱而结合。但盖洛嗜赌如命，因负债弃妻别女而去，数十年后方破镜重圆。剧中穿插的混血儿朱莉与男演员斯蒂夫的恋情，是音乐剧舞台上反映黑人与白人相恋的先例。剧中《老人河》一歌，反映美国黑人的悲惨生活，流传甚广。

③ 一部百老汇音乐剧，由法兰克·洛塞尔和阿贝·伯斯坦创作，讲述了纽约赌场中的浪漫故事。

④ 由劳埃德·培根执导的喜剧片，沃纳·巴克斯特和贝比·丹尼斯出演，该片于 1933 年 2 月 2 日上映，讲述了一个非常成功的百老汇戏剧导演从一个年老的富翁那里得到了一大笔投资，编导一部新剧而发生的故事。

⑤ 也叫随身包，通常指用于短暂旅行或在外过夜时携带的小型行李箱或手提袋。这种箱子主要用于装必需的日用品和个人物品，以应对一晚或几天的需求。

不需要——他想要的是我。他说我是他见过的最美的女人，如果那天晚上不约我出去吃饭，他会后悔到死。

那天在店里，他自称丹尼尔·米勒，仿佛这个名字意味着什么。后来我才了解到，对于这个城市的有钱人来说，他的名字确实“大名鼎鼎”。他管理着一家私人对冲基金公司，做得非常成功，赚了很多钱。他高大、健硕、英俊、迷人，而我们初次约会的那个晚上，我很好奇，他那迷人微笑的背后到底藏着些什么。刚开始交往时，我并不知道他有钱，但第四次约会，他居然为我们预订了飞往拉斯维加斯的私人飞机，那时我才明白，让我爱上他的并不是金钱，而是他给我的感觉，他让我觉得，自己是世界上最重要的人。

在那之前，我的生活一直充满了不确定性。父亲经常失业，与母亲争吵不断。酒精确实是部分原因，但根源还是在于经济拮据。我 19 岁在酒吧工作时，父亲驾车冲破了高速公路上的护栏，母亲坐在副驾驶位。他喝了酒，其实，他们都喝了酒，两人都没能从那场车祸中生还。失去父母让我决心在纽约追求演艺事业，生活看起来脆弱且混乱。

但丹尼尔给了我安全感、温暖和确定性。每天醒来，我都知道他在关心我，我不必担心钱、住处或任何事情。

我不必再去工作，但为了在丹尼尔不在时有事可做，我会去动物收容所做志愿者。

今天下午大约四点半，我回到家，洗了个澡，丹尼尔则还在办公室。我刚穿着运动服回到厨房，准备开始做生日晚餐时，门铃响了。我打开门，门外站着一位年轻男子，穿着西装，手持夹板和笔。

他自称迈克·斯通警察，问我丹尼尔·米勒是否住在这里，我是不是米勒太太。

我回答说是。

他问丹尼尔开什么车。

我开始发抖，一阵恐慌如潮水般涌上心头。我想起了当年来我家，告诉我父母死于车祸的那位警察。就在这时，丹尼尔把车开进了门前的车道，我跑过去，抱住了他。他对眼前发生的事情感到困惑，然后我告诉他那个人是警察，在问他车的事，而我把这两件事联系起来，过度解读了。我过于惊慌失措了。

丹尼尔知道我父母的遭遇，立刻理解了我的反应。我仍心有余悸，所以他向那位显得有些尴尬、一头雾水的警察解释了情况。警察道了歉，说他只是想核实一下丹尼尔是否拥有一辆深色面包车。丹尼尔说，那辆车属于他旗下的公司之一。

接着警察问丹尼尔，昨晚在哪里。

他说他和我一起，在家里。警察看向我。我仍然惊魂未定，说不出话来，只是点了点头，勉强咕哝出声，说他昨晚在家，和我在一起。

警察感谢了我们，为吓到我而再次道歉，随后迅速离开了。

我们回到屋内，我喝了些水，平静下来之后，我才重新思考丹尼尔所说的话。我问他为什么在昨晚回来很晚的情况下，告诉警察他在家。

他说他看到我非常不安，只想让警察赶快离开，以便能照顾我，而且无论警察在调查什么，都与他无关。

他走过来，紧紧抱住我，直到他的温暖让我觉得一切没事了，我是安全的。

我是被爱着的。

00:12

艾迪

当布洛赫和我迎着早晨的阳光，跌跌撞撞地从联邦广场的联邦调查局办公室出来时，已经是早上八点半了。我头很痛，而且我们两个都很饿。我们的双手都很干净，但布洛赫和我衬衫的袖口都湿了，颜色从红色变淡成了粉红色——因为我们已经清洗了我们朋友的血迹。那天早上在男洗手间，我看见一名探员手臂下夹着一份《纽约时报》，他洗手时把它放在了水槽上方的架子上。

今天的每份报纸都会在头版报道睡魔杀害联邦调查局探员的新闻，唯独一家除外——睡魔信件的副本不知怎的落入《纽约时报》的手中。时报横幅顶部的标语写着："刊载所有适宜刊载的新闻"，这句话已伴随这位"灰色女士"[①]长达一百一十五年，但从未像今天这般显得如此格格不入。他们全文刊载了他的信件，信件内容简短、直截了当，按理说不应引起如此关注。

我是个杀手，我的妻子不是。

放了她，否则会有更多人丧命！

我们走出联邦调查局办公楼的时候，楼外的街道上，有一名穿着皱巴巴的衬衫还有满是褶皱的裤子和夹克的男子，手搭凉棚遮住晨光，注视着我们。如果不知道这些衣物昨晚就是这个样子，我肯定会认为

① 人们对《纽约时报》的戏称，因其风格古典严肃。

他穿着这些衣服睡了一觉。其实，我们都没有睡。加布里埃尔·莱克举起一只手，说：“我能请你们吃个早餐吗？”

在曼哈顿的餐馆用餐是人生的一大乐事，莱克说他知道附近有个好地方。走过两个街区，我们来到了一家老派风格的餐馆。餐馆有小隔间、覆膜菜单，以及一位五天未刮胡子的大厨，他站在烧烤架后，时常爆粗口，讲着一口我听不出地方的方言。换句话说，这里堪称完美。

布洛赫点了烤奶酪三明治配煎蛋和西班牙辣香肠，我冒险尝试了煎饼和培根，而莱克则要了热柠檬水。

“我不喝含咖啡因的东西。”他说道，然后像审犯人一般向女服务员询问他打算点的松饼的情况：松饼是哪里来的？里面有什么？原料是否有机？在餐馆工作的服务员收入不高，他们只会微笑着服务，以便能够赚取小费，从而支付房租。莱克并不是在故意惹恼她，他真心想知道这一切。女服务员名叫海莉娜，她看着莱克在讲话时手指敲击桌面，每当听到满意的答案时，他会使劲用拇指敲一下桌子作为强调。各个小隔间几乎都坐满了，门口还有顾客等着入座。海莉娜翘起臀部，把一个拳头放在上面，开始抖脚——她已经不耐烦了。虽然莱克还没意识到这一点。

“罂粟籽是有机种植的吗？”莱克问。

“哎呀，”海莉娜说，“我不知道该怎么跟你说，伙计。这松饼又没有他妈的出生证明。”

烧烤架旁的大汉喊道：“海莉娜，见他妈的鬼，对顾客他妈的友好点。”

然后她带着我们点的单离开了。

“我开始明白你为什么不适合联邦调查局探员这个职业了。”我说。

“抱歉，”莱克说，“我近来正努力注意饮食健康，仅此而已。这不重要。”

“看起来确实有点重要。”

“真不重要。”

他靠回椅背上，目光下垂，脸上浮现出痛苦的表情。

“德莱尼也觉得这很重要。”他轻声说道。

“我们跟她不算太熟，”我说，“现在我很后悔。她是个好人。”

他点点头，右手食指举起，像是要发表什么观点，但当女服务员端着我们的饮料——布洛赫和我的咖啡、莱克的热柠檬水——过来时，他把手掌放在了桌子上。

他仔细检查了杯子中的东西，用茶匙搅了搅切片柠檬并让其冷却。

“我正想问你，”他继续说道，“你有没有告诉比尔·宋你在代理凯莉·米勒的案子？”

布洛赫紧张起来。

我什么也没说。我没有告诉过莱克，而且我知道布洛赫也没有。

“哦，我在法院有线人，会随时通知我有关传票、申请等凯莉·米勒案的进展。我听说你昨晚向法院办公室提交了出庭申请。”他说。

很快，这件事就会众所周知了。

“没有，我没告诉他，”我说，“我认为如果说了，可能会有不利影响。有关凯莉·米勒丈夫的任何信息，都可能对她的案子有帮助。比尔没有问，我们也没有跟他说。昨晚，我们关心的是德莱尼。”

“我知道，没关系。我同意以顾问的身份协助调查这个案子。德莱尼希望我参与，我想比尔的良心也开始起作用了，所以他不情愿地答应了。我想知道，凯莉的辩护策略是什么。”

向那些想让你的客户坐五十年牢的人泄露信息，可不是什么明智之举。我在咖啡里加了奶油和糖，搅拌后喝了第一口。

“她不是帮凶，就这么简单。我不能多说。”我回答道。

“所以，她声称自己没有参与犯罪，这没问题。但她是否表示不知道自己的丈夫是个杀人犯呢？”

布洛赫把她的靴跟压在我的鞋上，用力往下踩。

“没事，布洛赫。”我对她说，然后转向莱克，“听着，很抱歉，我不能说。”

“我理解。这么说，她确实怀疑过他。你介意我跟她谈谈吗？”

“我介意。如果你审讯我的当事人，然后把这些信息提供给联邦调查局，再成为新的控方证人，大可不必。”

“不会那样的。”

“那你为什么要跟她聊聊？”

谈话中断了，因为海莉娜端来了三个餐盘——我的煎饼和培根、布洛赫的烤奶酪三明治配煎蛋和西班牙辣香肠，以及莱克的松饼。布洛赫从夹克里掏出一包抗菌湿巾，打开后用其擦拭餐具，但眼睛始终没离开过莱克。他已经剥去了松饼底部的纸包装，现在正把它放在盘子上“拆解”。他看了又看，闻了又闻，满意后把一小块松饼放进嘴里。

布洛赫用纸巾擦干刀叉，然后戳进她的煎蛋里。

莱克注意到布洛赫在盯着他看。

“你真奇怪。”布洛赫说。

“至少我不给餐具消毒，”他回应道，“不管怎样，听着，凯莉·米勒告诉我的任何事情都将被保密。我保证不与联邦调查局分享。”

“这是拉钩承诺吗？”

“别这样。我向你保证，不会泄露任何东西。”他说。

“就算你给我一份书面宣誓书，我也会让你走开。你还没回答我的问题，你到底为什么要找凯莉谈话？”

“因为我研究过睡魔案件。我非正式地翻阅过文件，而且和德莱尼讨论过。我知道发生了什么，但我对丹尼尔·米勒不了解。你的当事人和他结婚一年了，如果我要抓到他，她可能掌握着我需要的那种信息。”

“抱歉，我不能。”

他擦了擦下巴上的胡楂，又吃了一口松饼。

“你知道，我抓住这家伙对你也有好处。”他说。

“本来我跟你一样迫切地想抓到那个浑蛋，但我猜你想说的不止这些。”

“凯莉·米勒面临指控，但他们真正想要的不是她。他们会说她是帮凶，但实际上，她无关紧要，他们要的是主犯。如果我抓住了他，你可以和他们达成个协议，她的前律师佩尔蒂埃就一直在争取达成协议。我的法院线人告诉我，他总是在要求与地方检察官会面。凯莉·米勒作为其丈夫的检方证人的价值远超过其作为帮凶的价值，但这种价值只有在睡魔落网后才能实现。”

他是对的。如果睡魔被送去审判，地方检察官对凯莉·米勒的态度会迅速发生转变。城市在媒体的巨大压力下，急于为受害者的家庭讨回公道。审判凯莉·米勒有助于缓解这种压力，但他们不惜一切代价也要将丹尼尔绳之以法。哪怕这意味着要与凯莉达成协议，让她作为证人指控自己的丈夫。

“这或许可行，但时间紧迫，凯莉·米勒明天就要受审了。这案子最多能持续一周，联邦调查局花了十四个月才确认丹尼尔·米勒就是睡魔，而如今一年过去了，他们仍然没有抓到他。你有什么办法能在一周内做到他们一直做不到的事吗？”

莱克靠在椅背上，搓了搓双手。

“首先，他现在又开始活跃了。我们不知道过去一年他在哪里，但我们知道他现在回到了纽约。你看到今天《纽约时报》上的那封信了吗？”

“我看到了。他说凯莉是无辜的，如果他们不撤销案件，他会继续杀人。但这不会让陪审团对凯莉有多少同情。”

“也许对她没用，但对我有帮助。”莱克说。

“怎么说？”布洛赫问。

“嗯，现在我知道他的动机了——他不希望凯莉进监狱。这有助于我理解他的思维模式。”

“他为什么要在这个时间现身？”我问。

“之前报纸上到处都在说这案子可能达成协议，直到助理地方检察官怀特否决了这一提议，并说他要追捕凯莉，这就是触发他现身的原因。”

“但为什么他要结束躲藏呢？”

“不是很明显吗？他爱他的妻子。连环杀手有着复杂的精神构成，他们可能根本不在乎为了自己的满足感而将一个随机的陌生人撕碎，但这不代表他们不能关心某个人。许多连环杀手身上存在着固有的自恋和自我厌恶，如果他们找到了让他们感觉良好，甚至是感受到被爱的人，这会帮助他们变得正常，他们会开始渴望这种感觉。虽然不完全是爱，但对他们来说是最接近爱的东西。丹尼尔·米勒爱他的妻子，或者至少他认为他爱她，所以他会冒很大的风险来帮她。这是我们的优势，但我可能需要一些帮助，你能暂时把布洛赫借给我吗？”

布洛赫从她的餐盘上抬起头，对着莱克扬了下眉，然后又继续吃她的煎蛋。

“我不能把我的调查员借给你。我已经告诉过你了，明天早上我有一个重要的庭审。”

“如果我们抓到他，就不会有庭审了，地方检察官会迫不及待地想和你达成协议。听着，我不是轻易开口的。如果有另一双手帮忙，我可以快很多。而且我对布洛赫的名声有所耳闻，我……”他停了下来，望向我的身后。

他喝了一口热柠檬水，眉头紧锁，仿佛在努力表达什么难以启齿的话。

“听着，我在信任人方面有问题……”

“你点松饼时也有问题。”

他点点头，嘴角泛起一丝笑意。

“那是另外一回事，但这件事是不同的。抓怪物是我擅长的事，有布洛赫在，我可以更快完成。”

“那你为什么信任我？”布洛赫问道。

“因为你试图帮助我的朋友，而且你现在已经不是警察了。”

我看着布洛赫放下叉子，用纸巾擦了擦嘴，然后再次开口说话。

“莱克这个名字有点耳熟。在孤独港警局工作时，我听说过一个叫莱克的联邦调查局探员，他单枪匹马端掉了一个新泽西的冰毒制造窝点。那里有十二个拿着猎枪、AK 系列步枪、AR-15 自动步枪的家伙，其中一半是退伍军人。他们受过良好的训练，报酬丰厚，专杀踏入那栋房子的人。我听说那个叫莱克的家伙在交火中身中两枪，是你吗？”

莱克与她对视，下巴无声地动着，像是在为即将吐出的回应的话蓄力。

“事情不是那样的，我也不是什么英雄。”

她低头看回煎蛋，像宣布独立宣言似的郑重说道："莱克可以。"

德莱尼愿意相信莱克，现在布洛赫也在这么做。我比谁都清楚，不应该质疑她们俩。如果她们愿意信任这个人，我就不能置之不理。

"莱克或许可以，但这不是问题所在。无意冒犯，莱克，但联邦调查局和纽约市警察局有两百名警官以及两个执法机构的全部资源，他们寻找了丹尼尔·米勒将近两年。你凭什么认为，自己能在一周内抓到他？"

我是认真的。我不能在凯莉·米勒的审判上失去布洛赫，让她去参与一场毫无希望的追逐。我喜欢莱克，但即使他能从毒窟的枪林弹雨中脱身，他也不是什么"奇迹创造者"。他似乎看穿了我的心思，看着我，好像在衡量我，评判我的性格，审视我的内心。最后，他点了点头。

"我觉得我比其他探员更了解睡魔。在很多方面，他是一个机会主义杀手，但他似乎也有周密的计划，这很怪异。我认为他极具智慧，能适应环境和自己所处的境遇，并对此有着清晰的思考能力，而这是大多数杀手连想都不敢想的。就像下棋，他可能不知道对手会确切地走哪一步棋，但他的口袋里已经准备了五六个策略，随时准备应对。我能抓到他，因为我比联邦调查局和警察加起来都更聪明、更努力，此外，我还有一个显著的优势。"

"是什么？"

"不像联邦调查局的人，我知道如何抓捕像丹尼尔·米勒这样的人。而且，我不会犯他们的错误。你知道，有一个秘密，联邦调查局越来越难掩盖了。这很令人尴尬，而且真的是一个全国性的丑闻。他们不想让我谈论这件事，当然也不想让其他人发觉。"

"什么事？"

莱克推开他面前的盘子，把两只胳膊肘支在桌子上，向前倾身说道：“如果我告诉你，联邦调查局对连环杀手的了解都是错误的，你会怎么想？”

00:13

睡魔

快凌晨三点半了，睡魔开着他的小面包车又绕着街区转了一圈，任由思绪游离——开车有助于他思考。联邦调查局还需要几天时间才能弄清楚，德莱尼探员究竟经历了什么。

他必须小心行事。对德莱尼实施绑架和谋杀可能在任何时候、出于任何原因出错，但经验起了作用，还有策划、风险分析和清晰的思维，也帮助很大。

结果是对执法部门，乃至整个该死的城市，传递出了一个强有力的信号——

睡魔回来了，他能接近任何人，而且是随时。警察应该离凯莉·米勒远一点。

他仔细想了想自己的每一次行动，每一起谋杀都是精心策划且经过深思熟虑的。被捕的风险都被评估了一遍，并尽量减至最低。

他并不完全明白，自己为何选择了某些特定的受害者。有时候，理由很简单：某些女性就像万众瞩目的偶像一般突出，她们与普通人不同，她们走路的方式，高昂着头颅的姿态，甚至阳光照耀在她们头发上的样子，或是皮肤特别细腻的样子，都与众不同。对于剩下的那部分人，则是因为他们的平凡，他们不显眼，在周围的人中几乎隐形。比如在康尼岛沙滩上，裹着长毛巾、挎着冲浪板的深色头发的女子；或是站在街角，举着牌子散发附近餐厅传单的金发女子。但不论某个人如何吸引了他的注意，他选择她们作为下一个目标的最终原因都会归结于某个“单一因素”。

眼睛，是的，吸引他的是她们的眼睛。

美丽、清澈的眼睛。它们激发了某种感觉，这种感觉不仅仅是期待，更是一种能转变为奇异欲望的热忱。

不是愤怒，也不完全是爱。

而是一种比两者更深沉、更黑暗的感觉。

然而，结局总是一样的。他轻轻吹拂她们的颈项，用针剂使她们陷入沉睡，然后他便可以不受打扰地进行他的工作，这工作让她们永远沉睡。在很多方面，他感觉像是在将她们从这个世界释放，进入一个永恒且不被打扰的梦境。

他见过许多尸体。生命消逝时，一些本质的东西改变了。血液不再流淌，身体迅速变冷，失去活力，变成了一堆无生命的肉块。

唯有眼睛保留着生命的倒影。

他对人的眼睛有着相当深的痴迷，而且一直如此。他记得在一本古老的犯罪故事集中读到，一百年前，验尸官和法医会保留谋杀案受害者的双眼，并仔细检查，因为他们相信凶手的形象会以某种方式嵌在眼球的后部。当然，这纯属无稽之谈，但这个故事让他着迷不已。

因此，当受害者安然死亡后，他会取出他们的眼睛并保存起来。有时，在“秘密基地”，他会将做过防腐处理的眼球从瓶子里取出，拿在手中。这个阶段的眼球由于防腐液的作用而变得像玻璃球一样坚硬且透明。他凝视着它们，想知道自己的影像是否还在里面的某个地方。

他在受害者身上使用沙子有两个目的：其一，根据古老的传说，沙子可以确保他们永远不会醒来；其二，沙子有助于隐藏他可能留下的痕迹。他将沙子倒入他们张开的嘴巴、鲜红的胃部和空洞的眼眶中，看着沙粒粘附在他们带血的牙龈和牙齿上。他们的身体已成了一具无生命的容器，而与此同时，他感到权力和能量涌入自己的身体。

睡魔将思绪拉回到路面上，驱车经过街区南侧的小巷，在路边停下。他感到一阵轻微的激动，这是一种令人振奋的感觉，从腹部涌起，顺着脊柱上行，直至大脑。这是一种记忆，一种宝贵的记忆，这记忆莫名其妙地使他重新体验了那天晚上身体的陶醉。

就是他谋杀莉莲·帕克并将她的尸体丢弃在那条小巷的那天晚上。

他从车里出来，穿过街道。特里贝克区的这一部分是多元文化的混合体：角落里是一家保释担保人公司，旁边是一家手工咖啡店和一家主要销售首版书籍的高端书店。书店对面是一家 24 小时自助洗衣店，夹在一家零售店和一家时装店之间。曼哈顿住宅高档化的程度不断加深，城市中新旧并存的区域总是令人感到好奇。

他来到夹在服装店和面包店之间位于这些商店上方的公寓楼入口，用钥匙打开前门，步入走廊。

去年在监视莉莲·帕克时，睡魔在她对面的大楼租下了一个阁楼，租期一个月。那个阁楼作为公寓太小了，但对于那些需要一个地方但又无法负担曼哈顿其他地方的租金，且不在乎这地方长什么样子的小企业来说，这个阁楼正合适。阁楼的窗户可以俯瞰街道，而且七楼的高度足以提供监视莉莲·帕克公寓所需的绝佳视野位。

谋杀案发生几天后，租赁合同到期，他没有续约。但在那之前，他配了前门钥匙和阁楼的钥匙，以备有需要时再回来。这是他经常做的事情，他并非有意识地为未来做规划，更像是在创造机会，而今晚是他一年来第一次回到这栋建筑里。

在为成功准备一个计划的同时，他也为可能出现的差错准备了另外五个备用计划。睡魔总是给自己留有余地，正是这种批判性分析和假设性问题评估，让他在日常工作上占得先机，并因此变得富有。

他开始爬楼梯，这栋楼没有电梯。手扶着铁栏杆，他吸入了这个地方熟悉的味道：二楼的老妇人似乎总是在煮卷心菜或烧黄油；三楼楼梯角落的霉味——楼梯木镶板已腐烂变成了暗绿色，铁栏杆的金属味、陈旧的木头味，以及随着每一步嘎吱作响的攀登扬起的尘土味。

他到达顶层，将钥匙插入锁孔，缓缓转动。绕街区转了几圈后，他知道公寓里的灯已经熄灭。现在的住户是彼得·杜兰特，一个前途无量、声名渐起的艺术家。在去年睡魔租住之前，上一个租下这间阁楼的租户也是一位艺术家。这其实并不奇怪。夏天的时候，阁楼的两个大天窗能让屋内整天都充满光亮。

门开了几厘米，睡魔停下脚步，屏住了呼吸。

屋内没有声响。地板至少和楼梯一样老旧，每走一步都吱吱作响。他猜测，自己开门时没有吵醒杜兰特。他小心翼翼地将门推得更开，并对旧铰链发出的声响皱了皱眉；迅速进屋后，他随即关上了身后的门并锁上。

他松了一口气，转身借着月光打量起房间。

画架立在窗边。旁边的桌子上摆满了颜料瓶、用过的调色盘、抹布、放在装着浑水的玻璃杯里的画笔，以及沾满颜料的调色刀。左侧是浴室，右侧是一个小步入式衣帽间，宽度和深度刚好够放置一张窄婴儿床。这扇门半掩着，可以看到两只脚伸出抵在敞开的门上。

对睡魔来说，这里足够小，可以用作休息区，但杜兰特可能要高出不少。睡魔绕过画架，顺带看了下画作。

这是一幅自画像，画得不算好。他猜测这幅画可能还在创作中。画中艺术家赤裸上身，只穿了一条蓝色牛仔裤；肌肉描绘得很到位，尽管杜兰特捕捉并较好地运用了光线，这幅画也不会为他赢得任何奖项。

这是凯莉会喜欢的东西。

他听到声响。床垫的弹簧嘎吱作响，锈蚀的门铰链发出刺耳的声音。

“你他妈的是谁？”一个声音嚷道。

睡魔挪到一旁，看到杜兰特穿着运动裤，赤裸着上身，站在房间中央。他的手上有颜料，直至手肘，点点斑迹遍布在他的腹部和宽阔的胸膛。如果他在练习画笔技巧上花的时间能像举重那么多，或许就能有所成就了。

“我是你的仰慕者。”睡魔一边说着，一边绕过画架悠闲地向杜兰特走去。

艺术家肌肉紧绷，双手攥成了拳头。

“你是怎么进来的？”

“门开着。”睡魔说着，又向前迈了一步。

“喂，离我远点。你得告诉我你是谁，来这里干什么。”

“放松，杜兰特先生。我其实希望能和你商讨一下委托创作的事宜。”

“我不接委托，现在马上从我的公寓滚出去。”

杜兰特向前一步，肩膀紧绷，右手握拳，准备出击。睡魔估摸他的身高有一米九三，也许是一米九五；体重可以轻松达到 113 公斤。他的额头上有一道参差不齐的疤痕，鼻子多年前断过，而且没有修复成功。这些瑕疵都没有出现在自画像中，睡魔因此发现杜兰特还是个虚荣的人。此外，他显然是个好斗之徒。那道疤可能是多种原因造成的，但从它的角度判断，他猜是被破瓶子割伤的。

杜兰特指关节上凸起的小白疤痕像蛆虫一样趴伏着。

他的目光越过杜兰特，看到地板上有两个空酒瓶。

他也从这位艺术家的呼吸中嗅到了酒味。

“现在是你离开的最后机会。”杜兰特说着，朝站着一动不动的睡魔迈出一步。

“你现在赶紧走，不然你就得被抬出——”杜兰特话没说完，下巴就松弛下来，眼睛因低头看到的东西而猛地睁大。

睡魔的手臂伸展开，手里握着一把削皮刀。刀刃看不见，只有刀柄贴着杜兰特结实腹部的皮肤露在外面。

“你知道什么是大马士革钢吗，杜兰特先生？”他问道。

杜兰特没有回答，甚至连呼吸都没了。他只是惊恐万分地盯着自己的腹部，脸上表情僵住了。

“他们说大马士革钢锋利到你甚至感觉不到疼痛。”

他后退一步，将刀刃从杜兰特的腹部抽出，伤口处开始涌出暗红色的血液。杜兰特的呼吸恢复了，但没有持续多久。

睡魔站稳脚跟，弯曲膝盖，下沉肩部，然后挥刀向上猛刺，利用腿部力量和转动髋部增强刀刺的力度。这个动作，类似于拳击手打出上勾拳。刀本应从下巴下方滑入，穿过口腔顶部，直插大脑，在瞬间杀死杜兰特，不给他尖叫的机会。

但他失手了。

接着，他听到了令他浑身起鸡皮疙瘩的声音——尖锐的刮擦和断裂声。之后，是破碎牙齿在抛光硬木地板上弹跳的叮当声和噼啪声。

杜兰特的身体突然倒下，把刀从睡魔手中扯了出去。他俯下身，右脚踩在杜兰特的额头上——刀在他脸上牢固地卡住了——猛地用力，将刀从他脸上拔出。

他在杜兰特的运动裤上擦了擦刀，然后花时间检查了一下。刀刃上没有光泽，却有明显的纹路，仿佛有人将一块银蓝相间的大理石切开，展现出层层晕染的效果。这不是真正的大马士革钢，但或许是最接近的东西。他收起刀，低头看向地板上的尸体。

他抓住杜兰特的脚踝，将尸体拖向浴室；然后绕过尸体来到背后，抓住杜兰特的头发把他拉成坐姿，又弯腰把他的手臂锁在胸前；接着站起身，将尸体倾倒在浴缸里。

在水槽边洗手时，睡魔甚至哼唱起了熟悉的曲调。

做完这一切后，他用毛巾擦干手，走向窗户。这里是俯瞰对面建筑的完美视角。他拉过房间里唯一的椅子，这样就能一边坐着，一边欣赏曼哈顿的风景了。

特蕾莎·瓦斯奎兹住在已故的莉莲·帕克隔壁。从这个角度观察她，和去年从这个角度观察莉莲一样好。瓦斯奎兹会于今天死去，他还没决定何时动手，他要静待时机。他不能冒险让瓦斯奎兹指证凯莉谋杀了莉莲·帕克。

有那么一瞬间，关于杀害特蕾莎·瓦斯奎兹的所有念头都离他而去，他的脑海中浮现出一段清晰的记忆。那是一个恍如隔世的周日早晨，他躺在床上，凯莉依偎在他的胸口，发丝散发出香气。他的指尖轻触她的肩膀，耳边唯一的声音是她双脚慢慢磨蹭床单时发出的细微沙沙声。她在累的时候就会这样做，那是他爱她的千万件小事中的一件。他紧紧抓住这些事情不放，这些记忆至关重要。他擅长记住细节、事实和模式，但他的情感记忆则不同。童年时期的一些画面片段飘忽而抽象，以至于他有时甚至怀疑是否是自己虚构了它们。与凯莉共度的时光如同电影胶片般烙印在他的脑海里，几乎所有的场景他都能回忆起来。那些亲密的时刻如同心灵的一股清泉，那么重要且独一无二。

他享受杀戮带来的快感，那种夺走生命的感觉会给他带来贯穿全身的愉悦震颤。只有在与凯莉分离的时刻，他才意识到自己对她的感情有多么强烈。他渴望她，渴望再次躺在那张床上，让她依偎在自己的胸前，双脚轻轻搓揉着床单。他渴望她的气息、她的温暖，以及属于彼此的感觉。从第一次见到她起，他就明白了这一点。

他爱凯莉，她是自己过去唯一爱过也是未来唯一会爱的人。

这使她成为世界上最重要的女人。

值得为之奋斗。

值得为之牺牲。

凯莉不应被送上法庭，这是他未曾预料到的事情。他不能再次与她分开了。接下来的几天里，将会有一个时刻，他们能重聚——等她的审判结束；等她的忧虑成为过去；等他杀了切斯特·莫里斯，砍下他的头颅放进那个包里；等他杀了德莱尼——他现在这么做，已经不仅仅是为了杀戮的快感。

现在，睡魔为了保护凯莉而杀人。

他杀人的理由只有一个，一个最纯粹的理由。

他为爱而杀戮，而且还有更多的杀戮等着他。

00:14

凯特

早上8点59分，哈利把他那辆小巧的深绿色敞篷跑车停在了老草甸路的门口。他车开得不错，凯特心想。实际上，他必须如此。这是一辆欧系车，可能是英国产的。仪表板上镶嵌着木头，真正的木头，而且车顶还会漏水。轮胎太小，发动机声音太大，低矮的车身使得凯特感觉自己刚刚在高速公路上度过的半小时，就像是坐在一个绑着除草机发动机的滑板上。哈利告诉她，这辆车是复古的经典款。凯特在新泽西长大，而在新泽西，一辆车被称为“经典”，通常是车的排气管快要掉下来了，或者车身框架随时可能断裂的委婉说法。

私人道路外只有几个抗议者，他们以前没见过这辆车，所以没有给凯特和哈利找麻烦。凯特用昨晚凯莉给她的遥控钥匙打开了电子门，哈利驾车通过，然后直接前往凯莉的家。

哈利拉上手刹的那一刻，凯特下了车。这是一辆双座车，但在后座和后备箱之间有一小块空间。他伸手越过座椅靠背，拿起了一根5厘米宽10厘米长的木条。哈利下车后，弯腰将这根木条卡在刹车踏板和座椅之间。

“如果手刹不管用，为什么还要拉上呢？”凯特问。

“这样会让我感觉好点。”哈利说。

“这车有多久了？”

“年龄大概和我差不多大。”他答道。

“有那么老？”凯特笑着问。

“除了手刹之外，这辆车各方面都运转良好，就像它的主人一样。

这车速度快，很时尚，操控性也好。”

哈利折腾了好一会儿才站起来，一只手扶着近来一直给他造成困扰的腰部。凯特绕到他那一侧，轻轻地扶住他的手臂，帮他在站起来时稳住身体。他没有抱怨，反而在完全站直后给了她一个微笑。哈利依旧是个帅气的男人，而且很有魅力，但他的笑容更像是父亲对女儿的那种慈爱的笑容。

“速度挺快哈。”凯特说道。

“我们下坡时能更快。”他回答。

她在后备箱取了文件，两人一起走向凯莉·米勒家的前门。

“你想怎么处理这件事？”她问道。

“我正想问你同样的问题。这是你的案子，我只是个顾问。”

“得了，哈利，你当了二十年的法官。换作你，你会怎么做？”

他想了想，说：“我认为我们应该慢点来，先让她开口说话，问一些轻松的开放性的问题。等她放松下来后，我们再深入更难的部分。”

他们走到前门时，发现门开着，有个微小的缝隙。他们暂停了一下。凯莉·米勒很可能从厨房看到了他们的车驶入车道，她可能是直接走到前门为他们把门打开了，就像前一天一样。

但哈利和凯特都没有碰门。

至少现在还没有。

“米勒夫人？凯莉？”凯特喊道。

他们聆听着，什么也没听见。

这次轮到哈利喊话，接着继续等。

一片寂静。

哈利从夹克的破皮质肩带里抽出了一把老旧的柯尔特 M1911 手枪，拉动套筒，上膛，枪口保持低位，一系列动作后他用指尖推开门。

门完全打开了。哈利举起手，示意凯特留在外面。

“我会跟在你后面。”她轻声说。

哈利啧了一声，摇了摇头，然后踏入屋内。屋里没有广播或电视的声音。凯特再次呼喊，依然没有回应。客厅里没有人，厨房里也没有人。哈利加快步伐向楼梯走去，两人的内心都涌起了一种紧迫感。他们再次呼喊，仍旧没有回应。卧室和浴室都是空的，房子里没有任何打斗的迹象，一切井然有序。床铺得整整齐齐，枕头上放着一套白色丝绸睡衣。

凯特迅速返回下了楼，留下哈利在主卧室里。

后院泳池周围也没有人。车库中，丹尼尔·米勒的跑车依然停在凯莉的车旁。这是凯特初次来访时，在这处房产里看到的仅有的两辆车。她将案子的文件放在门廊上，从钱包里拿出手机，拨打了凯莉·米勒的电话。

手机关机。

“她知道我们今早会来，对吧？”哈利走到门厅楼梯底部时问道。

“我昨晚告诉过她，也许她打车去商店了？”

“这里不是人们会用出租车或优步打车的社区。如果她要去某地，又不想开车，她会叫一辆豪华轿车。但为什么要这么做呢？为什么不开自己的车？最主要的是，她为什么不在家？”

“我给佩尔蒂埃打个电话。”凯特说。

电话立马接通了。

“奥托，我们现在在凯莉家。她家的两辆车都在车库里，前门开着，但她不在家。”

“听起来不妙，你们试过打她的手机吗？”

“关机了。”

“该死，你是不是觉得……”但他没有把想法说完。这位律师听起来很慌乱，声音中流露出真实的担忧。

“是不是觉得睡魔把她带走了？我不知道到底发生了什么事。”

“或许我们应该报警？”他说。

“不，”凯特说，“还不行，房子里没有强行闯入的迹象。而且，她保释的条件之一就是必须住在这个房子里。如果警察认为她逃保了，他们会发出逮捕令的。”

“逮捕令是另一回事，但凯莉可能正处于危险之中。我今天看了报纸，睡魔昨天杀了两个人，其中一个还是联邦调查局探员。”

昨晚，在德莱尼的尸体被发现后，凯特和艾迪谈过。她早上读到的新闻文章中也简短提到了艾迪:《纽约邮报》记录了艾迪·弗林和两位私家侦探——梅丽莎·布洛赫和加布里埃尔·莱克，昨晚在凶案现场，但尚不清楚他们是否正式参与了调查，报道上甚至还有一张他们三人从德莱尼住所出来的照片。

“我知道，她是艾迪的朋友。他整晚都和联邦调查局的人在一起。”

“哦，天哪，这太可怕了。我真的很担心，凯特，这不像凯莉会做的事。我觉得我们必须报警，如果她出了什么事，我永远不会原谅自己……”

凯特不知道该怎么办，她听出了奥托声音中真挚的担忧。他似乎对自己的案件投入了和凯特一样的热情，这也是凯特最初对奥托产生好感的原因之一。

“也许她只是在小区周围透透气，毕竟睡魔案再次占据了所有的新闻头条。她丈夫回来了，而且还在杀人，这对她来说可能难以承受。”

“我想也是。她经历了地狱般的痛苦，被起诉时，所有朋友都离她而去。她完全孤身一人，当然，她是无辜的。她知道的唯一一件事，就是丹尼尔离开了她的生活。她以为他会永远消失，会藏起来。这一切对她来说一定是毁灭性的打击。”

“那么就没有必要报警，让她因违反保释条件被捕会让事情变得更糟。她会回来的，在我们报警之前，给她一些时间。我会再检查一下房子，然后给你回电话。”凯特说完便挂断了电话。

“衣柜里还满是衣服，床上还有一套睡衣。也许她真的只是去附近散步，结果忘记了时间。”哈利说道。

“是的，我也经常这样。”凯特紧紧抓着手机，咬紧嘴唇。她不喜欢这种情况：一个无辜的、即将因多项谋杀罪受审的清醒女子，不会错过与她的法律团队的约定的。这种事情不可能发生，即使她的连环杀手丈夫昨晚突然在纽约现身。

哈利走出房子，收起了枪，用手遮住刺眼的阳光，环视起周围的环境，同时审视整个小区的景象。

“她肯定在路上某个地方的车里。如果步行的话，她不可能穿过那些抗议者。如果她没打算走远，那也许可以解释为什么门开着。上周我出门时就不小心忘了关门。”凯特说。

哈利看着她，一脸的难以置信。

凯特接着说：“我家的门锁有问题。除非用力，否则门关不严。我已经告诉过房东了，但他还没来得及修理。我以为上周二关了门，但我回来时，门是开着的，而且我的电视也不见了。”

“你从没提起过这事，”哈利说，“我虽然老了，但不会忘记这种事。”

“我也没告诉艾迪。自从那件事发生后，我一直睡不好觉。我的邻居突然有了一个音响很好的电视，而且他喜欢把音量开得很大。”

“你为什么不……”哈利开口，但随即停了下来。因为，他已经知道了答案。

“啊，你不想让布洛赫知道。”他说。

凯特点点头，说：“我得住在那栋楼里。那只是一台电视，不值得。”

她拿起案子的文件，放进了哈利车的后备箱里。

“我们开车转转，看看能不能找到凯莉。”凯特提议道。

哈利带上前门，但没有完全关上。他们上了车，开始在草甸路上转悠，然而这里没有凯莉的踪影。凯特提议去老韦斯特伯里看看。他们经过古董店、高端家具展示厅和精品沙龙，以及三家汽车经销商的店面：法拉利、路虎和奔驰——这里就是这样一个繁华的地方，但他们还是没有找到凯莉的踪迹。大约半小时后，哈利掉头返回房子。两个新闻摄制组正在大门外搭建设备；更多的抗议者也过来了，大约有十五人，他们高喊着口号：

> 杀手凯莉，立即关押！
> 杀手凯莉，立即关押！

他们刚从草甸路转过来，凯特就看见了车道上的车。

那是一辆1965年的深蓝色福特野马。驾驶座的门开了，艾迪·弗林走了出来。凯特下了哈利的车，穿过碎石车道向他走去。

凯特正要解释，艾迪却说：“奥托打电话给我，想确认我昨晚之后是否安好，并对德莱尼一事表示遗憾。他还问我，知不知道凯莉·米勒在哪里。千万别告诉我她逃保了。”

哈利嘎吱嘎吱地踩着砾石走近凯特，两人交换了一个眼神。

“很难说，”凯特说，“看起来她没有收拾任何东西，车也没开走。

床上摆着一套睡衣，就像是今天早上刚换下叠好放在那里的，房子里也没有闯入的迹象。唯一奇怪的是，她不在这里，而且我们到的时候，她的前门是开着的。”

“她有请家政服务吗？”

“据我所知没有。”凯特说。

“我们进去看看吧。”

凯特跟着艾迪进了屋。他在楼下四处查看：客厅、厨房……一切都井然有序。接着他们上了楼，艾迪继续检查了客房、两个客用卫生间，以及主卧室附带的卫生间。

卫生间的水槽上方有一个电动牙刷插在充电座上，这是卫生间里唯一的牙刷——柜子里再没有其他的牙刷了。艾迪扯了一张卫生纸，拿起牙刷，用纸包住牙刷头拿下来仔细检查，然后将纸丢进了马桶。他跪下来，手掌平放在淋浴盆上，随后起身查看浴缸。

他点点头，然后凯特跟着他下楼来到了走廊。

“你是怎么想的？”他问道。

“我不知道，”凯特说，“房屋里没有挣扎的痕迹，但她确实很匆忙地离开了，这是肯定的。”

“你说得对，”艾迪说，“她的牙刷是干的，浴缸和淋浴底盘也是干的。”

“这能证明什么？”哈利问。

“这证明她很可能不是今天早上离开的。你还记得她昨晚的样子吧，即使在经历着那些极度的痛苦，她至少还在乎自己的外表。我本以为，至少能在牙刷或淋浴间发现一些湿气。”

凯特双臂抱胸，低头看着走廊的瓷砖地面。

“床上的丝绸睡衣，是她本该在昨晚睡觉时穿的。她一定是天黑后离开的，那时门口没有抗议者。关于睡魔出现在格雷迪酒店的第一批报道，是在昨晚 10 点的新闻里出现的。也就是说，她一夜未归。”

“见鬼，”哈利说，“她逃保了，对吧？审判明天就开始了。现在正是紧张情绪加剧的时候，我以前见过这种情况。问题是，如果没有当事人，我们就无法进行辩护。”

“我们必须找到她。布洛赫在哪儿？”凯特问。

“她和加布里埃尔·莱克在一起，他们打算追捕睡魔。”

“你昨晚提到过他，他又是什么人？”

“他曾是联邦调查局的人，以前和德莱尼一起工作过。他很聪明，但有点不寻常。”

“这个不寻常的家伙和布洛赫要去找睡魔？”

“嗯，给他们个机会吧，他们才刚刚开始。”艾迪说。

“那凯莉在哪儿？”哈利问。

凯特回想昨天的情景，她从未见过像凯莉·米勒那样看上去痛苦、挫败和崩溃的人。而现在，摆在面前的可能性不太乐观。

“如果她看到了新闻，可能会吓得魂飞魄散，然后逃跑。”凯特说，“其他的可能性也好不到哪儿去。如果她没逃跑，也许是他来找她，并把她带走了。又或者她根本就没跑，而是躺在某个酒店房间的床上，或是……”

她没有把那个念头说完，也不需要说完，显然艾迪和哈利也已经猜想到了那一点。没有人拥有无限的意志力，凯莉经历过并从中幸存下来的那些事，其他人可能无法承受。这不是失败，这是一种病态。对一些人来说，自杀似乎成了唯一的出路。

唯一的声音，来自大门另一边的抗议者们。哈利和艾迪彼此对视了一眼，但没有说话。他们为凯莉感到担忧，而这不知怎的让凯特更加害怕。

她的手机开始振动，有来电，号码很熟悉。

“凯特·布鲁克斯。”她接起电话说。

“布鲁克斯小姐，这里是中央大街书记员办公室，您必须在斯托克法官之前出席中午凯莉·米勒一案的紧急听证会。”

凯特感到脖子后面隐隐作痛，这是压力性头痛的先兆。让她感到不适的，是知道自己刚刚遭遇了埋伏。虽然她确切知道紧急听证会是为了什么，但她还是为了确认再次询问。

“听证会的内容是什么？”凯特问。

“保释问题。”书记员回答，并告诉她会议将在哪个法庭及楼层进行，然后挂断了电话。

凯特拨打了奥托的号码。

“我们通话后，你除了和艾迪谈过，还跟谁说了？”她问。

“没别人了。”他说。

“我刚接到书记员办公室的电话，凯莉的案子中午有个保释听证会。检察官认为她逃保了，知道她失踪的人只有艾迪、哈利、你和我。”

“我告诉过你，我没有和其他人说过，我不想让凯莉被抓。我发誓除了艾迪之外，我没有和其他任何人说过话。”他坚称。

“好吧，对不起，我们晚点再说。”说完，她挂断了电话。

“他跟谁说了？”哈利问。

“据他说，除了我们，谁也没说。”凯特回答，“听他的语气，我觉得他没说谎。”

“那法院怎么会知道她的保释有问题？”哈利追问。

“只有两种可能，”艾迪说，“要么是奥托告诉了警方，要么是他们本来就知情。”

“但他们怎么会知道呢？”凯特疑惑道。

“我认为那份搜查令涉及的不仅仅是扣押奥托·佩尔蒂埃的旧档案，联邦调查局可能在他的电话上安装了窃听器。”

00:15

摘自凯莉·米勒的日记

5月29日

我仍然因为上周对警察撒谎感到非常内疚，我不是故意的，我只是太心烦意乱而且恐慌了，只想让警察离开。但即便后来问了丹尼尔，我还是感觉糟透了。

我决定第二天再问他一次，告诉他我感到内疚。对警察撒谎算犯罪吗？我想打电话到警察局，和警察谈谈，把事情说清楚。丹尼尔告诉我说没必要，他走向他的笔记本电脑，找到了当地新闻网站，点击了一则报道。我读了之后，感觉好多了：警方正在对某些类型面包车的注册车主进行例行检查，因为据信，睡魔可能使用了类似的车辆。

丹尼尔说他不想卷入那个案件。他并不是那辆小面包车的实际拥有者，虽然确实有一辆面包车注册在他的一家公司名下，但他甚至不确定他们是否还保留着那辆车。他投资了许多小企业，并时不时转手以赚取利润。他说，警察的当务之急应该是去找真正的凶手，在这件事上浪费时间是没有意义的。我同意他的看法，现在看来确实没有必要，而且我对整件事情感觉好多了。

在警察来访后的那几天里，我和丹尼尔过得非常好。他甚至有几次提前回家，我们一起做饭，喝葡萄酒，开怀大笑。一切都那么轻松愉快，就像我们刚开始约会时那样。

直到昨晚，他凌晨3点后才回家。回来后，他在我们的浴室洗澡，然后头发湿漉漉地上了床，当时我假装睡着了。今天早上我醒来之前，他已经起床并且离开了家，大概是想避开即将到来的争吵。

等他后来回到家里时，我决定不做那种唠叨的妻子，只是随意提了下他工作太辛苦了，看起来有点疲惫。我就说了这些，但我仍然注意到他脸上掠过一丝不悦的神情。

晚餐后，他更像是我熟悉的丹尼尔了，我想可能他只是累了饿了。他坚持要我喝杯白葡萄酒来放松一下，而他则去洗碗机里放餐具。当我舒适地坐在沙发上，手握酒杯时，他走过来，在我面前的咖啡桌上放了一个戒指盒。

他说他爱我，他会一直向我证明我对他的意义有多重大。盒子里有两枚戒指：一枚是玫瑰金的，镶有红色宝石；另一枚是银的，中间嵌有一颗灰色宝石。我试戴了一下，银的那枚略紧，但还算合手。两枚戒指都很漂亮，他太了解我的品位了。我告诉他，不必一直给我买珠宝，我真正想要的是他，是与他共度的时光。我们亲吻了一下，然后他回到厨房继续清理。

我打开电视，发现我们最爱的电影已经在TCM频道播放了。

在我们约会时，我曾让他看过这部电影。他和我一样喜欢，这逐渐成了我们的小默契。我最喜欢的电影包括《风月俏佳人》[①]《辣身舞》[②]

① 一部于1990年上映的美国浪漫喜剧电影，由盖瑞·马歇尔执导。这部电影由朱莉娅·罗伯茨和理查·基尔主演，讲述了一个关于爱情和社会阶层的故事。

② 一部于1987年上映的美国浪漫剧情片，由珍妮弗·格雷主演。

《莫负当年情》[1]（每次看都会落泪），还有这部——因为它让我害怕得要命。

他回到客厅，看到红酒和正在播放的电影，抱歉地跟我说他得出去见一个客户。他说刚刚完成了一个项目，得筹划下一个了。他俯身亲吻了我的脸颊。我告诉他没关系，没事的。

其实有事。

当我准备好观看由罗伯特·米彻姆主演的《猎人之夜》[2]时，他穿上了外套。

经过沙发时，丹尼尔瞥了一眼屏幕，用他那低沉的男中音唱道："咿呀呀，咿呀呀，依靠着永恒的臂弯……"

在这部电影中，米彻姆扮演一名牧师兼连环杀手。他得知银行抢劫案的赃款藏在劫匪遗孀的房产某处，于是接近并娶了那位遗孀，以便找到那笔钱。他用弹簧刀杀害了他的新婚妻子，然后发现其中一个孩子把钱藏在了布娃娃里。丽莲·吉许饰演一位坚强的老妇人，她收留了这两个孤儿，以保护他们免遭那位杀手牧师的毒手。

这是我最喜欢的一幕：深夜，一片漆黑，米彻姆坐在花园里的树桩上，唱着那首古老的基督教圣歌："依靠着永恒的臂弯……"吉许则坐在门廊纱窗后阴影中的摇椅里，怀抱一杆猎枪。为了表现她并不害怕，她也加入了歌唱。直到一个孩子拿着蜡烛走近，照亮了门廊的纱窗，刺眼的光芒掩盖了米彻姆那危险的身影。当吉许向前倾身吹灭蜡烛时，米彻姆已消失在夜色中。

---

① 一部于1988年上映，由盖瑞·马歇尔执导的美国剧情片。该片由芭芭拉·赫希和贝特·米德勒主演，讲述了一段跨越几十年的深厚友谊。

② 一部于1955年上映的美国惊悚片，由查尔斯·劳顿执导，罗伯特·米彻姆主演。这部电影被认为是电影史上最伟大的作品之一，以独特的视觉风格和深刻的主题著称。

自我第一次看这部电影以来，那首歌就一直在我的脑海中挥之不去。米彻姆，一个冰冷无情的杀手，用如此美妙的男中音唱着歌，而且还是赞美诗。他用弹簧刀送人进入“永恒的臂弯”，却唱着圣歌。他是如此之坏，如此邪恶且无所畏惧，敢于坐在那栋房子外面唱歌。每次想起这一幕，我都不禁寒毛直竖。

我没有听到前门关闭的声音，也没有听到车库门开启或是丹尼尔发动那辆跑车发动机的声音，只是看到了电视上反射出的红光。转身透过窗户望去，我看到车的尾灯像两只巨大的红眼睛消失在小径尽头，渐渐隐入夜色中。

我继续看电影，其间在沙发上睡了大约 1 个小时，然后我的手机把我吵醒了。

几天前，我详细阅读了关于睡魔案件的所有报道。在警察来访后，我很好奇，并设置了提醒，一旦有新的文章出现，手机就会通知我。我点了下通知，有两个新闻。

第一则新闻说的是睡魔昨晚在一间公寓里杀害了两名女性，警方正在呼吁目击者提供线索。第二则新闻更多是关于睡魔之前的受害者——玛格丽特·夏普的。照片中的她穿着一件红白格子的夏日连衣裙，涂着鲜艳的红色唇膏，头发卷成了 20 世纪 50 年代的风格，面带微笑。

我手一松，手机掉了。

捡起来后，我用手指点击玛格丽特·夏普的照片，放大。

她戴着一对玫瑰形的银耳环。

00:16

布洛赫

莱克说他有车，但送去修车行维修了。

通常情况下，布洛赫不太爱聊天。她喜欢汽车，把自己还不错的家用吉普车改得几乎面目全非。主要改动包括加固底盘、传动轴和所有轮组件，以应对新安装的带有两个增压器的V6推杆式发动机[①]。至于车身部分，她则保持原样。因此当她踩下油门时，你的下巴会因震惊而无法合上，同时脊椎仿佛与座椅融为一体。

“你开的是什么车？”布洛赫问道。

“哦，一款蓝色的车。”莱克说。

看来这周会很难熬。他们坐着布洛赫的吉普车前往特里贝克区，莱克建议从那里开始。

“特里贝克那边有什么？”布洛赫问。

“莉莲·帕克的公寓，我想去一探究竟。”

“为什么是这个受害者？”

“她的邻居是地方检察官那边的证人。切斯特·莫里斯已经死了，剩下的是特蕾莎·瓦斯奎兹，她声称在莉莲·帕克被杀那晚看到一男一女在大楼外徘徊。此外还有尼尔森案的证人，但我还没准备好去调查。睡魔会针对这些证人下手，所以他可能就在附近——这是第一个理由。第二个理由，我需要亲自查看现场，以更好地推测这家伙是谁。”

① 一种常见的内燃机设计，其中“V6”表示该发动机有六个汽缸，呈“V”形排列，“推杆式”则指该发动机使用推杆来驱动气门。这种设计在许多汽车和卡车中都有应用，尤其是在北美市场上较为常见。

“你在做侧写？”布洛赫汇入车流时问道，“我还以为你会认为联邦调查局捕捉连环杀手的方法都是错的。”

他在副驾驶座上对她微笑，或者至少是把嘴唇扯出了类似微笑的样子。

“对于心理侧写和重复犯罪行为，有多种学派理论，我有我自己的方法。”

“是什么？”

“你听说过乔治·梅特斯基，那个疯狂炸弹客吗？”

布洛赫点点头，把车左转。整个犯罪侧写领域及其公众兴趣，都源自一个穿着双排扣西装的男人。这是现代犯罪侧写的首个案例，六十多年来一直是该学科的范例，而此案的情境，对于研究暴力重复犯罪模式的人来说至今仍充满吸引力。

“你肯定知道训练中他们讲的那个故事，但真实的情况其实更加引人入胜。1940 年 11 月，一枚炸弹在联合爱迪生公用事业公司的窗台上被发现，外面包着一张纸条，指控联合爱迪生公司是骗子，并署名‘F. P.’。随后，在 1941 年 9 月，又一枚炸弹在该工厂附近被发现。同年 12 月，警方收到了一封来自 F. P. 的信件，他在信中表示，在‘二战’期间他不会安置更多炸弹，因为他是一名爱国者，但战后他会迫使联合爱迪生公司为其所谓的恶行付出代价。

“他兑现了自己的诺言，从 1951 年到 1956 年间，他投放了超过三十枚炸弹，一部分在联合爱迪生公司，其余的则投放在纽约的地标性建筑，比如无线电城音乐厅、中央车站、时代广场的派拉蒙剧院等地。这些爆炸导致大约二十人受伤，幸运的是，无人死亡。纽约警察局认为死人只是时间问题，因此约翰·克罗宁队长请来了犯罪学家兼精神病学家——詹姆斯·布鲁塞尔。”

布洛赫说："布鲁塞尔做了第一个犯罪侧写，相当准确。"

"有些地方有误，而且描述得比较宽泛，其他方面还算准确，但真正引起媒体注意的，是他对疯狂炸弹客的描述。布鲁塞尔做了两个预测：一是当他们抓到这个人时，他会穿着一套双排扣西装；二是这个炸弹客会把夹克的扣子扣得严严实实的。"

布洛赫微笑着回忆那段往事：当时她和其他警官一同坐在教室里，听着联邦调查局的一位教员在下午课程开始时讲述这个故事，那是一堂关于调查局如何利用侧写师捕捉连环犯罪者的课程。

"不过，他说得没错。他们抓到乔治·梅特斯基时，他确实穿着那款西装，而且扣子都扣上了。"布洛赫说道。

"这简直就是夏洛克·福尔摩斯级别的推理，报纸对此大肆宣传。连环杀手侧写师们把这个故事当作荣誉勋章一样炫耀，但关键是——那份侧写其实并没有帮助警察抓住梅特斯基，一点帮助都没有。他们猜对了，凶手是怀有怨恨的前雇员。梅特斯基在炉子旁熏坏了肺，所以他确有怨气，但联合爱迪生公司对警方隐藏了他们的老职工赔偿档案。一位名叫爱丽丝·凯莉的公司职员发现了梅特斯基的档案，她注意到，他在给公司的投诉信和给警方的信件中使用了相同的措辞。而布鲁塞尔，他基于梅特斯基对打击联合爱迪生公司的执着，认为他是个一丝不苟的人。此外，字如其人，他认为梅特斯基的笔迹意味着他在外表和行为上都整洁无瑕，这就是为什么他认为梅特斯基会穿着那款西装。这是一个基于虚假笔迹理论的侥幸猜测，其实本不该如此。有足够的信息，即便没有精神病学学位，也能告诉他人梅特斯基会穿那款西装，而且他总是会把扣子扣起来。"

"我不明白。"

"仔细想想。"

布洛赫停在红绿灯前，拉上手刹，双手暂时离开方向盘，放在大腿上。

60 秒过去，信号灯转为绿色。她说："我还是不懂，直接告诉我吧。"

"第一枚炸弹是在 1940 年投放的，目标是联合爱迪生公司。"莱克说，"疯狂炸弹客对这家公司有怨恨，他因受伤无法工作而丢了饭碗。他等了十年或更久，直到 1951 年才开始新一轮的爆炸行动，这意味着他对公司仍耿耿于怀，同时身体状况也依然糟糕，无法找到新的工作。如果他能够重新开始，找到新的工作，他就不会在城市里投放炸弹，也不会大声疾呼要求惩罚联合爱迪生公司以伸张正义。到了 20 世纪 50 年代，时尚潮流改变了，大多数男人穿西装，新款是窄翻领、短小修身的夹克和窄领带。而在 20 世纪三四十年代，男人们穿的是双排扣西装。梅特斯基穿的就是双排扣西装，因为那是他还在工作时买的最后一套，他买不起新潮的样式。"

"好吧，那布鲁塞尔怎么知道他会把那套西装扣起来穿呢？"

"这很简单，你穿过双排扣西装吗？"莱克问道。

布洛赫摇了摇头。

"那种西装在腹部那里多出了大概 30 厘米的布料，在你能从里面扣上第一个扣子之前，外套就已经自己折起来了，然后外面还要再扣上两个扣子。其设计初衷就是让人一直扣着穿的，如果不扣起来，你会感觉肩膀上挂着个降落伞，外套会反过来。如果你看过 20 世纪三四十年代背景的电影，每个穿双排扣西装的人都会扣起来穿。"

"你想表达什么？"布洛赫问。

"所有抓捕梅特斯基所需的证据，其实都已经直截了当地摆在调查人员眼前了，他们并不需要精神科医生或犯罪学家。我想表达的意思是，你不需要侧写师来告诉你风往哪个方向吹，你只需舔舔手指，伸到空中感受一下就知道了。”

吉普车停进了路边的一个停车位，正好对着他们右侧的一条小巷子。

“就是这里吗？”布洛赫问。

“没错，就是这里。”

他们前方停着一辆棕色的福特轿车，车内前排坐着两个人，穿着便服，戴着耳麦，其中一人正从保温杯里喝着什么。

“联邦调查局的人在这里，为了保护目击者特蕾莎·瓦斯奎兹。”布洛赫说。

“没关系，我们不干涉。睡魔在那条小巷里抛的尸，我们先去那里看看。”

“我们具体要做什么？”布洛赫问。

“我们要像之前说的，舔舔手指，伸到空中感受风向。”

令人惊讶的是，曼哈顿地区开阔的巷弄并不多，而且大部分都是有门禁的，但这条却是开放的。布洛赫注视着走在前面的莱克，他步伐缓慢却自信满满，走路时带着些许得意的神态，但他自己似乎并未察觉。他不是一个自我意识强烈的人，否则他会刮干净胡楂，熨平衬衫，把西装烫挺。她感觉到，他的注意力全然集中在外界，仿佛他可以就一个复杂的话题滔滔不绝地谈论数小时，而浑然不觉自己身处火海。

这条巷弄大概有 5 米宽，但感觉并不宽敞。两侧建筑物上的铁质防火梯使得空间显得更为狭窄。布洛赫抬头望向牡蛎色的云朵。在楼顶，那些铁制的防火梯在如纸张般的天空的映衬下显得细长而墨黑。除了三个垃圾箱以及旁边堆放的一些垃圾和纸板箱，巷子里空无一物。

尽管垃圾不多，但臭味闻起来却给人一种堆积如山的感觉。巷子向前延伸了 15 米，然后急转弯左拐继续延伸了 6 米。红砖墙上污迹斑斑，到处都有脱落的痕迹。墙上还贴着一些海报，其中一张是为一场三年前的摇滚乐队演出做的广告，另外几张则因为风吹日晒，字迹全无，只留下粘在墙上的残缺纸片。

真是个悲哀的死寂之地。

“他们从未找到莉莲的浮雕胸针，”莱克说，“而且是她的母亲琼·帕克通知警方胸针丢失的。那枚胸针原本属于琼的母亲，莉莲的外祖母。庭审结束后，受害者的家属通常会拿回属于他们的物品。那枚胸针对琼意义重大，但他们没有找到。”

“我读过她的陈述，丹尼尔·米勒可能把那枚胸针藏在了某个地方。”

布洛赫从车上拿下了她的平板电脑，开机打开了压缩文件。丹尼斯已将凯莉·米勒案的所有文件扫描至事务所的电脑系统中，每一份证据、每一次申请、每一张纸屑都被创建了索引，以便在几秒钟内就能调阅。布洛赫双击标有“莉莲·帕克”的文件，调出了所有的证人陈述和现场照片。莉莲是在去年 6 月 3 日那个炎热的夜晚被发现的，她躺在一个垃圾桶上，身穿牛仔裤、靴子和白色 T 恤。他像对待其他受害者一样，对她进行了残害，并将沙子撒在尸体上，灌入空洞的眼窝里。

没有人听到声响，巷子两边建筑里的居民都没有听见。有几个居民表示，他们的窗户还是开着的，因为天气很热，而且还抱怨了垃圾的气味和该死的猫叫声，但炎热比小巷里猫叫的刺耳尖锐声让人难受多了。

莱克停在了垃圾箱前，这一排垃圾箱集中在巷子左转前的位置。

他回头看了看来的路，然后弯腰检查地面。站起来后，他又检查了一遍周围环境。进入巷子有两个地面出口，每栋建筑各一个，都是消防门，从外面无法打开。

“莉莲·帕克所在建筑的消防门警报当时是能用的。”他说。

布洛赫点点头，随后抬头望去。有一架梯子，离地约 3 米，连接着通往防火梯的第一级阶梯。如果要从莉莲·帕克所在的楼层沿建筑侧面下去，至少得经过 21 扇窗户（每层楼 3 扇），而且那天晚上有些窗户是开着的。布洛赫觉得，无论深夜几点，莉莲或其他什么人都不可能在不被看到或听到的情况下沿着防火梯下去。

“他是怎么把她带到巷子里的？”布洛赫问。

莱克点头道：“这是个很好的问题。她不是从自己的那栋楼来的，消防门没有打开，因为没有警报响起；她也没有从防火梯下来。因为有垃圾挡着，卡车无法开进这条街，所以他不可能在别的地方抓住她再把尸体移过来。所以，她是直接从街上走进巷子里的？”

“只能是这样了。”布洛赫点头说。

“这家伙会冒险，但都是经过计算的风险。在繁忙的曼哈顿街道上抓走莉莲·帕克并把她拖进巷子并不合理，总会有人看到或听到什么的。”

睡魔的犯罪手法和杀人方式有两种明显的模式：起初，受害者被发现在康尼岛的海滩上，半埋在沙子里。在第四名受害者被发现后，整个海滩沿线 24 小时的警察巡逻，迫使睡魔改变了他的作案模式，他开始在受害者的家中下手——除了这次的受害者。

“我们上去看看吧。”莱克说。

这里的大楼管理员与布洛赫之前见过的任何一位都不同。他叫丹尼斯，衣着整洁，身上没有异味，转身时不像一些人那样裤腰部位露出臀线。而且当莱克告诉他，他们是来协助联邦调查局调查时，他表现得礼貌且愿意合作。布洛赫认为，丹尼斯不会在这个岗位上屈居太久。

丹尼斯带领他们乘坐电梯到达七楼，取出钥匙，开始为莉莲·帕克的公寓开锁。门上至少有四把锁，需要用四把不同的钥匙。最后，丹尼斯总共花了将近 1 分钟时间才把门打开。门底部装有一个猫洞，但实在太小，不可能是闯入的入口。

“那么，你知道我什么时候可以处理掉家具，并重新出租这个地方吗？”丹尼斯问道。

“应该不会太久，局里体谅你的商业需求，丹尼斯。”莱克说，“感谢你的配合。”

这是让丹尼斯离开的信号。

这是一间单间公寓，所有东西都在一个房间里。布洛赫一踏进去，就看到角落里的床、对面的沙发和电视机，再往后是一些橱柜、一台冰箱和一个看似露营用的炉子。房间里唯一的一扇门通向一个小淋浴间兼厕所，里面没有浴缸。

她再次察看了门锁，这次是从内部观察。所有的锁都很新，看起来很坚固。布洛赫对撬锁略知一二，这是多年前处理一起入室盗窃案时学到的。莉莲安装了所有最好的品牌锁具，而且安装得很到位。即便是对一个技艺高超的撬锁高手来说，要打开这些锁也需要至少 5 分钟，而且想不发出声音几乎是不可能的。

莉莲·帕克的生活并不奢侈，她的公寓里几乎没有什么值钱的东西。一台至少有十年历史的电视机旁边放着一个猫砂盆，房间里的寥寥几件家具上面都有抓痕。厨房里立着一个猫爬架，上面挂着镜子、绳子和用来撕咬的玩具，橱柜里的猫粮比人的食物还多。即使有猫爬架，还是没能阻止宠物猫在床脚、床头柜和小茶几上留下抓痕。厨房的地上放着两只陶瓷的猫食盆。

“她楼上的邻居把猫领走了。”莱克说，“我跟你说一下，以防你好奇问我。”

布洛赫点点头，她确实对此感到好奇。她不能忍受动物被遗弃，所以很高兴这只猫有了新主人，希望新主人能像莉莲一样爱它。

她走向窗户，察看下面的街道。即使在这个时间，周围也到处都是人。这是城市中比较繁华的区域，所以永远不会有安静的时候。

“你是怎么想的？”莱克问。

“我不知道。我希望是在这个公寓里动的手，这样就会有人听到他闯入她房间的声音了。”

布洛赫和莱克一时都没有说话，他们互相对视着，心中有了相同的念头。

00:17

艾迪

世界上总是有些人缺乏同理心。

我不知道法官任命的方式有什么特别之处，但在争取成为法官的过程中，那些同理心较少的律师似乎占了先机。值得我将一条狗托付出去的法官屈指可数，而尊敬的利奥·斯托克法官并不在此列，我甚至不放心让他照看一条鳄鱼。他早前担任地方检察官时，曾接手了一个大案——检察院起诉了一批主要是阿尔巴尼亚裔的低级别黑帮成员，在十八个月内，他成功将其中 58 人送进了监狱。尽管这些人很快就被街头的新面孔取代，而且他的行动对阿尔巴尼亚黑帮来说不过是蚊虫叮咬一般的小挫折，但在报纸和电视上，这一切看起来都十分辉煌。这就是纽约的运作方式——如果你无法成就真正的伟业，那么就展现得你已经做到了同样好，甚至更好。

斯托克凭借这一成就一路顺风顺水，最终被任命为法官。他在法官职位上已待了十年之久，而且似乎对之前的做法很满意，一直在尽可能多地将人们送进监狱。对法官而言，结案就是他们的全部职责。这就是他们的职能——尽快让尽可能多的人通过司法系统的程序，尽管大多数法官至少会花些时间确保正当程序的运行，但斯托克从未被正义的理念所拖累。他每天上午 9 点上班，清理案件日程，然后回家喝酒，周末则打高尔夫球。

斯托克从未结婚，这在当时是颇为罕见的。作为一名律师，想要积累足够的时间去处理案件，通常会留下几段破裂的婚姻，但斯托克并非如此。这在某种程度上说得通，因为婚姻意味着对另一个人持续的付出——这是斯托克无法理解的。据中央大街的密室和走廊里的传言所说，他偏爱高价应召女郎，并且有几位来自扫黄组的侦探在他手下，以确保他的活动永远不会造成公开的尴尬。公众形象对他来说至关重要，但人们常常看到，他和年龄只有他一半、看起来就像是模特画册里的女孩一起出现在餐馆。

他喜欢保持低调，不让别人知道这些女孩实际上确实来自模特画册。

他的腐败不仅仅体现在职业上，个人生活上也是如此。

此刻，他坐在中央大街的建筑里，高高在上地俯视着我和我的团队。他的手指交叉在一起，整齐的黑发从额头梳到脑后，头发上可见一缕缕油光或蜡状物。无论何时，他的肤色总是保持着古铜色，眼睛周围的苍白斑点泄露了他使用日晒床的习惯。他的皮肤总是闪着光泽，好像他不仅给头发，还给整个脸部喷了一层亮漆。

“弗林先生，我稍后会处理你的问题。怀特先生，我听说你现在有一个申请？”

德鲁·怀特是这座城市中最杰出的助理地方检察官之一，同时也是最讨人厌的浑蛋之一。他站在那里，正扣着西装外套的扣子。我从不以貌取人，但怀特站起来时身高刚过一米五七。没人会提起他穿的那双 5 厘米的增高鞋，至少没人当面提。刑事辩护律师和大多数与他共事的女性，都很乐意等到下班后在酒吧时，再拿他开玩笑。他以对年轻助理检察官的特别“关照”而闻名，但仅限于女性。我听说，至少有五名女性助理检察官因大胆投诉怀特骚扰她们，被地方检察官办公室悄悄提拔或辞退。这些都是传言，但凯特视为己任，设法找到了这些女性。对企业和机构提起性骚扰诉讼是凯特真正的热情所在，她在这方面非常擅长。传言还包括在地方检察官圣诞派对上的一次强奸未遂事件：他显然在一位刚入职六个月的年轻女检察官的饮料中下了药。两名秘书看到他和她一起离开，设法在怀特把她带到私人地点之前将她从出租车里拉了出来。据八卦所说，实际上还有更糟糕的情况，他得了手，只因强奸检测包[①]的神秘丢失才让他逃脱了指控。

在开口之前，怀特转过身，看向我和哈利以及凯特，确保法官看不到他的脸。

他的目光掠过凯特时，停留了一会儿。他对她笑了，虽然时间很短暂，但绝对不友好。就像是凌晨 4 点，一个醉汉对着奶酪汉堡的那

① 一套用于收集强奸受害者身体证据的医疗器具和试剂，以便进行法医检验和调查。

种微笑——一种饥饿且令人不安的眼神。然后，他转过身，开始向法官介绍他的检方团队。

“嗯……”凯特说，“这是新的起诉策略还是什么？让对手生理上感到恶心？”

“现在的年轻人就是这样示爱的吗？”哈利问，“有那么一瞬间我还以为他中风了。”

“尊敬的法官大人，”怀特开始说，“我们的办公室注意到，凯莉·米勒违反了她的保释条件。如您所知，严格上来说她正处于居家监禁状态，但她现在并不在自己的住所。我们请求法庭撤销她的保释。”

“弗林先生，这是真的吗？”斯托克法官问。

起身回答法官时，我提醒自己，有些法律底线我是不愿意逾越的，其中之一就是在法官面前说些赤裸裸的谎言，至少是那种法官可能明知道是谎言的谎言。

“今早，我的同事凯特·布鲁克斯和我事务所的顾问哈利·福特未能在其住所找到她。我想知道，这是怎么引起地方检察官办公室的注意的。在接到参加这次听证会的电话前，我们正在寻找我们的当事人。”我说。

“这与你无关，弗林先生。我认为眼下只有一个行动方案——我将撤销保释，并为你的当事人发布逮捕令。怀特先生，还有其他申请吗？”

“是的，法官大人，我希望暂时休庭，1 小时后重新开庭进行帕克听证会[①]。”

① 指的是与保释决定有关的听证会。

“批准。”斯托克法官说着从座位上站了起来，在我还没来得及提出异议之前就进了他的办公室，不见了踪影。

该死，帕克听证会。我转向哈利，他的脸色已经沉了下来，凯特在摇头，我感受到了这个案件带给我的重压。就在不到24小时前，我们还有辩护策略，也有当事人。现在，一切看起来毫无胜算。

帕克听证会将决定被告是否可以在缺席的情况下接受审判。他们打算不管有没有凯莉·米勒，都要推动案件继续进行。

我们在走廊里无所事事地等待了1个小时15分钟。在这段时间里，我们给凯莉的手机和家里的座机打了30多个电话。凯特给奥托打了个电话，他给我们提供了一份她的朋友名单，但其中少数几个接电话的人，要么没有她的消息，要么没见过她，而且他们都明确表示，再也不想见她或听到她的消息了。自从凯莉与睡魔结婚的消息公之于众后，没有人愿意了解她，甚至不愿承认曾经见过她。为了避免遭受辱骂和骚扰，她注销了所有社交媒体账号，但她没想到连朋友们都不再接听她的电话了——甚至连她认识了三十年的伴娘都是如此。

我背靠着一根凉爽的大理石柱子，头靠在上面。石柱带来的凉意并没有缓解我脖子后面的紧张感，看到怀特大步流星地走过走廊，领着比尔·宋和其他六七个检察官过来时，这种紧张感随之加剧。他们中没有一个人超过一米八，但怀特在他们中间昂首阔步的时候，却显得比实际更加矮小，看起来像个吉祥物。凯特坐在沿走廊排列的松木长椅上，当他经过她身边时，我又看到了那个眼神，虽然不是明目张胆，但也绝不含蓄。凯特皱起了眉头。我坐到凯特旁边，怀特走了过来。

“准备‘挨揍’了吗，各位？”他说。

凯特狠狠地盯着他，说：“我父亲的表弟阿尔伯特比你还矮一些。

他娶了妻子，还生了八个孩子，在新泽西州的埃奇沃特经营一家杂货店，任何进店的人都会带着吃的东西满载而归。不管你拿着 50 美金还是 5 美分进去，他从不让任何人饿着肚子离开。他去世时，葬礼的队伍绵延了八个街区。阿尔伯特正好一米五，但他是个伟大的人。而怀特先生你——你是个‘真小人’。”

“你们俩都见鬼去吧，等我赢了这场申请，这个案子基本就算结束了。祝你们好运。”

他转身进了法庭，留下心中充满了不祥预感的我。他可能是对的。证据对凯莉不利，而且如果你从未见过她，也没和她交谈过，你很可能立刻就会被说服，认为她是罪犯。但与她交谈时——倒不是因为她有多能说服人，她并没有强有力的论据来推翻检方的证据——你能感受到她在说真话。这种感觉，很难用语言来解释。没有她的证词，这个案子几乎不可能赢。

帕克听证会本身并不复杂，法官需要确认两件事：一是被告是出于自愿逃逸；二是被告事先已被警告过，如果不出庭受审，案件将在他们缺席的情况下继续进行。

为此，怀特找来了三位证人。比尔·宋向法官证实，他曾前往凯莉·米勒位于老韦斯特伯里的住所，但她并不在家，这违反了保释条件；第二位证人是一位助理地方检察官，名叫桑德拉·柯林斯，她做证说，她已经致电了曼哈顿所有的医疗和精神病院，还包括凯莉·米勒家附近的医院，并联系了中央拘留所，据她了解所知，凯莉·米勒既没有被收治为病人，也没有被逮捕。柯林斯回答问题时非常迅速，而且当怀特盯着她看，尤其是他的目光落在她双腿上时，她似乎在椅子上局促不安。

我对比尔和柯林斯提出了同样的两个问题，并从他们那里得到了相同的答案。

“凯莉·米勒的丈夫因多项谋杀指控被纽约警察局和联邦调查局通缉，对吗？”

他们两人都回答是的。

“凯莉·米勒有可能被她丈夫绑架了，不是吗？”

两人也都表示同意这一点。

而这已经是我目前能做的最好的辩护了。

“我已经听取了证词，”斯托克法官开始说道，“请书记员在我的书面判决中记录，我在被告获得保释时，亲自向她发出了符合帕克标准的警告。她受到了警告，并确认她明白，如果她逃避保释，她的审判将照常进行。因此，我确信她是出于自愿逃逸的——”

“法官大人——”我开始发言，但他打断了我。

“不，弗林先生，没有证据显示您的当事人被绑架，我必须采取基于证据的方法，案件将在她缺席的情况下继续进行。休庭。”

怀特又看了一眼这边。没有舔嘴唇，没有冷笑，甚至也没有那种恶心的眼神。他只是满意地咧嘴一笑，然后离开了法庭。

哈利叹了口气，说：“这个案子中，我们唯一的机会就是凯莉的证词。如果她像跟我们说的那样告诉陪审团她的故事，他们会相信她的。没有凯莉·米勒，就没有辩护可言。”

我瞥了一眼凯特，她正把散乱的纸页塞回她的皮质手提包里，连同平板电脑和笔一起。她的嘴唇紧紧抿着。每往包里塞一件物品，都会发出一声沉闷的响声。

“我们需要布洛赫，”凯特说，“她得去找凯莉·米勒，让她来出庭。”

我跟着哈利和凯特走出法庭。走廊上，比尔·宋正在等我。

“艾迪，我们能私下谈谈吗？”

我点点头，和他一起来到走廊边一个安静的角落。旁边是一扇栅栏窗，窗户玻璃因油脂、尘土和污垢而变成了烟草棕色。我环顾四周，看到一群律师和他们的客户，或站或坐，交谈着，喝着劣质咖啡，等待着他们的案件被传唤。很难分辨出谁是律师，谁是罪犯。这让我想到，窗户可能是从里面变脏的——似乎有太多的脏污在这条走廊上游荡。

“我接到特蕾莎·瓦斯奎兹所在大楼的保护小组打来的电话。自从切斯特·莫里斯成为攻击目标后，我们将所有证人都置于严密的个人保护之下。有人看见，布洛赫和加布里埃尔·莱克一起进入了莉莲·帕克的大楼。你和我没有过节，所以这是个警告——你的人在莱克身边不安全。”

“何出此言？”

“相信我就行。”

“但你却足够信任他到让他参与这个案件，就像德莱尼要求的那样。布洛赫和他一起工作有什么问题吗？”

比尔的眉头皱在一起，但不是因为愤怒，而是因为困惑。

“德莱尼想要莱克加入这个案件，我说不行，德莱尼遇害并没有改变这一点。昨晚他求我让他以顾问的身份加入，我拒绝了。”

“但他告诉我们他正在执行工作……”我没有说完这句话。真相水落石出——莱克对我们撒了谎，他独自执行着某个任务。

“你不能信任那家伙，艾迪，而且他很危险。”

“布洛赫自己也很危险。”

“我不能透露太多，这是机密，档案都密封了，我只能告诉你这些：他有一次踢错了门，独自闯入了一个海洛因藏匿所，没有任何后援。那里有400万现金和23千克的海洛因，而且戒备森严，有10个人守卫，其中3人是退伍军人。调查此事的委员会认定，他是正当防卫。消息传开了，这家伙是个他妈的超级警察，是个英雄。但联邦调查局却悄悄以健康原因让莱克退休，因为这个故事还有另一个版本。那房子里的事情确实以自卫开始，但并没有那样结束。在某个时刻，莱克有机会脱身，但他留下了，尽管自己受了重伤，还是击倒了所有人。对付最后一个人的时候，他在那人胸口开了两枪，然后他重新装弹，把整匣子弹射在那人的脸上——他处决了那人。艾迪，他是个杀手。我不希望莱克接近我的任何手下，你也不应该让他接近你的人。”

我想起了那天和我一起吃早餐的那个紧张的男子，他说话时总爱敲击桌子，甚至都无法顺利点一个松饼。我决定，为了以防万一，还是要把这件事告诉布洛赫，但比尔说的话和我对莱克的印象不太吻合。我向比尔表示了感谢，其实他不必告诉我这些，但我还是决定，关于莱克的事，我要自己来判断，也让布洛赫自己去形成对他的看法。

我四处张望，寻找怀特，想和他谈谈关于在奥托手机上安装窃听器的事，给他一个警告，让他知道我不会对此置之不理。即便是从一个愿意配合的法官那里获得了监听许可，监听辩护律师的电话也是足以终结职业生涯的行为，这是我所听说过的最卑劣的手段之一。如果这事泄露出去，怀特连在律师事务所扫地的工作都找不到。

哈利、凯特和我走出门外，迎面遭遇了记者们的围堵。他们簇拥在怀特周围，就像一群蓝鲨争食一具海豹的尸体。他们看到我们时，其中几个记者立刻脱离队伍，朝我们跑来。怀特转过身，挥手示意了一下，随即钻进了一辆停在路边等候的车里。

一名穿着蓝色细条纹西装、戴着厚如可乐瓶底眼镜的年轻女记者第一个冲到我们面前，把一台数字录音机举到我面前，但因预判失误，不慎撞到了我的嘴：“你认为凯莉·米勒是否已随其丈夫潜逃？哦，天哪，非常抱歉……”

“没事。”我检查了一下嘴唇，没有出血，也就算了。趁着其他记者还没围拢过来，我问道：“请问你叫什么名字，手机号多少？”

“我是贝蒂·克拉克，《哨兵报》的。”她说着，递给我一张名片。

“我现在无法发表声明，但我会联系你的。如果我们能搞清楚一些事情，等这一切结束后，我可以给你个独家报道。”

“你说的‘搞清楚一些事情’是什么意思？我们报社不会为故事付费的。”

“很好，我们也不要钱，我们只是需要一点线索。”

说完，哈利、凯特和我在人群中奋力挤向街道。记者们意识到无法从我们这里得到更多消息后，很快就不再纠缠我们了。

我走向雷先生，他在法院外经营着一个热狗摊，自从我帮他把侄子从里克斯岛[①]监狱弄出来后，他就一直以很优惠的价格给我打一些广告。

“雷，请给我们来三个脏热狗。”我说着，递给他一张50美金的钞票。

有些摊贩会用烤架烤热狗里面的火腿，但最好的火腿是放在手推车上一个保温小钢锅里的，锅里的卤水看似来自东河一般脏，实际上是用孜然、辣椒、洋葱，以及天知道还有什么别的调料混合而成的。

“我不想要热狗。”凯特说。

“这就是我们的午餐了。我们还有很多工作要做，相信我，你需要这个。”

雷给我们准备了三个热狗，给哈利加了芥末、番茄酱和洋葱，我

① 位于美国纽约市的一个岛屿，以作为纽约市最大的监狱设施所在地而闻名。这个监狱设施群是美国最知名的拘留中心之一，但也因恶劣的条件和高发的暴力事件而备受争议。

和凯特的则只加了芥末。我们各自拿了一罐汽水，在弗利广场中间找了个长椅坐下，边吃着热狗喝着可乐，边看着过往的车辆。其间，我把比尔告诉我的事情跟他们俩说了，然后我打电话给布洛赫，想确认她是否安好。她立刻接听了电话。

“我们遇到状况了，我们需要你。你们已经抓到睡魔了吗？”我问。

“信不信由你，我正看着他呢。”布洛赫说。

00:18

布洛赫

“他没有在公寓里袭击她，因为他进不去。”布洛赫说。

布洛赫打开门，仔细检查了锁面，锁周围有些刮痕，但这很难判断是因为有人试图撬锁，还是紧张的租户造成的。

“但要在大街上抓住一个人并把他拖进黑暗的小巷里，同时不被任何人看见或听见，也同样困难。”布洛赫接着说。

“他不会那么做的。我猜他是说服了她，自愿进入那条小巷的。”莱克说道。

“胡说八道，在纽约，没有哪个女人会自愿跟着一个陌生人走进黑暗的小巷。”

“可能有某种东西让她愿意走进那条没有灯光的小巷。‘目击者们’没有听到挣扎或尖叫，但他们确实听到了——”

“猫叫声。”布洛赫接着说道。

他们的目光紧紧相锁，但是彼此并没有在看对方，他们的思绪飘在别处，沉浸在突破性发现带来的电流中。其中有一些至关重要的信息，布洛赫几乎能尝到它，几乎能触碰到它，它就在那儿，就在她的眼前……

莱克走向厨房，弯腰捡起猫碗，红色的碗上写着“波琪”，另一个蓝色的碗上则写着“爪子先生”。

“楼上的邻居收养了那只猫，文件上是这么写的，但实际上不止一只……”莱克说道。

布洛赫看了看那些碗，随后打开平板电脑，再次查看了巷子里拍摄的照片。她划过了那些特写镜头，寻找更宽广的视角。

“这儿，”她说，“墙上的传单。”

她捏住屏幕放大画面。在那张旧乐队海报旁边，贴着一张已被撕掉一部分的传单。上面的内容无法完全辨认，能看出字迹是黑白的，并且有印刷的大写字母：

ST CAT①

下面是一串手机号码。莱克拿出手机，拨打了那个号码，并打开了扬声器。

电话没有响铃，直接转到了语音信箱。

“莉莲·帕克的语音信箱，请留言，我会尽快回复您。”

“他偷走了她的猫，所以她才走进小巷，因为她听到了猫的叫声。那个浑蛋抓住猫，引诱她进去。”莱克说。

“为了这招奏效，他必须知道她喜欢猫。”布洛赫说。

① “Seeking The Cat”（寻找猫咪）的缩写。

“他了解她？”莱克问道。但话一出口，他就摇了摇头。据他们所知，睡魔并不会针对他圈子内的人下手。目前没有任何证据表明，丹尼尔·米勒和莉莲·帕克之间存在关系，这一点，联邦调查局已经彻底调查过。而且，莉莲·帕克的公寓从没有过访客。

“不是，莉莲·帕克没有访客，没有人进来过这里。等一下，他……”布洛赫开口说道，但她的思绪牵引着她的双腿，走向了那扇可以俯瞰街道和对面建筑的窗户。

“他在观察她。”布洛赫说着，环视着那些满是抓痕的家具、猫爬架和猫砂盆，“莉莲·帕克爱猫，任何人透过窗户看她的公寓都能立刻察觉到这一点。如果他们注意到她门上的锁，就会知道没有钥匙是不可能悄无声息地进去的”。

“这意味着他有一个有利的观察位置，”莱克说，“而且是一个他不想暴露的位置。我敢打赌，他与街对面某间公寓有关系——比如某个易于识别的特点，短期租赁之类的。”

对面有两栋建筑。一栋是商业办公空间，一座四十层的全玻璃塔楼，每层的情况都差不多。布洛赫能看到桌前忙碌的上班族，为销售会议悬挂的横幅装饰在窗户上，会议室里的白色桌子旁环绕着五颜六色的椅子，一群人打着电话，早晨的工作压力已经让他们松开了领带，实习生们则在打印机前忙碌着。睡魔不会选择这座建筑作为观察点——太过显眼了。另一栋建筑则小得多，大小和他们现在所在的公寓楼差不多。

对面楼的顶层看起来很完美，是个阁楼空间，有个大窗户，几乎正对着这边，也许位置稍高一些，能更好地俯瞰他们现在所在的公寓。而在那扇窗户边，布洛赫看到一个男人正盯着他们看。

她的手机响了。

“是不是有人在看我们？”莱克问。

“特蕾莎·瓦斯奎兹住在莉莲·帕克隔壁，她透过窗户看到的是同样的视野。”布洛赫说。

如果有人想监视特蕾莎的行动，用来观察莉莲·帕克公寓的视角也适用于窥视她的邻居特蕾莎。

是艾迪打来的电话，她接了起来。

“我们遇到状况了，我们需要你。你们已经抓到睡魔了吗？”艾迪问。

“那不可能是……”莱克盯着街对面阁楼公寓里的男人说道。

那人距离太远，几乎无法辨认出特征，只能隐约看出他皮肤白皙，穿着深色的衣服。

他手里拿着一个黑色的东西挡在脸前，那东西反射着光线。

是望远镜。

他似乎歪了歪头。

“信不信由你，我正看着他呢。”布洛赫凝视着窗边的那张脸说道。

莱克走上前，鼻子几乎贴到了窗户上，呼出的气给玻璃蒙上了一层雾。

阁楼里的男人放下了望远镜，转过身去。

然后开始奔跑。

00:19

睡魔

他放下那副便携式双筒望远镜，眨了眨眼，然后又将望远镜举到眼前。

加布里埃尔·莱克正与调查员梅丽莎·布洛赫一起，待在莉莲·帕克的公寓里。昨晚，《纽约邮报》的摄影师拍到了他们和艾迪·弗林一起离开德莱尼住所大楼的照片。

没什么好担心的，他想。然后他将注意力转向隔壁的公寓，以及特蕾莎·瓦斯奎兹。特蕾莎 20 岁出头，有工作机会时就会去工作。她在纽约公共图书馆做周末兼职，平日里，她则在派派斯炸鸡店工作。

今天早上，她在两名联邦调查局探员的陪同下离开公寓，买了些杂货和早报，之后就回家了。知道这些信息很有帮助，因为这让他有机会观察她的受保护情况。在她公寓楼外的街上停着一辆车，里面有两名探员，他们从门前接替了另外两名护送她下楼的探员。车里的探员都是 30 多岁，穿着便装——蓝色牛仔裤和深色连帽衫。在她公寓里陪同的两名探员则穿着正装，一位年轻的黑发探员和一位较老的灰发探员。

对于保护小组来说，这样的安排相当轻松。没有人会走进一个人满为患的快餐店，跳过柜台去射杀特蕾莎。同样，纽约公共图书馆也是一个相对安全的地方，入口设有金属探测器和安检。真正的危险时刻在特蕾莎往返公寓和工作地点之间。

他会等待时机。

机会总会来临，只是时间问题。

他擅长等待，已经历练多年。多年来，他饱受失眠的折磨。一躺在床上，他的思绪便开始在黑暗中游走，想象着各种可能降临在他或家人身上的可怕的事情。这一情况始于他大概 7 岁的时候。父母入睡后，他会悄悄起身，躲进衣柜里，坐在底板上。周围是挂在横杆上的衣服，而他则借着手电筒的微光阅读童话故事。

他常常阅读到黎明时分，才悄悄回到床上，筋疲力尽地沉入梦乡。这种生活模式一直持续到他长大，无法再坐在衣柜里为止，于是他开始在床上阅读。他一遍遍重读的故事都与睡眠有关——《汉塞尔与格蕾特》《睡美人》《白雪公主》《金发姑娘和三只熊》《豌豆公主》，以及其他许多故事。还有那些讲述拜访不愿睡觉孩子的角色的故事——恐怖的柜魔、威利·温基①、梦神。这些故事的存在是为了告诫孩子们乖乖上床睡觉。而他最喜欢的，是那位撒沙入眼、让人陷入梦境的睡魔。

他知道，不是这些故事让他成为杀手。事实上，那种冲动早已深植于他的内心。年复一年，他幻想着杀死家里的猫，并且一旦有机会且不被注意时，就会动手伤害它。那只名叫露西的猫，每次都能毫发无损地逃脱。在他向它投掷菜刀之前，它就已经厌恶他了。或许，它能感受到其他生物感受不到的他的本性。每当他走进房间，猫就会对他嘶嘶吼叫，脊背拱起。那只猫惧怕他，对他而言，是自然而然的事情。他知道，自己应当被畏惧。他学会了不质疑自己的冲动，而且无须任何解释。鲨鱼不需要为自己辩解，因为它就是鲨鱼。

他是一个杀手。

而在康尼岛海滩的那个夏夜，当他首次遇到那个醉倒在沙滩上熟睡的女人时，他意识到自己的真正使命，并屈服于自己的本性。那晚的感受至今仍回荡在他的记忆深处，影响着他的每一寸肢体，他的身体甚至会因那股力量而颤抖不已。

事后，他回到他的秘密基地，将受害者的双眼放入一个小铁盒内，

---

① 苏格兰诗人威廉·帕金森·史密斯创作的一首儿童诗歌中的人物。这首诗最初发表于1841年，描述了一个名叫威利·温基的角色，他是一个穿睡衣的小男孩，晚上走遍城镇提醒孩子们该睡觉了。诗歌通过拟人化的手法，给夜晚的降临和孩子们的睡前仪式赋予了生命力。

然后躺在地上沉沉睡去。没有什么能改变杀戮带来的那种感觉，即便是遇见凯莉之后这种情况也没有改变。初次见到她时的震撼，与她交谈，轻抚她手背上细腻的汗毛……她是第一个他亲近却不想杀害，而只想占有的女人。然而，更令他惊讶的是，他也渴望被她占有，渴望凯莉称他为她的男人、她的伴侣、她的丈夫。

她是他的唯一，他的真爱。为了救她，他不惜将这座城市摧毁。

他不断告诉自己，一切还来得及。如果能将她从这场噩梦中拯救出来，她将会永远属于他。没有人可以阻挡他，如果有人想试试，他会让对方知道什么是真正的恐惧。

甚至联邦调查局都害怕他。他还记得德莱尼皮肤上那甜蜜的恐惧气味。

坐在无标志轿车里的两名便衣探员也害怕他。但那位年轻的、漫不经心的保护人员却并非如此，此刻他正站在特蕾莎·瓦斯奎兹的公寓里。这位随和的警官坐在她的沙发上，阅读着杂志《时尚》，而特蕾莎则在为他和他那位年长且更明智的搭档准备咖啡。

视野左边的动静引起了他的注意。他转移望远镜，看到莱克正站在莉莲·帕克的公寓里，脸贴在玻璃上。

莱克正直直地看着他。

多年来，睡魔第一次感到体内泛起了一丝凉意。一种从脊椎底部向上蔓延的清凉的刺痛感，使得他的后颈上泛起了鸡皮疙瘩——头发都竖了起来。

恐惧。

这是一种非常古老的感觉，几十年来未曾触及过他。

莱克和布洛赫并不是在看街道或其他建筑物。他能感觉到，他们的目光正盯着他。

他转过身，迅速朝前门走去。莱克和布洛赫旋即转身，从公寓里奔跑而出。

现在毫无疑问了，他们发现了他。

他快步跑下楼梯。双脚踏在每一级台阶上，发出宛如鼓点般的咚咚声，脉搏跳动似乎要与这节奏相匹配，掌心的汗水弄得皮手套黏糊糊的。但是，他并不担心自己的安危。在活着的人中，没有谁是他面对时会感到害怕的。不，他害怕的是失去眼前的生活——与凯莉一起的生活，远离纽约、联邦调查局和警察，在一个没人认识他们，也没人会想到寻找他们的地方重新开始。

他从未设想会有人在那间阁楼公寓里发现他，在他所有的前瞻性计划中，从未有过这种可能性。然而，这也是一个机会，一个他可以利用的机会。保持清晰的思维并随机应变，是他这么久以来得以逍遥法外的关键。

大楼的大厅空无一人，他猛地冲出门，来到街上，然后急向左转。身后没有追兵的踪迹。快走到街区尽头时，他放慢脚步，恢复成正常行走的速度。他听到身后汽车喇叭声响起，还有轮胎摩擦柏油路的尖锐声响。右侧的一家服装店有着弧形的橱窗，他稍微侧身，就能通过玻璃窥见身后左侧的一些情况。

莱克和布洛赫出现了，紧跟在他们后面的是两名便衣联邦调查局探员，一行人到达了大楼的入口处。

睡魔拐过街角，接着开始绕着街区奔跑。他从大楼东侧离开，绕过南侧，现在已经快跑到西侧的尽头，但他没有减速，而是加快速度，穿过马路，奔向莉莲·帕克所在的大楼。他发现门没锁，于是悄悄溜进去，沿着楼梯向上跑去，没有引起任何注意。到达七楼后，他从枪套里抽出消音的瑞士手枪，接着敲响了特蕾莎·瓦斯奎兹公寓的前门。

他侧身站定，紧盯着窥视孔。折射镜的角上有一道亮光，大概有3毫米，那是从公寓窗户反射出的微弱光点。

他呼了一口气。

又耸了耸肩。

那束光线消失了。

为了避免身体被窥视孔那侧的人看到，他的左肩紧紧贴着门框，只用右手调整手枪的角度，让枪口对准门中央，然后扣动扳机、释放，再快速连续地轻扣、释放，直至弹夹打空。他听到了一声尖叫，接着有重物倒地的声音。他一边后退一边重新装弹，随后深吸两口气，射穿门锁，接着右脚抬起，猛地踹开了门。

廉价的木门直接从铰链上脱落，砸在了躺倒在地板上的一具身体上——是其中一名探员，那个穿着西装、傲慢的年轻人，另一个灰发探员则不见踪影。睡魔走进公寓，看到卧室的门开着。他在床的另一边发现蜷缩在墙角的特蕾莎·瓦斯奎兹。她双手捂着嘴，压抑着尖叫，脸上满是泪水。

睡魔朝特蕾莎连开四枪，然后迅速转身进入走廊，走向通往防火梯的窗户。

不到2分钟，他的靴子就踏上了他曾杀害莉莲·帕克的那条小巷。他脱下夹克，将其内翻。原本的内里是黄色的，虽然不合他的品位，但莱克和布洛赫无疑已向穿牛仔裤的探员描述过他衣服的颜色，而现在衣服的颜色肯定不同了。他从工装裤口袋里掏出一个医用口罩和一顶布质棒球帽戴上，然后摘下手套，塞进口袋。接着他伸手到背后，松开了绑在腰后的刀柄。他可能很快就会需要这把刀，而手枪则仍留在枪套里。

走出小巷时，他迅速向街道两边扫视，没有看到追兵，但能听到警笛声。警察随时都会赶到。

他的面包车停在几条街以外的地方，所以在这一带警察密布之前先去取车是明智的。

他在十字路口等待着，旁边是一位穿着花裙的女士，推着一辆亮蓝色的婴儿车。婴儿看起来只有几个月大，醒着，轻轻地咕噜着，裹在一条蓝色毯子里，一个黄色的奶嘴垂在淡蓝色围嘴上的夹子上。孩子胖乎乎的，脸颊红润，头发中开始长出了金色的小卷。这个还没有牙齿的孩子给了他一个灿烂的笑容，那双像黎明一样明亮的蓝眼睛盯着他。

“他真可爱。”睡魔说。

“谢谢。”母亲回答。她个子不高，留着波浪状的金发，戴着墨镜，背着一个沉重的背包。新手父母带着孩子外出时，总是会带上家里一半的东西，他想。

“多大了？”睡魔问。

“小乔希现在四个月大了。”

尽管女士努力用雷朋太阳镜掩饰，但她看上去还是很疲惫。她挪动着脚，匡威运动鞋在油腻的人行道上吱吱作响。她看了一下交通状况，又看了看人行横道信号灯，还是显示“禁止通行”。

“这个年龄的孩子可能会让人手忙脚乱。”睡魔说道。

她只是转过头，微笑着点了点头。尽管睡魔表现得十分迷人，这位女士也没有理由感到害怕，但他看得出来，她对他有些恐惧。她的手掌放在婴儿车的把手上，手指跷起，微微颤抖。不管他戴什么样的面具或做出什么样的伪装，有些人就是能立刻感觉到他是怎样的人，他以前也遇到过这种情况。

在街道对面，人行横道右侧约 45 米的地方，莱克、布洛赫和两名联邦调查局探员正拐过街角，然后站在那里，用手遮挡着阳光，四处搜寻逃跑的睡魔。

他拉低帽子。接下来，他会穿过街道，向左转，然后离开这片区域。他要做的就是穿过街道，背对着他们。他们不会寻找一个穿着黄色夹克和戴着棒球帽的男人，也不会寻找一个在推着婴儿车的女人旁边的男人。

此刻，他会站在这位女士身旁，进行些无关紧要的闲聊，然后和她一起过马路。不管这可能会让她多么不舒服，他都需要她来掩饰一下他的外表：让他们看起来像是一起的。

除了这些盘算之外，睡魔还考虑好了，如果在过马路时被莱克或其中一名探员认出，他将如何应对。就目前来看，选择有很多。

他几乎站在了交通路口的中央，两条车道的车辆从他的左边向右边驶过，也就是从西向东。在他的右侧约 18 米处，另外两条车道的车辆则因红灯而停住。当眼前的车辆停下时，他右侧的车道就是绿灯了，车辆可以由北向南通过。

红灯使从左侧驶来的车辆停在了交叉口前，行人信号灯从红色的“禁行”变成了绿色的“通行”。睡魔及时跟着那位母亲踏上了道路，两人并肩前行。他右侧两条车道的车辆开始移动起来。

他从压低的帽檐下用目光留意着莱克和布洛赫，如果他们认出了他，或者他引起了他们的注意，他就需要制造一个分散注意力的机会，以便逃脱。

伤害孩童并不会给他带来任何快感，但也不会让他感到痛苦。如果调查人员或联邦调查局探员现在看到了他，他会把母亲撞到一边，将婴儿车转向右侧行驶的车辆，然后把小乔希推向车流。

调查人员、联邦调查局探员，他们都会冲向婴儿车。如果他推得足够快，汽车或卡车将没有时间停下来，很可能在撞到婴儿车的瞬间才能瞥见它。

小乔希发出了“咕咕”的声音，用小脚踢着蓝色的毯子。

他从压低的帽檐下看着莱克。

过马路的信号灯开始倒计时。

15……

其中一个联邦调查局探员朝他的方向看了一眼。

14……

睡魔靠近了婴儿车。

00:20

布洛赫

布洛赫一看到阁楼房门大开，就知道睡魔已经离开了大楼。即便如此，她也不敢大意，这个家伙太狡猾了。布洛赫从肩套里抽出她的好伙伴——一把马格南500手枪。这是她的首选武器，虽然弹匣只能装五发子弹，但如果你懂得如何使用这把枪，往往只需开一枪就足够了，哪怕目标躲在水泥隔墙后面也不成问题。

她听到莱克在她身后上楼的声音，立刻露出掌心朝后示意，让他安静并保持距离。

接着，她进入房间，小心地检查每个角落。房间中央的画架上立着一幅男子的画像，除了画像，地面上散布着血滴，通向一摊血泊，并延伸出一条血迹。显然有人受了重伤，又在地面上被拖拽过。

她在浴缸里找到了尸体，男子赤裸着上身，面部血肉模糊。布洛赫转身跑出公寓。

“他已经走了，浴缸里有一具尸体，可能是这套公寓的居住者。”她说。

紧接着，他们又急匆匆地冲下楼梯，回到了街上。他们四下张望了一下，现在是四个人——那两位穿着牛仔裤的联邦调查局探员见状也决定搭把手。

现在又有一位年长的联邦调查局探员穿过街道朝他们走来。

他们站在街角，四处张望。布洛赫无须再翻阅案件文件中丹尼尔·米勒的照片进行比对，这两年来，他的形象已经遍布每一份报纸、每一个新闻台和每一个新闻网站上。即便他改变外表，但只要见到他，布洛赫也一定能认出他来。

“有他的踪迹吗？”莱克喘着气问道。

两位联邦调查局探员环顾四周，大家都在尽力平复呼吸，审视着街上行人的脸庞：手牵手的情侣、沿人行道疾行的西装人士、慢跑者、穿着健身服交谈的两位女性，以及曼哈顿熙熙攘攘的其他生活景象。

“最好去检查一下目击者的情况，我让她和我的搭档待在一起。”年长的探员走到布洛赫身边说道。他有着灰色的头发、紧抿的嘴唇和敏锐的眼睛。

“该死。”莱克说。

莉莲·帕克家的房子就在街对面。他们所有人都将注意力集中在那里，停留了片刻。

他们站在右侧的人行横道上，面前的车流因为红灯而稀疏了一些。尽管如此，仍有一些车辆挡在他们面前，阻碍了他们的道路。对面的人行道上站着一位推着婴儿车的女士，她正在和旁边穿着黄夹克、戴着棒球帽的男士交谈，那名男子的某些特征吸引了布洛赫的注意。他们看起来并不认识，但正在进行礼貌而又有些生硬的对话。男子戴着蓝色的医用口罩，为了防护或是避免吸入汽车尾气，城里很多人都会这样做。

莱克朝人行横道走去，两位联邦调查局探员也跟上。年长的探员自我介绍名叫米格斯，他显然有些力不从心，布洛赫决定陪着他慢慢走。

莱克和两位联邦调查局探员继续留意着过往行人的面孔。

布洛赫的目光再次落在那个穿黄色夹克的男子身上。

这时，人行横道的信号灯变绿，几乎同时，显示屏上开始了过马路的倒计时。就在这时，莱克的头猛地转向了那个穿黄色外套的男子。

布洛赫感到一阵肾上腺素涌动，手指尖隐隐发麻。跑步和紧张让她汗流浃背，呼吸急促。仅仅是看着那个穿黄色夹克的男子，就让她神经紧绷。离开公寓时她已将手枪入套，现在却不由自主地把手伸进了外套里。

穿黄色外套的男子左手抬起，开始拉开外套的拉链。

不知道为何，当布洛赫看到他伸手去碰婴儿车的时候，她的心跳仿佛暂停了一瞬。

00:21

睡魔

尽管莱克的目光并未停留，但睡魔感觉到有另一双眼睛正注视着他，他感受到了那股热量和强度。这是一种原始本能，源自人类穴居时代，那时人们猎食其他动物的同时也被更大的捕食者视为猎物。这种本能令他抬头，与观察者目光相对。

他克制住了直接对视的冲动，而是通过微微仰头的快速一瞥来确认。

是和莱克在一起的那个女人——调查员布洛赫。

倒计时 13……

他将右手放在了婴儿车上。

婴儿母亲的手握得更紧了，她的指关节发白，手指深深陷入车把柔软的橡胶套中。

10……

小乔希咯咯笑着，踢掉了盖在脚上的毯子。他圆滚滚的小腿在空中踢踏着，那些不可思议的小巧而完美的脚趾努力向上伸展，仿佛要触碰天际。

他能感觉到，莱克和布洛赫现在正盯着他，他不能冒险暴露自己的面容，便低下头，让帽子遮住自己。他手臂上的汗毛竖了起来，一丝恐惧轻轻拂过他的后颈。他继续拉开拉链，使其越过了藏在夹克里的手枪握把。

8……

他听到身后右侧有重型卡车轰鸣而来，于是微转肩膀，瞥了一眼。轮胎侧面溅满了棕色泥浆，轮辋上也是。单个轮胎重量大约有 50 千克，而卡车加上拖挂的重量则在 15.9 吨到 22.7 吨之间。

小乔希有着细如蛛丝的金发，头骨脆弱如同精美的瓷器。他想象着婴儿车撞上卡车前端，然后翻滚的情景——孩子瞬间腾空，接着落在车轮之下……

6……

他又向母亲靠近一步，随时准备推开她。

00:22

布洛赫

看到穿黄色夹克的男子与推婴儿车的母亲说话时，布洛赫犹豫了。也许他们是朋友，不过不是特别亲密的朋友。男子把手放在婴儿车上的那种样子，给人一种掌控全局的感觉。尽管母亲看起来有些紧张，但如果是陌生人这么做，她难道不会有反应吗？

布洛赫想要看清棒球帽下那人的脸。

但是她摇了摇头。

他们之前看到的男子穿的是黑色衣服。

对街对面那个男子的直觉反应是一种干扰，他不是睡魔。

“我联系不上我的搭档朱利安了，他和本案的目击者在一起。”米格斯说道。

“该死！”莱克骂了一句，随即冲出去，横穿马路。联邦调查局探员们紧随其后。布洛赫加快步伐，但依然陪着年长的米格斯探员。他现在呼吸急促，但并不是因为体力消耗。他们刚到街对面，米格斯就停下来，跪倒在地，喘息声粗重，紧抓着左胳膊。

“叫救护车！”布洛赫大声喊道。莱克转过身，指向米格斯，其中一个联邦调查局探员连忙通过耳麦呼叫。

布洛赫抓住米格斯的肩膀，试图稳住他，但无济于事，他倒在人行道上，说不出话来。但他的嘴唇在动，念叨着一个名字。

“朱利安。”

“我相信他没事，你放松点。”布洛赫说。

“我……我不该离开他的……”

“别说话了。”布洛赫劝阻道。

布洛赫意识到周围的人群开始聚集，围观着她和米格斯。她听见他们低语：“心脏病发作了？”“他被枪击了吗？”“他怎么了？”然后，不远处，一个女子发出了一声尖叫。

布洛赫环顾四周，但四周都是人，什么也看不见。而且，她不能丢下米格斯。

“我不该离开他……”米格斯说着，更紧地抓住了自己的胳膊，发出呻吟。

布洛赫扶着他的头说：“他没事，绝对没事，别担心。”

无线电里传来噼啪声，然后是响亮的说话声，是探员们在紧急通话。随后，米格斯的表情变了，眼睛紧闭，挤出了一滴泪。然后，她明白了——就在那一刻，米格斯得知了他搭档去世的消息。她伸手扯下了米格斯的耳机。

等她再仔细看时，他正直直地、眼神空洞地盯着天空，没有看她。他没有了呼吸，没有了心跳。

布洛赫立刻开始进行心肺复苏：她撑开他的呼吸道，向他的肺部吹气，再次起身准备做胸外按压时，她抬头看了一眼。透过人群的缝隙，她看见一个男人正走远。他背对着她，身影已变得模糊。

那个穿黄色夹克的男人。

接着布洛赫环顾四周，发现那位母亲正坐在路边，弓着身子哭泣。

而在人行横道中央，一辆婴儿车被翻倒在地。

00:23

睡魔

他的计划，即使是那些在现场制定的计划，也总是考虑到了各种可能性。尽管人类的行为有时也让他感到困惑，但他觉得自己还是能理解人类的行为的。这是他必须努力学习的东西，因为，他常常会有看起来不近人情的反应，这让他的朋友和家人感到很不适。祖父母去世时，他不得不假装悲伤。想要哭出来很难，但他发现，如果在浴室里用指甲挖点肥皂，然后抹到眼角，就能轻松地假装哭泣。虽然蜇得眼睛疼，但总比不哭的时候父母看他的眼神要好。他努力学习大家对他期望的所谓的正常行为，而这反过来也给了他优势。通过对人类情感的研究，以及人们对特定情境的反应，他发现自己能预测他们的反应。

可他不明白为什么那位母亲会松开婴儿车。

他看到她的双手离开了手推车的把手，伸向婴儿。接着，她的臀部始料未及地撞向他的身体，使他失去了平衡。她一把抱起小乔希，尽力尖叫着，用力跑到街的另一边。

孩子开始哭泣。

布洛赫和莱克已经穿过街道，消失在人群中。他匆匆离开马路，踏上人行道，给那位母亲留出足够的空间，然后弯腰沿着街道快速向前走去，远离现场。

证人已经死了。

凯莉离自由又近了一步。

他检查了下手机，看到十几个通知——他为有关凯莉·米勒的新闻设置了提醒。他检查了每一个通知，都是同样的新闻报道。凯莉失踪了，违反了保释条件，法院已经对她发出了逮捕令。法官裁定，即使她缺席，也要继续审理她的案件。

手机屏幕在他的紧握下应声裂开，他把它扔进了附近的垃圾桶中。

凯莉他妈的到底在哪儿？

她肯定是逃了，那种压力对她来说太过沉重。不管怎样，等事情结束，他会找到她的。然后，他们就能团聚，属于他们的新生活就能开始。

就算她无法出席审判，他也必须确保她能得到无罪释放。

就在这时，他想到了一个能确保这一目标实现的办法。

00:24

艾迪

没人确切知道克拉伦斯究竟是什么犬种，哈利是在街上遇见并收养了它，或者说是克拉伦斯“收养”了哈利，总之是他们彼此接纳了对方。克拉伦斯体形不大，但体内无疑流淌着拉布拉多的血液，可能还混合了其他几种犬类的基因。它佩戴着内置GPS信号的高科技项圈，且信号与哈利的手机同步。它的棕色皮质狗绳虽然细长，但在我们漫步街头时，它从未用力扯过绳子，克拉伦斯从不愿离哈利太远。现在已经夜里11点多了，一轮土豆般浑圆的月亮悬挂在夜空中，人行道上一片寂静。正是这个时候，哈利带着克拉伦斯出来散步，而我伴其左右，享受着夜风并交谈着。

在第五大道的一座大厦入口前，克拉伦斯停了下来，抬起一条腿，向大门撒了一泡尿。

“好狗狗。”哈利称赞道。之后我们继续朝中央公园走去。

一团蒸气从附近的下水道井盖中嘶嘶冒出，但这并没有让克拉伦斯感到困扰。它是一只地道的城市犬，早已习惯了曼哈顿生活的多变，比如手提钻的轰鸣、持续不断的车流声和喇叭声，以及络绎不绝的人群。经历了艰难的两天，我已经疲惫不堪，但丝毫没有入睡的欲望。我的大脑像一辆改装车，正以每分钟 6000 转的速度，在直线加速赛的起跑线上空转。

此前，布洛赫回来了，比我们预期得要早，同时还让我在睡魔的死亡名单上再添了四人：两名联邦调查局探员，其中一名因心脏病突发去世；一位本地艺术家，只是恰好住在睡魔想要用一下的公寓中；还有特蕾莎·瓦斯奎兹——凯莉·米勒案的目击者之一。布洛赫懒散地坐在客户椅上，这可不像她的风格。通常情况下，她会坐得笔直，双臂搭在扶手上，双手放松，眼神敏锐。

“你看起来很累。”我说道。

她点点头。

“我刚刚和比尔·宋在法庭大楼里谈过，他警示我小心加布里埃尔·莱克。看起来莱克对我们撒谎了，他并不是联邦调查局的顾问。不管他在做什么，他都没有得到授权，事实上，比尔认为他很危险。调查结果发现，他在那次枪战中有点失控，甚至没有试图逃跑。相反，他杀死了里面所有的人。确定一下，这事你知道吗？”

我说话的时候，她的鞋跟在小方地毯上平放，身体稍稍挺直了些。

“我听说过发生在房子里的事，那并不让我担心。他走过地狱之路，你可以看得出来，但他不会伤害我们。”她说，“他撒谎说自己是联邦调查局的，是因为他需要接触到睡魔的证据，而我们因为凯莉的案子，拥有这些证据。他对我们撒谎，只有这一个原因。”

布洛赫言谈的简洁有时会让人觉得她冷漠，而这是一种不公平的评价。如果我要踏入地狱，我身旁陪着的第一个人就是布洛赫，这样的友谊是买不到的。她的坚韧无畏与敏捷思维相得益彰。我知道莱克对我们撒谎的原因，布洛赫也意识到了这一点，而且同样迅速。

“他不想抓到睡魔，”我说，“他想杀了他。”

“如果我们找到他，我会确保这种情况不会发生。”

对我来说，这就足够了。

“在你回家睡觉前去看看凯特。”我说，“今天我们在法庭上被彻底击败了。如果情况继续恶化，她需要知道这不是她的错。对了，她现在居家办公。”

布洛赫转动椅子站起身，朝门口走去。

“对她温柔点，她最近真的过得很艰难。除此之外，她还认为她的浑蛋邻居——”我注意到布洛赫表情突然变得冷酷起来，赶紧停了下来，我不该告诉布洛赫的。

“她的浑蛋邻居做了什么？”

“她认为他偷了她的电视。”

布洛赫二话不说就离开了，我顿时感到一阵寒意袭来——真替凯特的邻居捏一把汗。布洛赫即刻出发，而我则坐在椅子上沉思，直到哈利带着克拉伦斯出现，问我是否愿意出去走走，放松心情。

此刻，我抬头望向被高楼框住的夜空，而哈利带着狗狗克拉伦斯走在我的身旁。

“我希望莱克能像布洛赫认为的那样出色。”我说。

“我也希望如此。”哈利答道，“但我有种感觉，不管他有多出色，丹尼尔·米勒总是能领先一步。那家伙很狡猾，可能比我们之前遇到的杀手都要聪明。”

“也许吧，但他比莱克和布洛赫联手还要聪明吗？我不知道。我不会赌他们俩输，但我更希望我们能多一个人手去追查凯莉·米勒。”

“奥托那边有消息吗？”

“他正在找凯莉，至少他今晚在电话里是这么说的。相比于我们，他更像是她那个世界的人。你知道的，有钱。谁能猜透有钱人怎么想，或者他们会去哪儿呢？”

“她并不是一开始就这么富有的，别忘了这一点。”哈利提醒道。

我们抵达了公园，克拉伦斯的尾巴摇摆起来。在城市的这个区域，现在出来散步算是挺晚的了，但哈利并不害怕。近来，他开始随身携带自卫用品。纽约，就像全国其他地方一样，正处于紧张状态。感觉就像是有两个美国，而对抗的界线已经划定。城市里的犯罪率上升了，特别是持械抢劫。但两个带着狗散步的男人并不是容易对付的目标，而且我并不担心一个拿着弹簧刀、手在颤抖的青少年犯罪团伙成员突然出现。

“无论凯莉在哪里，她现在都很糊涂。”我说，“我也不认为她正和她丈夫在一起。那天晚上你也见到了，她信任他，爱着他，而他一直以来却像是个怪物。经历了这样的事情后，她怎么可能再轻易相信他人？在他们相遇后，这个男人改变了她的生活，他给了她想要的一切——大房子、车子，她从此不再为钱烦恼，而这一切现在都是谎言。”

“也许并非全是谎言，”哈利说，“也许米勒是真的爱她，也许他认为结婚能改变自己。”

“我明白你的意思。杀人的欲望，尤其是杀害十四个人的，不是突然间就有的，他们内心的邪恶在很久前就已生根发芽。一旦开始，就无法停止——即便他们想停。当我和她谈话时……其实，不重要。”

“不，继续说。你原本想说什么？”哈利问道。

“除了背叛和公众的仇恨，她还背负着巨大的内疚感。她责怪自己，认为自己对此有部分责任。她觉得如果当时她给联邦调查局打了电话，或许现在那些人还会活着。”

“最后的受害者是尼尔森夫妇。”哈利说，“这确实是一个沉重的包袱。她知道自己可以阻止那些谋杀——拯救那些孩子的父母。人们……”

“继续说吧，说出来，”我说，“我也想过。”

哈利叹了口气，停下脚步，弯下腰抚摸着克拉伦斯的头。

“我不需要说出来。如果海岸警卫队在河里发现了她的尸体，我也不会感到惊讶。我们在电视上看到了所有那些消息——全美最讨厌的女人。她的朋友们在新闻上恶毒地谈论着她。天哪，真是个噩梦。”

“我只是希望她还在某个地方。”我说。

我们沉默地走了一阵，共同怀着对凯莉·米勒尚在人世的希望，想象她躲在同一片星空下。公园里人不多，这个时间从来都是如此。前方以及远处的其他小径上，依稀可见有些人在美丽的铸铁街灯下行走。我们安静地走着，享受着远离城市喧嚣的快乐。

“我们在哪里？”我问。

哈利走向一盏路灯，戴上他的阅读眼镜，用手机的手电筒照着金属灯座底部看。

“你在干什么？”我问。

“这个公园占地超过3.2平方公里，建于手机和GPS问世之前。

公园员工需要能够精确定位每一盏灯及其位置，便于照明和维护，所以每一盏灯都有一个四位数的编号，这是7238号。前两位数字代表交叉街道，所以我们靠近第72街；后面两位数字表示在公园的哪一侧，奇数表示西侧，偶数表示东侧。这就是为什么人们会说所有——”

“所有‘奇怪’的人都住在西边。”我说。

就在这时，我感觉到了什么。那是一种我有过很多次的感受，就在我灵光乍现，突然意识到某件重要的事情、某种我曾错过的东西之前。

一股热流从胸口开始，升至喉咙，就像一点希望能一直通往大脑的火花。

但不是现在。在凯莉·米勒的案件中，有些极为重要但我未曾留意的细节。它刚才就在那里，随后又消失了。它会再回来的。

“你看起来好像有什么话要说。”哈利说道。

“突然忘记了，不过没关系，会想起来的。我们回去吧，得睡会儿，不然明天撑不下去。”

“这是检察官的开场陈述，凯特现在正在练习她要说的话。我之前听过了，很不错。明天可能只有一个证人，对我们来说没什么事要做。”

“我们在做的远不止这些，明天将决定我们能否赢得这个案子。到现在为止，我们一直是被动应对，是时候改变局面了。明早我们就去找德鲁·怀特和斯托克法官，他们得搞清楚，他们正处在一场大战中。”

00:25

凯特

“艾莉克萨，暂停播放列表。”凯特说。

凯特站在她公寓的小厨房里，她觉得自己听到了什么。虽然现在与艾迪合伙赚了不少钱，能负担得起更好的住处，但她目前的租约还有几个月才到期。等到租期满时搬家会更容易，而这意味着，她还得在这个一体式房间里再住三个月。这里只有一张床、一个小沙发、一个小厨房和早餐吧台，还有一个独立的卫生间，但没有浴缸，只有淋浴和马桶，而且这两样设备都不怎么好用。

至少她保持了房间的干净，没有蟑螂和其他害虫。实际上，由于工作繁忙，这里渐渐变成了她深夜归来可以瘫倒的地方，仅此而已。她现在确实想瘫倒，但在那之前她还想再过一遍凯莉·米勒案的开场陈述。奥托·佩尔蒂埃打电话到事务所接洽这个案子时，是她接的电话，艾迪当时在法庭上。她在电视上见过凯莉，也知道一些细节。更重要的是，当她看到凯莉时，她从对方的表情中辨认出了某种东西。

在凯特与艾迪合作之前，她曾在一家大型公司的律师事务所担任助理律师。对于年轻律师来说，这是一个梦幻般的起点，是她所能梦想的一切。然而，她很快发现，就像美国的许多事物——梦想的工作、梦想的汽车、梦想的生活——一样，它们并不总是像传说中的那样美好。在入职的第一周，就有男合伙人对她投来轻浮的目光。而在那个星期五的酒会上，另一位女同事告诉她，她打算离开事务所，因为她无法再忍受来自合伙人和高级律师要求发生关系的持续不断的压力。

最终，凯特经历了数月的煎熬，咬紧牙关，深呼吸，尽力不去把自己当作受害者。然而，她被边缘化了，并且她被明确告知，如果她能“对男士们友好一些”，她的职业前景将会好转。

凯特离开了那家公司，并最终对他们提起了诉讼。而这激发了她的工作动力——代表在职场遭受性别歧视和骚扰的女性进行维权，这是她的使命。当她看到凯莉时，她认出了那种表情，她曾在自己狭小、破旧的浴室镜子里看到过相同的神情。要想意识到发生了错误的事情，需要付出很多。凯特发现自己很难承认自己是骚扰的受害者，伴随而来的情绪是复杂的——愤怒、痛苦、厌恶，奇怪的是还有愧疚。她不断地自我质疑，直到确定自己没有做出任何鼓励这种行为的事情。她意识到自己受到了不公正对待，她花了一些时间才接受这不是她的错。凯莉也是一个受害者，她有着所有这些情绪，甚至更多。她受到了极大的伤害，而凯特则会尽一切努力帮助她。

凯特把笔放在早餐台上，这时智能管家艾莉克萨降低了音乐的音量。

砰——砰——砰——

起初，凯特以为声音来自走廊，但仔细一听，似乎是来自隔壁那个讨厌的邻居家。

“艾莉克萨，继续播放，”她说，“提高音量。”

小小的公寓里随即充满了她最喜欢的歌手——泰勒·斯威夫特的音乐。她也喜欢碧昂斯，但泰勒在她心中有着特别的位置，而且工作时听泰勒的歌能帮助她思考。

隔壁传来了更多的敲打声，而且声音更大。她再次中断了音乐。

砰——砰——

不一样的是，这一次声音来自她的前门。

凯特起身透过窥视孔向外看。

布洛赫站在她的门外。

凯特打开门时，布洛赫一言不发地抱起一台大屏电视机走进屋内。

“那是我的……”但凯特不确定自己是否想把这句话说完，她记得听到隔壁公寓传来重重的撞击声。

布洛赫把电视机放在了空置的架子上。

凯特绕过布洛赫，想走近些看清楚，确认那就是自己的电视。确实是同一型号，左下角有同样的刮痕，那是她用刀子拆包装不小心划到框架时留下的。

划痕的对角还有别的痕迹。

“那是血吗？”凯特指着屏幕右上方的斑点问道。

布洛赫从小厨房取来一块洗碗布，擦拭那些暗红色的痕迹。

“你的邻居在决定坦白偷了你的电视之前，需要一些‘说服力’。下次出门的时候记得锁好门。”布洛赫说。

有一件事绝对可以肯定，布洛赫不是受害者，也永远不会成为受害者。

“你想喝咖啡吗？”凯特问。

布洛赫微笑着脱下夹克，坐到沙发上，说：“当然。今晚有《神探可伦坡》的重播吗？”

这两个女人从小就是朋友，她们小的时候，不是在新泽西东部的社区里吓唬小男孩，就是在凯特家里看《神探可伦坡》。

“我在 TiVo[①] 上存了所有的剧集，你想看《犯罪的蛛丝马迹》吗？”

“是有伦纳德·尼莫伊的那部吗？”布洛赫问。

“没错，你拿一下杯垫和纸巾。”

凯特的公寓并不比她在律所的办公室大多少，而且她对保持整洁有着近乎偏执的追求。在这样一个狭小的空间里，任何杂乱都会让一切显得脏乱不堪，而那会让凯特抓狂。

“我去泡咖啡，”凯特说，“或者你更喜欢——”

“牛奶和饼干。”布洛赫说。两人相视一笑，这温暖的笑容让她们想起了那些雨中的周日午后——她们蜷缩在凯特父母家客厅地板上的毯子里，喝着冷牛奶，盘子里装满了奥利奥饼干。

2 个小时后，接近午夜时分，布洛赫离开了公寓，凯特又将她对陪审团的开场陈述复习了一遍。她试图引导陪审团的愤怒转向，解释清楚所有的证据，表明凯莉仅仅是睡魔案的另一个受害者，此外别无其他。她想让他们知道，她的当事人已经并且将继续遭受痛苦。这是一个艰难的论点，但也是必须立即提出的。

用她最爱的无印良品的笔做了一些笔记之后，凯特刷了牙，换上棉质睡衣，爬上床，很快便沉入了梦乡。

几个小时后，她突然在黑暗中醒来，艾莉克萨正在播放一首歌曲。起初，刚从沉睡中惊醒时，她没弄明白发生了什么。她猛地坐了起来，当睡眠的世界与知觉似乎碰撞在一起时，她感到困惑和震惊。

这首歌曲很老，起初听起来像是迪士尼的曲目，管弦乐器以音乐的形式重现了瀑布般倾泻而下的魔幻之声。

然后她听到了打击乐声，像是铃铛，又或者是木琴，紧接着是男

① 美国电视录制技术公司。

声和声组的加入。

睡魔先生，给我一个梦……

一阵寒意如北极风暴般席卷全身，让她瞬间僵住了。

接着，一个黑影抓住了她并将她按倒，一只手捂住了她的嘴。一个重物压在她身上，炙热的气息温暖了她的脖子，然后她感觉有针尖刺入自己的皮肤。她在挣扎中艰难地呼吸时，皮革手套的气味充斥着她的鼻腔。

她试图转身把他推开，进行反击，但她的四肢感觉很奇怪，像是重达 90 公斤，几乎抬不起来。她的眼皮也很沉，接着房间开始旋转，感觉自己像是在坠入床中，再也爬不出来。

他在跟她说话，声音听起来很遥远："你的眼睛真漂亮，我想我会留着它们。"

她感觉到自己被举起，又被放下，躺在了某个黑色的东西上，这东西有橡胶的味道。一种噪声让她陷入恐慌，但又困得无法动弹，那是厚重金属拉链的声音。

当拉链在她上方合上时，她惊恐地意识到，自己被装进了一个尸袋里。

就是在那一刻，她陷入了一片比黑夜更深的黑暗之中。

00:26

艾迪

早上八点半并不是我通常起床并到达办公室的时间，而且前一天晚上我也没睡好，心里有太多事情了。每次闭上眼睛，我就能看到德莱尼躺在卡车后面的景象，能感受到她温热的血液沾满我的双手，以及她眼窝中可怕的深粉色血泊。

我办公室的门开了，丹尼斯拿着一个棕色纸袋走了进来。她把袋子倒扣在我的桌上，里面是一些廉价的抛弃式手机，还装在硬质透明塑料壳包装里，总共有五部。

我拿起一部，试着撕开塑料包装，但没成功。于是我又拿起一把剪刀，试图剪开坚硬的包装边缘，结果却立刻把剪刀弄成了两半。

“你能给我一把鹤嘴锄或喷灯之类的工具吗，好让我打开这些东西？”我问。

丹尼斯重重地叹了口气，翻了个白眼，然后消失在厨房里，回来时手里拿着一个开罐器。她将开罐器固定在包装的一侧，开始转动。开罐器切开了坚固的塑料密封条，几秒钟内就打开了壳体。丹尼斯把手机递给了我。

“我今天给你加工资了吗？”

“还没呢。”她笑着回答。

“挑一个手机。”

“等一下，我先检查一下我们的邮件。”

“壶里还有咖啡吗？”我问。但她已经走出了我的办公室，往她的办公桌去了。

“自己倒该死的咖啡去。”她说。

“我一直都是自己倒，我只是想知道有没有剩余的。”

我打开手机包装比丹尼斯费劲得多，但当我终于把最后一部手机拿出来时，哈利和布洛赫走进了我的办公室。

“我们来交换一下这些抛弃式手机的号码吧，鉴于检察官监听了奥托的电话，我毫不怀疑他也会追踪我们的电话。当局如此急切地想要捉拿睡魔，以至于德鲁·怀特如果真想的话，都能拿到我高中档案的搜查令。不要使用你们自己的手机或工作手机，这些是新的工作用机。等等，凯特呢？”

不论我什么时候到办公室——通常是在 9 点以后——凯特都已经在这里了。

“我今早顺路去了她那儿，她家没人。我试着给她打过手机，但没人接听。我还以为她已经在来办公室的路上了。我再给她打一次。”布洛赫说。

“丹尼斯！进来拿个手机。”我说。

她拿着一堆今天的邮件进来，自从创办事务所以来，我就没见过真正的办公邮件，总是凯特在早上处理这些。信封大小不一，形状各异，大部分是白色或棕色的，但在她怀里的信堆底部，我看到了看起来像是贺卡的那种信封。上面没有邮戳，意味着是亲自送来的，收件人是我。

她把那堆邮件扔到我桌上，开始分类，然后发现了那个信封，前后看了看，交给了我。

“你生日？”她问。

我摇了摇头，打开信封。布洛赫这时正在帮哈利设置新手机，而丹尼斯开始撕开邮件。

信封里只有一张对折的纸，是从黄色的拍纸本上撕下来的。我认得那字迹，还有凯特喜欢用的那种日本笔的凝胶墨水，这是凯特为凯莉案准备的陪审团开场陈述草稿的一部分。我把纸翻了过来。

在凯特的笔记上，有人用红色大写字母潦草地写着一条信息：

我抓住她了。

目前她还活着。

如果你通知当局，凯特就会死。

如果凯莉被定罪，凯特就会死。

如果你能让凯莉脱罪，我就放了她。

00:27

艾迪

有时候，你会受到打击，非常沉重的打击。

我的办公室仿佛向右歪倒，好像整栋建筑裂成了两半。剧烈地倾斜让我失去了平衡。我的眼前出现了斑点，嘴里尝到了早餐吃过的煎饼的味道，唾液充满了我的口腔。那张纸条从我手中滑落，飘向桌子。

桌子。

我猛地伸手去抓，用双手抓住桌沿稳住自己。

我的脑海中反复回响着同一句话，就像小鼓在不停地敲击：“不是凯特，不是凯特，不是凯特……”

我无法言语，无法思考。我需要控制住自己，否则就要吐出来了。

哈利双手拿起那张纸，他注意到了我的反应。看着上面的那些字，他的眼睛睁大了，嘴唇无声地动着，默念着那些字，仿佛在让它们变得真实。那张纸在哈利的手中抖动得十分厉害，几乎在振动。他的腿一软，臀部撞到了客户椅上。如果不是那椅子正好在他身后，他就会直接摔到地上。哈利看的时候，布洛赫俯身过去，即使纸条很快就从哈利手中滑落，但她也已经看完了所有的内容。

布洛赫双手捂住脸，站在那里。

一动不动。

“布洛赫。”我勉强挤出声音，伸手去触碰她，努力克服恶心的感觉，恢复呼吸。

“布洛赫，我们会把她救回来的。”我说。但她没有听见。她擦了擦脸上的泪水，冲出了我的办公室。

“哦，老天啊。”哈利画了个十字。他弯下腰，双手紧扣，开始祈祷。

我听到了什么，像是有什么东西在坚硬的物体表面上击打以及物体碎裂的声音。我勉强地走出了办公室，感觉脚下的步伐稳定了一些。出去后，我看见女洗手间的门开着。丹尼斯也听到那轰隆作响的撞击声，跑了进去，我跟着她进去。她背对着隔间，手捂着嘴，眼睛盯着布洛赫。

布洛赫每打一拳，墙上就会掉下一块白色的浴室瓷砖。很快，她的手挥动得更快了，就像在击打沉重的沙袋，一堆碎瓷砖在她脚下堆积起来，而且每次击打都会扬起一小团石膏尘。

我从后面抓住了她，锁住了她的双臂，然后轻轻地将她拉离墙面。起初，她有所抵抗，而我感觉到，如果她愿意，她可以反击，比如把后脑勺猛地往后一甩，碰碎我的鼻骨。

当然，她没有这么做。

她气喘吁吁，任由我抱住她。对布洛赫来说，和别人产生身体接触并不是一件容易的事情。但现在，她热血上涌，要么是没有注意到，要么是她的怒火让她感觉不到这些了。

慢慢地，她的呼吸加深了，节奏也慢了下来。

我稍微放松了握力，刚好能够控制她，以防她挣脱并再次砸墙。她没有再动。我松开手，退后一步。

丹尼斯抓起一沓纸巾用水浸湿，然后站在那里，先是清洗了布洛赫沾血的拳头，接着非常小心地擦拭她脸上覆盖的粉尘。

一道泪痕穿透了她左脸颊上的尘土，留下了一道深深的痕迹，就像一道疤痕。

丹尼斯擦掉她的泪痕，然后两个女人拥抱在一起。

“到底他妈的是怎么回事？”丹尼斯说。

“睡魔带走了凯特。你不能告诉任何人，不能告诉警察，谁都不能。他说如果我们不能让他妻子脱罪，他就杀了凯特。”

她紧闭双眼，紧紧抱着布洛赫，对她耳语了几句。

布洛赫点了点头，她们分开了。布洛赫吸了口气，说：“我得去见莱克了，我会在车上给你打电话的。”说完离开了。

哈利站在门口，问：“布洛赫走了？她没事吧？”

我摇了摇头。

“我也觉得她有事。见鬼，我们该怎么办？我们必须告诉警察。”

“不行，他会杀了她的。”我说。

“所以，我们该怎么办？”

我抬起手想擦掉汗水。就在这时，我注意到自己的手指在颤抖，而这并不是因为刚刚控制住布洛赫累的。我的神经紧张到了极点，无法思考。

丹尼斯走回水槽时，脚下的瓷砖碎片发出咔嚓声。她又用水冲了冲新的毛巾，递给我和哈利各一条。她靠在隔间上，抱着胳膊，轻拍着泪水划过的脸颊。

“这里不仅仅是一家律师事务所。”丹尼斯说，“我这辈子都在律师事务所工作。这里，就是这里，这里是我的家。如果凯特出了什么事，我根本无法承受。我们他妈的到底该怎么办？”

哈利和我对视着。

最后，哈利说：“看来我们没有选择。”

00:28

布洛赫

在布洛赫的工作中，受点割伤和擦伤是她习以为常的事，所以她车上的杂物箱里备有绷带。汽车堵在了路上，她趁这个时间包扎了两个拳头。右手上的伤口仍在渗血，但不算太严重，暂时还能凑合。她不习惯情感表达，也不习惯愤怒，这些东西都会消耗她。但之前她从未遇到过最好的朋友真正处于危险之中的情况，对布洛赫而言，这是未知的领域。她需要保持冷静，保持头脑清醒——这样才能好好利用它。

当布洛赫把吉普车停在路边并按下副驾驶窗户时，莱克在人行道上向她挥手，走了过来。

“上来吧。”她说。

“但我们得在这儿。这里是尼尔森家所在的街道。”

“上来，我们得先去别的地方。”她说。

他犹豫了一下，但只是一瞬，最终还是坐到了她旁边并系上了安全带。

“我接下来要说的，不能让第三个人知道。”布洛赫启动发动机，驶离路边时说道，“如果警察或联邦调查局的人知道了这件事，我会知道是你泄露出去的。然后我会伤害你，明白吗？”

“怎么了？”

“昨晚，睡魔带走了我的朋友凯特·布鲁克斯，她是艾迪的搭档。今天早上他给我们留了张纸条，说如果我们不能让凯莉·米勒脱罪，他就杀了凯特。如果我们报警，他也会这么做。”

“天哪，我很抱歉。你的朋友……”

“我们现在要去她的公寓。”

距离凯特的住处只有20分钟路程，而这20分钟里，他们都没有说话，但莱克通过行动传达了很多信息。

他抚摸着放在膝盖上的皮质信使包，然后在包上敲着手指，拉动背带，摩擦着手腕，用脚打着节拍，吮吸着牙齿，扯着耳垂。这个人平常就焦虑不安，今天更是如此。莱克让这些焦虑情绪显露无遗，而布洛赫只是专注地开着车：转头，踩油门，转方向盘。她的牙齿紧咬着，偶尔能感觉到颈部血管突起，但她把所有恐惧和担忧都藏在心里，让它们慢慢酝酿沸腾。当再也压抑不住时，她会找东西发泄。如果发泄的对象恰好是人，那就只能愿上帝保佑这个人了。

对于凯特之前遭遇的入室盗窃，布洛赫并不感到意外。唯一令人意外的是，这样的事以前居然没有发生过。有些人会产生这样的错觉，以为住在曼哈顿较高的楼层就安全了。但事实并非如此，即便是最安全的公寓楼也会频繁发生盗窃事件。如果在城市里住得足够久，你的问题就不是会不会遭遇抢劫，而是何时遭到抢劫以及受损程度有多严重。与莉莲·帕克所在的建筑不同，凯特租住的公寓大楼并不安全。有很多方法可以从大楼出来，进入小巷或沿着消防通道下去。你可以直接带着一个人离开那里，而沿途没有任何摄像头能捕捉到你。此外，清晨时分，外面的街道十分安静。睡魔在不被人发现的情况下闯入凯特的公寓并绑架她，几乎没有任何困难。

当布洛赫把车停好，莱克只是点了点头，跟着她进了大楼，来到凯特的公寓。公寓的前门紧闭着，但两个锁孔周围都有痕迹。

“他用了钥匙钻。”莱克说道。这是一种昂贵的小型装置，使用一个柔软、声音极低的马达来操作，实质上是撬锁工具的部件，有些人称其为魔法钥匙。

布洛赫用指尖推了下门，门开了。

使用魔法钥匙的一个缺点是，这种工具往往会破坏锁，导致门无法关上。

屋内拉着窗帘，但窗帘又薄又廉价，光线依然能穿透进房间。布洛赫一把拉开窗帘，让阳光穿过在空中飞舞的尘埃。尘埃在阳光中旋转时，布洛赫审视着整间公寓。除了一张未整理的床，一切都没有异样，但凯特早上从不会不整理床铺就走。

“有什么特别需要我注意的东西吗？”莱克问道。

布洛赫没有说话，她正全神贯注，观察着每一个细节，对照着记忆中公寓的样子，寻找任何奇怪或不同寻常之处。尽管她花时间彻底检查了每个角落，但并未发现任何异常。

除了一件事。

凯特的标准拍纸本放在早餐吧台上，上面撕掉了一页纸——正是睡魔用来给艾迪写便条的那页。最后，她走近那张未整理的床，床上的被子被掀开的样子，好像凯特从上面一跃而起，或是被人从里面拽了出来。

布洛赫拿起被子——凯特坚持称之为羽绒被——将其拉了开来。她决定整理一下床铺，这看起来像是一件愚蠢的事情，但凯特对保持住处整洁有着近乎强迫的习惯。布洛赫拾起她的枕头，凑近脸前，深吸了一口气。那是凯特的味道，不是香水或护发产品的香味，就是凯特本身的味道。从 11 岁起，她就熟悉这个味道。她咽了咽口水，抑制住了喉咙里那股即将爆发成失落和恐惧洪流的痉挛，开始整理床铺。这只是一个小得不能再小、无关紧要的动作，但对布洛赫来说意义重大，因为这件事对凯特有意义。

当她俯身抚平被子时，手指触碰到一个硬物。被罩上交织着紧密的灰色线条，夹杂着几道黄色条纹。要在这样的被子上找到什么物品，特别是透明塑料制品，是相当困难的，但布洛赫恰好发现了这样一件东西。

那东西薄薄的，呈圆锥形，是一个用于保护注射器针头的塑料套。

“看一下咖啡机下面的抽屉，”布洛赫说，“里面有塑料三明治袋，拿一个给我。”

“你那边发现什么了？”莱克走近问道。

“袋子。”布洛赫回答说。

莱克意识到，在他拿来袋子之前，从她这里得不到更多信息。于是他绕过柜台，在一个纸板盒里找到了一沓塑料袋，递给了她一个。

布洛赫打开袋子，迅速把床上的塑料套拾起来放了进去。

“哦，天哪，”莱克说，“他居然漏掉了这个。”

“他在黑暗中袭击了她，”布洛赫继续说道，“他会伸出一只手捂住她的嘴，缓慢而无声地向她靠近。他知道这墙很薄，用一只手阻止尖叫至关重要，注射器则会握在另一只手上……”

“聪明。”莱克说。

他们每个人都想知道的问题是，睡魔是否会在最后一刻冒险双手并用，拔开注射器盖子露出针头？盖子就在床上，说明他是最后一刻才做的。很可能他用一只手抓住凯特，把她按住，同时捂住她的嘴防止尖叫，然后用牙齿咬住注射器盖子拔掉，再吐出来，任它落在床上。

“这是睡魔留下的，如果他带走了凯特，那就意味着她被囚禁在某个地方。无论那个地方是哪里，有很大可能是他一直藏身的地方。这里可能有纤维、微量化学物质或某些东西，能给我们提供关于那个地点的线索。”布洛赫说道。

“我现在就带它去找我的人，我有一个朋友是私人鉴定技术专家。”

她封好袋子，拿着它站直身子，直视着莱克。

“我最好朋友的生命危在旦夕，在你对我们撒谎之后，我为什么还要信任你？”

尘埃在光线中旋转，与莱克此刻的静止形成了鲜明对比，他没有抽搐、挠痒或紧张的小动作——他那总是运转着的“发动机”突然熄火了。布洛赫知道，他在权衡下一步行动。要么继续撒谎，那样布洛赫就会把他扔到一边，自己去找技术员；要么坦白一切。

他的目光从未从她身上移开，仿佛在思考着她可能的反应。

他举起双手，掌心朝向她，手指张开：“好吧，你赢了，我不是为联邦政府工作的。”

“那你为什么要撒谎？”

“因为我不是要逮捕丹尼尔·米勒，而是要杀了他，这对凯莉的案子一点帮助也没有。我需要一个理由，以便我能请到另一个调查员帮我，而且还能接触到联邦调查局关于谋杀案的档案，也就是你们的档案。很抱歉，我撒谎了。如果我一开始就告诉你真相，你不会让我插手，而且就像我说的，我在信任方面有问题。”

“那我为什么不现在就把你排除在这项调查之外呢？”

他舔了舔干涩的嘴唇，盯着地板看了一秒，开口时声音有些嘶哑。他的语调忽高忽低，夹杂着无法掩饰的悲痛。

“因为我朋友已经死了，我无法释怀。我能帮你抓住他，并让你的朋友活着回来。现在还有另一条生命悬于一线，这比复仇更重要。我向你保证，我不会杀了他。”

布洛赫停顿了一秒，消化了这一切，然后点了点头。

“这样行吗？就这样？我们之间没问题了？真的吗？”他问道。

“你还想庆祝一番吗？我们去问问邻居吧。”

考虑到昨晚的争执，凯特的邻居不太可能为布洛赫开门，她决定直接进去。

她背对着对面的墙，迅速向前迈了两大步，第三步时，她的右脚踢向门铰链。凯特的邻居坐在沙发上，一手拿着啤酒，另一只手似乎暂时不能用，小指上缠着夹板。他的鼻子上贴着一大块创可贴，惊恐的眼睛周围是深紫色瘀伤。

布洛赫一把抓住他的衬衫，将他拽了起来，然后抵在旁边的墙上。他开始呜咽起来。

“昨晚我离开后，你有没有在走廊里看到或听到有人经过？”

“我已经说了我不会报警的。”他说道。

布洛赫把他从墙上拉开，然后又猛地撞回去。

“我不是在说这个，这跟你无关。我没有多少时间，我需要知道昨晚我离开后你是否看到或听到什么人，或什么事。”

“来吧，打我啊，”他说，然后举起他受伤的小指，“你还能对我做什么呢？”

莱克抓住男子的断指，说：“我至少还能想到九种其他办法。”

“求你了……”那人说，“我当时在急诊室，什么都没看见。”

“你有没有在走廊里看到陌生人，有没有看到外面停着的陌生车辆，或者——”

“音乐。”他说。

“什么音乐？”

“我凌晨1点左右从急诊室回到家，睡不着。我听到你朋友在播放怀旧音乐，然后我就睡着了。就是这样，就这些。”

凯特不喜欢经典歌曲，她喜欢碧昂斯和泰勒·斯威夫特。

“什么样的怀旧音乐？”

“有点像《回到未来》[①]里播放的那首歌。你知道，就是那部电影，迈克尔·福克斯穿越回过去之后的音乐。”

“放开他。”莱克说。

布洛赫松开了他，他们退出了公寓。

“他在说什么？”布洛赫在走廊里问道。

“我知道那首歌，那是一首密集和声无伴奏类型的歌曲，叫作《睡魔先生》。”

① 一部由罗伯特·泽米吉斯执导，鲍勃·盖尔和罗伯特·泽米吉斯共同编剧的经典科幻喜剧电影。这部电影最初上映于1985年，是《回到未来》三部曲的第一部。

00:29

艾迪

几乎全世界的媒体都聚集在了刑事法院大楼外，我看到了来自BBC[1]、彭博社[2]、法国24台的转播车，还有一些电视台的文字我甚至看不懂，他们都在争夺着最佳位置。睡魔案是个大新闻，而对他妻子的审判更是吸引了大量关注。

哈利和我从法院的侧门进入，那本是专门为检察官和法院工作人员预留的入口，但我们与安保人员熟识到足以让我们畅通无阻。我们坐电梯上到八楼，看到走廊里也挤满了记者，除了低头挤过去，别无他法。

不知怎的，哈利在我之前先到了法庭门口，他一定是从人群侧面挤过去的。就在法庭引座员在我们身后关上门的那一刻，他抓住我的手把我拉了进去。

我走进过许多法庭，经历过许多高压的审判，但这次不同。呼吸时，我甚至能感受到空气的重量，左手止不住地颤抖。想到凯特——也许被捆绑着，她肯定很害怕，或许不知道我们是否会去救她……

我感觉自己想吐。

多年来，我一直是独自执业。只有我自己，没有秘书，没有雇员，

① 英国广播公司（British Broadcasting Corporation），成立于1922年，总部位于英国伦敦，是世界最大的新闻媒体。BBC于1936年开始提供电视服务，是世界上第一家电视台。1967年，BBC首次采用彩色信号播报温布尔登网球公开赛，从而开启了彩色电视时代。

② 成立于1981年的美国彭博资讯公司是全球最大的财经资讯公司，其前身是美国创新市场系统公司。彭博新闻社在全球拥有约130家新闻分社和约2000名新闻专业人员，创始人是迈克尔·彭博。

没有同事，没有合伙人。因为有时候，我经手的案件会让我成为危险人物的目标，而我不希望周围的人被误伤。那些亲近我的人，时刻都得提心吊胆。我和克莉丝汀分手，也是因为我的工作性质。我选择通过疏远来保护家人，我不希望我的妻子和孩子过那样的生活。当我意识到自己做出了错误的选择，应该找一份普通的律师工作时，已经太迟了，我已经失去了她们。

接着是哈珀。她是一个我爱过的女人，但我从未告诉过她。在我试图帮助别人时，她因我而死。直到如今，我仍然会在夜晚惊醒，气喘吁吁，满身冷汗。有时候，我梦见自己奔向哈珀的家，而她还活着。

但我知道已经太迟了，我永远也见不到她了。

而现在，我又一次犯了同样的错误。

凯特因我而落入了一个疯子手中。

我感到头晕，伸手扶住了一张长凳以稳住自己。

就在这时，我感到哈利搂住了我的腰，将他的肩膀顶在我的肩膀下方。

“过来，到角落这边来。”他说。

我们慢步走到旁听席的尽头，远离书记员和其他法庭工作人员。在媒体关注度高的庭审中，通常开庭前，法警会让律师们单独待一会儿，虽然规则上没有这一条，但这已成为一种惯例。

我坐了下来，不想靠近辩护桌。我还不能，至少现在不行。世界在颠倒，胃里在翻腾，我无法集中注意力，无法呼吸。

“艾迪，放松点，你这是恐慌发作。”哈利说。

“是我的错，我根本就不该和凯特合作。哈利，她那么年轻，我不能——”

“我也有同感，她对我来说就像女儿一样。所以，你必须振作起来。

总有解决的办法，我们可以救她。”

“我不能——”

“你能的，我们能的。这不是你的错，也不是任何人的错，但你必须解决这个问题。凯特还活着，我们必须保持这种状态。你必须控制住自己，把心思放到案件上。因为如果你做不到，凯特就撑不过去了。”

我闭上眼睛，头往后靠。

感觉我一生中所有的错误都在我周围堆砌起来，随时准备倾塌下来，压在我的头上。

我想象着如果情况逆转——如果我是那个被困的人，而凯特不得不奋力来救我——她会怎么做。

答案很明确。我敬佩凯特，她比我见过的几乎所有人都更聪明、更坚强。我知道她会怎么做——她会咬紧牙关，记起自己是从新泽西州埃奇沃特来的，而且没人能欺负凯特·布鲁克斯。

我紧紧抓住这个念头，深深地吸了一口气。我现在毫不怀疑，无论身在何处，她都会反击，她会活下来。而我，只需要像她一样坚强。

又深吸了一口气，我汲取了从凯特身上得到的那种感觉、那种力量。我站起身来，和哈利一起走向辩护桌。

美国法庭还有另一个惯例——退休法官不再从事法律实践。这一规则基本被遵守着，只有极少数法官在离职后为了旧客户的案件，重新披挂上阵。哈利并没有打算真正重操旧业，他在事务所担任顾问，仅此而已。

或者他是这么以为的。

“我一个人应付不来，我需要你的帮助。”我说道。

“我就在这儿，艾迪。”我们在辩护桌前坐下时，他回答说。

“不，我的意思是，我需要你做第二辩护人。”

“但我不应该……”

“没有法律规定你不能，我们今天下午就会提交你的委任契约书。在此之前，你会在我的律师责任保险覆盖下，而我则是这个案子的首席律师。”

“艾迪，已经二十年了，我不确定——”

“你的交互诘问能力比我强，我需要你，我一个人办不到。”

我把米勒的文件摊开放在我们面前的桌子上，还有两个装有所有电子文件的平板电脑。哈利凝视着我颤抖的手指，从公文包里拿出一本黄色的标准拍纸本、一支百利金钢笔和一瓶蓝墨水。他把笔放在纸上，看了看，又看了看我。

他点点头，拿起笔，在页面顶部画了一条横线，然后又在页面中间画了一条竖线，将页面分成两半：右边用来记录检察官或证人说的话，左边用来记录他的反驳点。这是最基础的操作。

哈利伸出手，压在我的手上，握住了我颤抖的手指。说话时，他的声音因努力克制而显得有些嘶哑。

“为了凯特，我们一定要赢。”他说道。

00:30

艾迪

“他人呢？”我问。

“会来的，他不会错过这个的。”哈利说。

检方团队已经到达：由德鲁·怀特带领着一群助理检察官，都是男性，都20多岁，都想借这个案子扬名立万。地方检察官办公室拥有一大批能干且智慧的女性助理检察官，却没有一人在这个案件中获得表现机会。怀特精心挑选了他的支持团队：全是男性，都是朋友，他们都愿意忽略，必要时甚至还会掩盖怀特在审理此案时可能出现的任何不当行为。他们没有人为受害者考虑，而且只关心一点，那就是在将简历投给那些起薪高达六位数的华尔街律所前，能把这个案子写进简历。

检方桌子后面坐着一排警察和联邦调查局探员，比尔·宋坐在过道的尽头。这实际上是他的案子，本来有可能上交到联邦法庭的。我有种感觉，如果他们抓到睡魔，比尔会坚持让美国检察官办公室根据联邦管辖权处理。但这不是睡魔，而是次优选项，比尔聪明地让地方检察官处理此事。这个案子是个无风险的试验，是一次对证据的自由尝试，但他不必承担后果：如果案子搞砸了，凯莉·米勒被判无罪，比尔可以全身而退，把责任推给州法院的人。之后，他可以确保在联邦法院的睡魔审判中，不会重演同样的错误；如果怀特成功获得定罪，比尔可以独揽全部功劳。

“他肯定就在这儿的某个地方。”我说。

哈利站起来转过身，扫视着我们身后挤满人的长椅，后面有只手举了起来。我站起身来，看到法庭的角落，奥托·佩尔蒂埃举着手。昨天听证会后，我们通了电话。很长一段时间以来，他一直在为凯莉争取权益，对这个案子投入了很多。而且，凯莉失踪，他的报酬也就没有着落了。我喜欢奥托，但也不免想到，如果凯莉已经支付了那100万美金的律师费，他可能就不会投入这么多时间和精力来找她了。昨天，他出去调查了布鲁克林、皇后区和布朗克斯的汽车旅馆、小酒店和招待所——任何收现金且不问问题的地方——这类地方正是像凯莉这样的人可能会躲藏的地方。他驱车 300 多公里，打了上百个电话——虽然工作量很大，但毕竟有七位数的报酬在诱惑着他。

到目前为止，还没有她的踪迹。

“我去跟他谈谈。”哈利说。

“别提凯特。”

“我不会提，但他会问她在哪儿。”

“就说她和布洛赫一起出去找线索了，然后让他给你一份他已经找过的地点清单。”

我看着哈利穿过法庭走向大门，并向奥托打了个手势，示意他出去聊聊。

我等待着。

在法庭上有很多等待的时候，你得看法律体系和法官的日程安排行事。我交叉双臂，用手肘支住桌面，试图阻止双手发抖。书记员看到了我，举起一只手，表示还有 5 分钟。

我检查了我的手机，没有新短信——我正在等《哨兵报》的贝蒂·克拉克给我提供一些资料。由于布洛赫和莱克一起外出了，我需要另一个消息来源。我对贝蒂做了一些调查，她在《哨兵报》担任犯罪记者已经有五年了。现在想想，我曾在夜审法庭见过她徘徊。在那里，你会看到很多渴望成名的记者，盼望着有一个喝醉的名人被带进来，这样他们就能抢到独家新闻，好把自己推销给《纽约时报》或《纽约邮报》。经过打听，我发现贝蒂很受欢迎，甚至受到信任，这意味着她能接触到很多内部消息。有时候，对于一名记者来说，不发表故事反而是更聪明的职业选择。以后总有更大的新闻，而结交朋友总能帮助打开那些可能隐藏着惊世秘密的大门。

我给她发了条短信。

有进展吗？

然后等待着。

我的手机振动了。

我这儿有些线索，但还在确认中。

我迅速打出回复，按下了发送键。

时间紧迫，请尽快确认。

在兴奋的人群的嗡嗡声中，我听到门开了。哈利大步走过中央通道，在我旁边坐下。

“一切顺利。”哈利说。

我起身走近斯托克法官的书记员，一个名叫杰瑞的老家伙。他之前为一位酗酒的法官工作，有时那位法官来到法庭时，醉得东倒西歪，连坐都坐不直。直到杰瑞给他灌下一壶咖啡，并掩住所有的律师来为他争取时间。换句话说，杰瑞来自那种忠诚的群体，这种品质在辅助人员中是很少见的。杰瑞效命的那名法官一退休，他就成了斯托克法官的第一人选。

“杰瑞，我需要进去见法官。”我说，“是私事，我不想让地方检察官跟我一起进去。”

“这被允许吗？跟案件有关吗？”杰瑞问道。

这时，哈利走过来跟杰瑞打招呼。他们彼此很熟悉，杰瑞甚至在哈利为高级法官举办的非法纸牌游戏中充当庄家。

"艾迪需要单独和法官谈一分钟。我知道这听起来不同寻常，但没关系。告诉斯托克法官，他没什么可担心的。"

通常情况下，庭审中的律师不能在对方律师不在场的情况下与法官交谈，这是为了避免任何形式的不当行为暗示以及实际或感知的偏见。这一规定没有明文写出，属于那些不成文的惯例之一。

"既然你说没问题，那好吧，哈利。不过，我想法官大人恐怕一点都不喜欢这样。"杰瑞说。

"毫不意外。他最近怎么样了？"哈利问。

"他是个公正的人。"杰瑞说着，叹了口气。这口气好像在说，所谓"公正的人"实际上是个"暴躁的浑蛋"。

"坚持住，杰瑞。回见。"哈利说。

于是，杰瑞领着我穿过法庭后门，沿着走廊进入斯托克法官的办公室。他皮肤呈现橘黄色，正坐在桌后。如果说今天的他和以前的有什么不同的话，他今天早上看起来肤色更深了。也许，他预料到即将到来的无数国际新闻报道，想确保自己看起来处于最佳状态，或者至少确保自己是想象中的样子。对我来说，他看起来像是被浸在一桶清漆里，然后掉进了抛光机。总之，一切看起来太不自然了。然而，这就是某些男人的方式——为了掩饰内心的黑暗，他们会进行伪装。只是他们不确定正常的样子是什么样的，也不知道那感觉如何，所以他们做出了一些极端的选择。

"早上好，法官大人，如果可以的话，我想讨论一件私事。"

"你得等到杰瑞把地方检察官带进来再说。"

"他不会带地方检察官进来。就像我说的，这是件私——"

"杰瑞，地方检察官在哪儿？"斯托克打断我的话。

"福特法官说您可以与弗林先生就私事谈话。"

“他不再是法官了，杰瑞，”斯托克说，“我是这个案子的法官。”

“您是个公正的人。”杰瑞说着，离开了办公室，并关上了门。

“杰——”

“法官大人，这是与地方检察官办公室有关的潜在刑事不当行为问题。如果您把他带进来，就会提前给他通风报信，这将构成程序滥用，甚至可能妨碍司法公正。我不会无缘无故地闯进法官的办公室，要求私下与法官交谈。”

斯托克靠在椅子上，浓密的眉毛在他那块橡木般的前额上抽动着。

“怎么回事？”

“地方检察官办公室对辩护团队进行了窃听，他正在监听我们的通话，这侵犯了律师与当事人的秘匿特权和工作成果特权。我希望这种行为停止，并且我想要他录下的所有通话记录。”

“什么？我是说，就算你说的是真的，但绝对不是真的——要进行电话窃听，必须有一位法官签署批准令。”

“当您还是初级法官的时候，有多少次纽约警察局的人在凌晨 3 点跑到您家，把一份五十页的宣誓书和一份草拟的搜查令塞到您面前？有多少次您从头到尾阅读宣誓书，逐行审阅那份搜查令？您不会告诉我，地方检察官不够聪明，不能骗过一个注意力不集中的法官并悄悄通过这项行动吧？”

斯托克倾身向前，肘部砰的一声放在桌子上，粗壮的手指锁在一起，仿佛这是一个架势，一个让他发起猛烈攻击的姿势。

“你有证据支持这个非常严重的指控吗？”他问。

“不，我一点证据都没有。”我说。

“如果你确实发现了无可辩驳的证据，证明你的电话被窃听了，那就提交一份申请，到时候我会处理的。”

“我不能提交申请，因为我必须将其送到地方检察官办公室，那样就会提前通知他们。”

“弗林先生，我们的司法系统并不完美，但我们的程序规则存在是有原因的。”

“请答应我这件事，如果我找到确凿的证据，证明我们的电话被窃听了，您会作出裁决，让我获取那些记录。”

他咧嘴一笑，说道：“如果你能给我那份证据，我会下达那个命令。现在，别再浪费我的时间了，我们还得审理案件呢。你的当事人出现了吗？”

“她还没到庭，但我有信心能在审判结束前把她带到这儿。关于这个问题，我不能再多说了……”

“当然，因为律师与当事人的秘匿特权。我明白了……”

我站起来离开了。

在回法庭的走廊上，我的手机振动了一下，是贝蒂发来的一条短信。

短信给了我一个名字。

一个时间。

一个地点。

并且贝蒂已经确认这些信息是准确的。

我开始奔跑。

回到法庭，我沿着从法官席下来的台阶慢跑，径直冲向辩护桌，把手机拿在手里。哈利站了起来，跟上我。当我们经过检察官桌时，我对他说：“如果法官出来了，告诉他我不得不打一个紧急电话。”

德鲁·怀特的眼睛睁大了，我注意到他转过椅子，与比尔·宋对视了一眼。他们两人都知道我正要做某事，但完全不知道究竟是什么事。

哈利和我迅速向出口移动，穿过大门，来到走廊上。

“奥托在哪里？”我问道。

“他在街对面的咖啡店里，等着地方检察官的传唤。”

助理地方检察官德鲁·怀特坚持让他的证人在法庭大楼外面等候，以便在被召唤提供证词之前，他们不会听到审判的任何内容。这些证人收到了一个传呼机，并被告知去喝杯咖啡。今天早上，在审判开始前，奥托就来见我们了。现在，他已经离开法院区域了。

我拨了他的号码，他立刻接听了。

“我有一个线人，不能透露是谁，但凯莉·米勒将在1点15分与她的私人金融顾问在海军准将餐厅见面，就在鱼缸后面的私人桌。我们需要和她谈谈并把她带进来。你准备好了吗？”

“我准备好了，我会到的。”奥托说。然后我结束了通话。

哈利和我回到了法庭，就在杰瑞喊出“所有人起立”并介绍斯托克法官为主审法官时，我们坐回了座位。直到陪审团进来，怀特的目光才从我身上移开，而且正是在这个时候，我才知道，陪审团对我们不太有利。

十一名陪审员看起来都没问题。

但只需要一个人，就能毒害整个陪审团。发现“问题陪审员”的不止我一个，哈利挠了挠他头上那撮白发，靠过来低声说：“看看5号陪审员，穿花裙子的那个。”

5号陪审员是一位快70岁的白人女性，穿着一件蓝色印花连衣裙，银色的头发被紧紧地梳在脑后，你甚至可以看到头发拉紧了她那双小小的黑眼睛周围的皮肤。一副又大又厚的眼镜框住了那双眼睛，使它们看起来更小了。她的嘴唇紧紧抿着，仿佛刚从仙人掌上舔了凝固汽油般紧绷。她像拿着防暴盾牌一样，把一个小米色手提包放在身前，双手握着提手。你绝对不会想招惹 5 号陪审员，她的体格足以让大学橄榄球队的后卫嫉妒。而且她看起来很凶恶，容易愤怒——除了她看着检察官的时候。当她的目光落在德鲁·怀特身上时，她的表情变得柔和了，但时间很短。然后，她在座位上挪动了一下，稍微往左移了移，对坐在她右边的陪审员投去一个厌恶的眼神。那位陪审员是一位年龄与 5 号陪审员相仿的非裔美国女性。

“那位女士看起来就像希望世界下一秒就爆炸。”哈利说。

“我的建议是，别娶她。”

“你知道我喜欢离婚，但她不会要我的。你看到她对 6 号陪审员的那个眼神了吗？”

“她没有对任何白人陪审员投去那种厌恶的眼神。”我说。

“看起来也不像是害羞或内向的类型，她在陪审团室里会非常吵闹的。”

我在平板电脑上打开了陪审员名单，每个陪审员下面都有一些基本的备注，这些是奥托在陪审团挑选过程中做的记录。

“她叫伊塞尔·戈尔曼，以前是新泽西一家屠宰场的经理，从未结过婚，业余时间致力于为当地教堂和美国步枪协会筹款。她是注册共和党人，坚决反对佩戴口罩和注射新冠疫苗。”

“她是个……这种人你怎么称呼来着，‘凯伦[①]’？”哈利问。

“她就像是凯伦们的外星女王。”我说。

我看了看候补陪审员的名单：第一候补是克雷·德莱尔，他和其他两个候补陪审员一起坐在陪审团席旁。

① 俚语。指自以为是、利用特权为所欲为、常带有种族主义倾向的中年白人女性。

他的年龄和伊塞尔差不多，除了环绕着锃亮头顶的一圈浓密的白色发带外，头发几乎掉光了。他戴着红框眼镜，穿着格子衬衫、海军蓝西装外套和斜纹棉布裤。在他的手腕上，手表前方还戴着什么东西。我仔细看了下，是一串色彩鲜艳的珠子手链，上面挂着一块皮质吊牌。我离候补陪审员足够近，能辨认出吊牌上的字迹。虽然不能看清，但根据看到的部分，我猜这个词是——爷爷。

奥托的笔记中提到，克雷是一名退休木匠，结婚已有五十年，有七个已成年的孩子，还养了三条狗。现在，孩子们和他们的配偶工作时，他和妻子帮忙照看孙辈。他们喜欢进行大型的家庭度假，每年夏天，七个孩子、他们的配偶以及十三个孙辈，都会来到州北部的一套小屋，一大家子共享时光。

"我们必须让伊塞尔出局，让克雷进入陪审团。"我低声说。

"同意。我们不能冒任何风险，伊塞尔会在陪审团室里引起轩然大波。天哪，这真是一团糟，还有凯特……"

他指着屏幕上的陪审员名单，声音颤抖了。

"凯特全靠我们了，我们怎么才能让伊塞尔出局？我们现在不能提出异议了。"

我不得不埋头于工作中，思考着这场审判、证人、检察官、法官，现在还有陪审团。我的心思全集中在摧毁针对凯莉·米勒的案件上，因为必须如此，这是拯救我朋友的唯一途径。我必须抛开恐惧、痛苦的焦虑，将注意力集中在我唯一能把她带回来的事情上。

但有时候，就像刚才和哈利在一起时那样，我不由自主地会想到她。她到底在哪里？她受伤了吗？她害怕吗？她心里在想些什么？

过道对面，德鲁·怀特站起身，绕过检察官桌，走到法庭中央，面对陪审团，开始了他的开场陈述。

“陪审团的女士们、先生们，我是德鲁·怀特，我将引导你们了解针对凯莉·米勒的起诉证据。这是一个不寻常的案件，我想不出有哪个案件与之相似。而像所有不寻常的案件一样，这个案子需要特别的关注，需要你们的关注。在审判结束时，我们认为可以形成两种合理的观点：第一种是，凯莉·米勒与其丈夫丹尼尔·米勒（大多数人更熟悉他的绰号‘睡魔’）共同实施了谋杀。她有着和她丈夫一样的意图，那个意图就是杀人。明知道她丈夫是杀手的情况下，她还故意帮助他犯罪。我们有证据证明她的意图，并且我们将证明她给她丈夫提供了帮助。换句话说，她是个帮凶，这就使得凯莉·米勒也成了一个凶手。

“然而，如果你在所有合理怀疑之外都不确定她是否与其丈夫有共同杀人的意图，还有一个替代指控，即她为他的罪行提供了便利。这两项指控都可能导致终身监禁。有一点很清楚，陪审团的女士们、先生们，毫无疑问，凯莉·米勒知道她丈夫是一个杀手，但她没有联系警方，也没有联系联邦调查局。相反，她向她的律师吐露了心声。而在得到法律建议之后，她做了什么？她选择了保持沉默，并协助她丈夫逃避追捕，让他一次又一次地实施杀害。凯莉·米勒今天没有出现在这里，她弃保潜逃。她在逃避，逃避正义，逃避你们。你或许可以问问自己，为什么一个无辜的女人会选择逃跑？答案很简单：她有罪，我们都能看清这一点。你们的任务，就是从法律上正式认定这一事实。”

00:31

布洛赫

纽约有几个私人实验室，其中一些与执法部门管理的数据库有联系，另一些则没有。布洛赫把车停在苏荷区、市政中心和特里贝克交界处的一栋现代建筑外，莱克进入了这栋建筑。10 分钟后，他出来了。

“36 小时，”他说，“他们会检查纤维、DNA 以及针帽上留下的任何其他痕迹。他们很专业，如果上面有东西，一定能找出来。”

“最好如此，我们需要这个突破口。”布洛赫说着，把车开上了街道。她把吉普车仪表盘上的手机拿起来，拨了一个写着“帕克斯”的号码。

穿着牛仔裤的帕克斯是守卫特蕾莎·瓦斯奎兹的探员之一，在救护车把米格斯带走后，他和布洛赫聊过。

“布洛赫，你好吗？”电话那头的声音说道。

“我需要知道，你有没有从艺术家阁楼的房东那里得到什么线索？”

“没有，他说在莉莲·帕克遇害的同一个月，有人签了一个短期租约。那人付的是现金，没有签字，也没有留下身份证件或银行信息。”

“我再次为昨天牺牲的探员们表示哀悼。”布洛赫说。

“我们很感激你为米格斯所做的一切。如果我们有任何新发现，我会通知你的。”

布洛赫挂断了电话。睡魔从监视莉莲·帕克的同一地点监视着特蕾莎·瓦斯奎兹的公寓，那个艺术家作为那处房子的当前租户，可能已经在那里死了好几天甚至几周才被人发现。考虑到他的眼睛没有被挖出，也没有其他任何睡魔作案的特征，这起谋杀案和公寓的位置原本永远不会与睡魔及其受害者联系起来。

尼尔森一家住在曼哈顿东村一条相对安静的郊区街道上，与大多数纽约人不同，他们能买得起房子——一座坐落在街角的赤褐色砂石建筑。曾经，这座房子里住着他们一家人，但现在已经人去楼空。庭审结束后，这座房子将被投放到市场，但房地产经纪人并不期望能收到很多报价。这栋房子大概已经矗立了九十年了，这段时间里，它一定见证了许多家庭的变迁，它的价值每年都在增加。

而现在，却没有人想要它。

如果真有人买了，布洛赫猜测那将是个扰乱房地产市场的人。目前，还没有家庭会买下这栋房子，因为邪恶曾造访此地并留下了它的印记。

房子是有记忆的。城市里可能没有一栋建筑没经历过某种恐怖事件，人们往往在血迹清理干净后就乐于搬进来。但有些罪行太过可怕，留下的污点是再多的漂白剂和小苏打也洗刷不掉的。

布洛赫把车停在离尼尔森家很远的地方，熄了火，检查了后视镜，然后开始浏览停在街上的车辆：没有面包车。在黛西·博德居住的大楼外，停着三辆车。布洛赫在文件中读了她的陈述，并尽可能了解了她的一切。毕竟，博德夫人是检方的证人，而艾迪需要弹药。布洛赫发现了很多情况，但没有一样对辩护有利。

据布洛赫猜测，博德夫人已年近九旬，但状态极佳。她每天早晨6点起床，做拉伸运动，吃一碗有机穆兹利[①]，然后是两壶咖啡、煎饼

① 一种用碎果仁、谷物等混合制成的早餐食物。

和培根。早餐后，她会前往附近做众多工作中的一个——她在当地的社区娱乐中心担任西班牙语教师，同时，她还在两个街区外的 7-11 便利店做兼职收银员。闲暇时，她还会在附近的健身房上课，动感单车、瑜伽和队列舞是她的最爱。

博德夫人在社区的孩子们中很受欢迎，万圣节时，她的家总是他们第一个拜访的地方，因为她有最好的糖果。当孩子们看到她手臂上文着的数字并提问时，她从不回避。数字已经褪色且字体很小，因为她文的时候也和这些小孩现在差不多大。但是，她早年在波兰生活的记忆从未褪色。

一天深夜，博德夫人正坐在自己位于尼尔森家对面的公寓里，看到一男一女走过。这事本身并没有什么异常。当这对男女再次路过时，博德夫人暂停了正在观看的阿诺德·施瓦辛格的电影，走到窗边。这一次，这对男女在尼尔森家门口停下，盯着房子看。博德夫人后来告诉警方，那对夫妇似乎在房子外面站了几分钟，审视着房子，仿佛在研究它。有一刻，那个男子转过头来直视博德夫人。被他盯着看时，她感到一阵寒意，内心深处的某种直觉警告她要警惕这个男人。她以前遇到过邪恶的人，尤其是在她年轻的时候。现在，同样的感觉笼罩着她，她不得不离开窗户。

凶案发生后，她向警方提到了那对夫妇，但他们似乎并不感兴趣。警方当时并不是在寻找两个人，而是在找一个男人。当联邦调查局和警方认定丹尼尔·米勒就是睡魔后，情况发生了变化。纽约警察局联系了博德夫人，询问她那晚看到的夫妇是否是丹尼尔·米勒和凯莉·米勒。她说，看起来像他们。

现在，布洛赫站在尼尔森家的房子外，抬头望着街对面属于博德夫人的二层公寓。

“你觉得她能从那么远的距离认出某个人吗？”莱克问。

“我不确定。”她说。

布洛赫凝视着窗户，努力估算博德夫人当时会距离这里有多远。现在的她很难集中注意力，她有一种冲动，想跳进车里，动起来，去寻找凯特。哪怕只是在街上漫无目的地开着车寻找，可能徒劳无功，但至少她在行动。

她花了一点时间深呼吸，她需要思考。睡魔藏在哪里，凯特就会在哪里。她需要的是专注，而不是行动。她环顾四周，找到了最近的路灯，然后用手机拍了照片，通过电子邮件发给了艾迪，以防万一。艾迪能从小事中发现重要线索，有一些街道的照片对他来说更好。

“我们去看看房子里吧。”莱克说着，从他口袋里掏出一条链子，链子的末端有一串钥匙。

“你怎么会有尼尔森家的钥匙？”布洛赫问。

“这些是我的钥匙。”他说。

他做的第一件事就是检查锁，锁面上同样有圆形工具留下的痕迹。

“他又钻了锁。”莱克说，然后从链子上挑出一把钥匙，试着插进锁里。他费了点劲，但最终成功地把钥匙插进去并轻松转动，打开了门。用这种特殊工具钻锁并没有破坏锁的工作机制，但会使锁变得松动且润滑，以至于哪怕你插入一根指甲锉，锁仍然能正常工作。

“你先请。”莱克说。

布洛赫走进了房子的门厅，眼前的画面经常出现在高端房地产网站的首页上：白色的墙壁、柔和的色彩、镶木的地板，一切都装潢得很有品位。左侧客厅的咖啡桌上放着一张家庭照片，布洛赫花了一会儿时间端详了一下。

照片里有一个漂亮的小男孩和一个漂亮的小女孩，年龄相差不大。

他们的笑容非常灿烂，毫无拘谨，满是欢笑、幸福和爱。只有孩子才会那样笑——完全沉浸在那一刻的那种笑。罗伯特 5 岁，埃莉 8 岁，这张照片应该是在睡魔闯入他们的生活前不久拍摄的。

在孩子们的背后是他们的父母。托拜厄斯·尼尔森刮得干干净净的脸庞上，挂着足以登上牙膏广告的百万美金级别的微笑。他的眼睛清澈明亮，即便已经 45 岁，脸上也没有丝毫皱纹。他在城里拥有几家餐厅，还经营着房地产买卖。每年，他都会为朋友们举办派对，他和妻子斯泰西是真正的纽约社交名流。斯泰西更是美丽非凡，她那长长的赤褐色头发轻拂过面颊一侧，仿佛点燃了肌肤上珊瑚般的光泽。即便是她的不完美之处，似乎也增添了她的美貌。一道疤痕横贯她的右眉，破坏了脸部的对称性，但这丝毫没有减损她的魅力。不知怎的，这反而增加了她的魅力，突显了其他五官的完美无瑕。睡魔终结她的生命时，她才 34 岁。

穿过客厅，布洛赫找到了宽敞的厨房，并注意到了后门。后门由坚实的橡木制成，配有两个沉重的门闩。一个位于顶部，闩杆固定在天花板上；另一个位于底部，地上有个闩孔。即使睡魔钻透了榫眼锁，也无法通过这两个死闩。布洛赫打开后门，步入一条狭窄的有顶棚的巷子。一块固定在联排房屋背面的有机玻璃天篷遮住了垃圾桶，右侧是一堵砖墙。她沿着巷子向左转，绕过房子后又回到了街上。后门的榫眼锁上没有工具破坏的痕迹，睡魔是从前面进入这栋房子的。一楼其余部分没有什么值得注意的地方，布洛赫跟着莱克上了楼。

二楼设有娱乐室、浴室和一间宽敞的工作室。斯泰西是一名建筑师，主要在家工作。三楼还有另一间浴室，两间儿童房面对面，主卧室则在走廊尽头。

房间里的大号床仍在原处，床垫中央有一个巨大的污渍，呈椭圆形，像一只巨型黑蜘蛛的腹部。

布洛赫走向窗户向外望去，可以直接看到博德夫人的小公寓。她从背包里拿出平板电脑，启动后快速浏览了尼尔森谋杀案的现场照片，寻找警方发现受害者时拍摄的照片。

直视死亡者的面孔总是艰难的，研究那些惨遭暴力致死者的面容更是另一种感受。对布洛赫来说，这并不新鲜。她受过训练，要透过恐怖去看清证据。每起谋杀都讲述了一个故事。

在给孩子们服用了镇静剂后，他把被子拉到他们的下巴下面。孩子们被发现时眼睛紧闭，起初警察以为他们已经死了。至少最初到达现场的那位警察是这么认为的，而他之后也结束了自己的生命。女孩最先醒来，跌跌撞撞地走出房间，发现一名警察在她家中，正凝视着在床上被杀害的父母，这一打击给两人都造成了创伤。

托拜厄斯的鼻子左侧有一个枪伤，子弹打出的位置在他的头顶上，这表明他在被射击时是躺着的，而凶手处于一个较高的位置。斯泰西身上有多处刀伤，根据法医的说法，任何一处都可能在几秒钟内致命。他们被发现时躺在床上，被子盖着身体，眼睛不见了，眼窝和伤口里填满了沙子。

“为什么挑了一家人？”莱克问道。

包括德莱尼在内的联邦调查局分析员认为，他们找到了答案——

睡魔在加大赌注。

承担更大的风险，并向世界展示他的力量。

布洛赫能够理解这种逻辑，但总觉得哪里不太对劲。

“他让孩子们活了下来，但同时确保了他们不会碍事。他朝父亲头部开枪，但对妻子使用了刀子。我有种直觉，夫妇俩才是目标，孩子们只是任务的一部分。”布洛赫说。

“为什么选这家人？”

“我不知道。”布洛赫边说边开始在房间里踱步，陷入沉思。

“这栋房子并不容易潜入，”莱克说，“他是从前门进入的，那条街很热闹，所以他是冒着被发现的风险的。实际上，博德夫人确实注意到了他和一个女人在勘查这个地方。”

莱克刚才说的某部分内容似乎很重要，就在他刚开口时，布洛赫感到皮肤上有一种刺痛感，鸡皮疙瘩在她的肌肤上蹿了出来。

“再说一遍。”布洛赫说。

“什么？”

“把你刚刚说的话重复一遍。”

“啊，嗯，这栋房子相当安全，从很多窗户都能看到。他这么做，承担了极大的风险——”

“不对。”布洛赫说，声音中带着一丝挫败感。

“放松点，我们好好想想。”莱克说。

“我没法放松，”布洛赫说，“他带走了我的朋友，我们必须加快速度。你刚才还说了别的，你提到了这栋房子。”

“哦，他必须从前门进入，这是个很大的风险……”

“就是这个。”布洛赫说着，快步走出房间，迅速下楼。

“什么？是什么？”他问道。

布洛赫没有说话，她直接走进厨房，等着莱克跟上来。

“如果你要闯进这栋房子，你会怎么做？”布洛赫问。

“嗯，唯一的方法就是从前门……”

莱克愣住了。

“前门是唯一的入口，”他说，“后门虽然更好掩护，但他甚至没有尝试从那边进入，锁上没有工具破坏的痕迹，厨房内的门闩……见鬼，从外面看不到门闩，但他知道这些门闩的存在，也就是说，米勒之前来过这栋房子……”

但布洛赫没有听，她正在给艾迪打电话。

00:32

艾迪

“弗林先生，你希望现在做开场陈述吗？”斯托克法官问道。

法庭一片寂静——在怀特开场陈述引发的低语和斯托克对我的提问之后，整个法庭瞬间陷入一种近乎静止的宁静。空气中弥漫着一种浓厚的虚无，变成了声音无法传播的真空地带，至少在我看来是这样。

我的脑子在打转，成千上万个问题在我脑海中轰鸣。

“艾迪，我们这样帮不了凯特，去跟陪审团谈谈吧。”哈利低声说。

“我要说什么？”

“就把凯特告诉我们的情况告诉他们。”

我站起来，长饮了一口杯中的水，又把杯子放回原处。我的鞋跟敲击地面的声音如同响亮的鼓点，填满了那片静默的池塘，声波沿着四壁荡漾开来。我低头一看，发现自己正站在法庭中央，面对着陪审团。法官在我的左边，法庭的其他人则在右边。我看着每位陪审员的面孔，有些人，比如伊塞尔·戈尔曼，无法掩饰他们的厌恶之情，那表情写在她那残酷的嘴唇和细小的黑眼睛上。

“控方会在这个案件中大量谈及受害者，这是完全正当的。怀特先生的工作是在这个法庭上为死者发声，让他们借由他之口说话，并向你们展示谁是凶手。女士们、先生们，控方面临着两个问题。第一个问题是，杀害这些受害者的那个人并不在这个法庭上。他仍在外面，逍遥法外，仍在疯狂杀戮，而联邦调查局和纽约警察局至今未能抓获他。联邦调查局和纽约警察局很少面临如此大的公众压力，要求将罪犯绳之以法的呼声很大。正因为未能做到这一点，他们现在摆在你们面前的是他的妻子。你们将会听到有关凯莉·米勒的证据，但实际上，这些证据更多的是针对她丈夫丹尼尔·米勒的。没有任何证据将凯莉·米勒与这些谋杀案直接联系起来，没有任何证据证明凯莉·米勒知道她丈夫是个杀手，也没有任何证据证明她曾在知情的情况下协助或帮助过他。凯莉·米勒是睡魔的受害者，她的生活已经四分五裂，她将再也无法相信任何男人，至少在她有生之年会是如此。想象一下，如果你发现你的伴侣是个杀手，你会怎样？那会对一个人造成什么样的影响？

“女士们、先生们，检察官在这个案件中试图双管齐下。他会试图证明她参与了这些谋杀，但这注定会失败。一旦失败，他就会试图证明，她知道这些谋杀，并且在谋杀中串通一气，甚至对当局撒谎。”

我停顿了一下，观察陪审员们的表情。

他们并不认同。

那一刻我意识到，之所以如此，是因为在心底，我自己也不相信这一套说辞。

凯莉·米勒心里背负着重担，某种黑暗的东西紧紧抓住了她的心。不管那是什么，结果都让她逃避了这次审判，逃离了我、凯特和哈利。但当我与她交谈，她当面告诉我没有杀任何人时，我相信了她。在我内心深处，我知道那是真的。然而，此时此刻，我却在做开场陈述，对我当事人的清白充满怀疑。接下这个案子是个错误，但现在，凯特的生命悬于一线，我别无选择。我必须让陪审团相信我，我必须赢。不是为了凯莉。

而是为了凯特。

“我不会和你们说，凯莉·米勒对她丈夫没有过疑虑。”

我又停顿了一下，让这句话在陪审团中发酵。他们中的一些人在座位上挪动了一下，有一两个身体微微前倾。

“从何时起，一个疑虑变成了法律上的义务，去告诉警方你认为自己的丈夫可能伤害了别人？这个问题之前从未摆在陪审团面前。她丈夫对她撒了谎，而她相信了他。如果这算是犯罪，那么纽约的每一个已婚人士都可以被关起来了。

“凯莉·米勒今天没有到场，也许整个审判过程中都不会出现，这没关系，因为她无须证明什么，证明案件的责任在于控方。归根结底，他们对凯莉·米勒并没有实质性的指控。我相信很快——你们也会看到这一点。”

我转身走回我的座位。这时，我的手机振动了。背对着法官，我查看了来电显示，是布洛赫。

“检方传唤法利·克林顿医生出庭做证。”怀特说。

克林顿是法医，怀特打算用一系列恐怖画面——那些受害者的骇人照片，来开启这场审判。其中几张图片，将伴随陪审员一生。在他们心中埋下恐惧之后，他便会指向凯莉·米勒，告诉陪审团她是罪魁祸首。看到这些照片会造成心理创伤，而陪审团需要为自己受到的精神伤害找个责怪的对象——罪责很容易就落在被告身上。

“替我一分钟。”我对哈利说，然后径直走出门去。

我在走廊里接听了电话。

“有什么发现？”我问布洛赫。

“我们越来越接近真相了，丹尼尔·米勒对尼尔森家的布局很熟悉，我们需要找到他和尼尔森家之间的联系。”

“我们必须加快速度，必须找到她——”

“你以为我不知道吗？我真的不知道我会怎么做，如果——”

“停。那种情况不会发生的，我们不会让那种情况发生的。联邦调查局从阁楼公寓的房东那里得到什么线索了吗？”

“没有记录。短期租赁，提前支付。”

“这听起来不对劲。在这个城市，没有人会不了解租客的信息就出租房产，这样一旦出现问题他们才有办法追责。”

“联邦调查局说没有任何发现。”

“房东在撒谎，我想我知道为什么。有个人你可以去找他谈谈，一个名叫阿尔奇·本森的律师，专门代理贫民窟房东的案件。他不会愿意告诉你什么，所以你可能得给他点压力。阿尔奇很注重安全，他的私人保镖是个叫作‘月球人’的前摔跤手，身高有一米九六，可能重达200公斤，是个类固醇[1]狂人，力大无穷而且极其凶狠。小心点——”

“什么？你觉得我对付不了他吗？”

“不，我是说小心点，别把他伤得太严重了。”

---

① 类固醇，尤其是合成代谢类固醇，与增肌有着密切的关系，这类药物可以模仿人体自然产生的睾酮等激素的效果，促进蛋白质合成，从而增加肌肉质量和力量，但它们也带来了一系列潜在的健康风险和法律问题。

00:33

艾迪

布洛赫和我谈了半个小时。

通话结束后，我拨打了办公室的电话，丹尼斯接了起来。

“我需要你从备用现金里取出300美金，买200美金的午餐券。然后，我想让你下午雇一辆豪华轿车和一名轿车司机。”

“等等，那剩下的100美金是用来干吗的？”

“稍后告诉你。还有一件事，我马上给你发一个号码，你打过去，照我说的原话告诉他们。你有笔吗？”

“说吧。”

“我们有一个共同的朋友，我想为他安排的午餐加一份特别的惊喜。他有点害羞，但喜欢假发，霓虹灯式的金色，越假越好。我现在就多付1000美金。另外，他很注重防疫，所以她需要戴口罩。”

“就这些吗？”

“就这些，把钱记在公司信用卡上。清楚了吗？”

“你到底在干什么？”丹尼斯问。

“我是执业律师，相信我。等你办完这件事后，拿上剪贴板和笔记本，在午休时来中心街外找我。”

如果丹尼斯答应去做，那你就放心好了。

我走回法庭。当我坐在哈利旁边时，法利·克林顿医生正手持激光笔站在那里。激光笔指向了一张放大到1.8米高1.5米宽的照片，照片上，死去的斯泰西·尼尔森躺在她丈夫身边。

“斯泰西·尼尔森胸部的伤口和其他受害者的一样，是由异常坚硬且异常锋利的物体造成的。那可能是一种未知来源的叶片状刀具，很有可能是异国武器，也许是手工制作的。刀刃足够强大，可以穿透她的胸骨。在伤口内的沙子被筛过一遍，且伤口经过 X 光照射后，都没有发现金属碎片。”

我靠向哈利，低声问:“有什么意外吗？”

他看了一眼陪审团。

伊塞尔·戈尔曼正紧紧绞着手帕，紧到手都在颤抖。如果仔细听，我觉得甚至可能听到她的牙齿在磨合。陪审团的其他成员看起来和处理这类案件的大多数人一样，他们中有一半人盯着地板，只在绝对必要时才抬头看一眼，然后又迅速低下头。其他人则捂着嘴，摇着头。当展示图片时，他们皱着脸。

“挺有效，对吧？”

哈利点点头。他面前堆着一堆来自法医证词的笔记。

“你想和这个人过过招吗？”我问他。

他那抹微笑给了我答案。

“克林顿医生，”怀特说，“您在斯泰西·尼尔森的尸体上有发现什么防御性伤口吗？”

“没有。”他说。

“我可以这样理解吗，克林顿医生，玛格丽特·夏普、莉莲·帕克、佩妮·琼斯、苏珊娜·艾布拉姆斯，以及托拜厄斯·尼尔森和斯泰西·尼尔森的尸体上，都没有防御性伤口？即六个受害者身上都没有防御性伤口，是吗？”

“是的，都没有。”

“所有女性受害者都是被刀袭击的吗？”

“是的。”

“所有女性受害者都被麻醉了吗？”

“是的，通过颈部注射。”

“尸体上有抓痕或针头痕迹，表明有过挣扎吗？”

“没有。”

“根据您处理刺伤或刀伤犯罪受害者的丰富经验，没有防御性伤口这一点是否不寻常？”

“非常不寻常。”

“再次基于您的丰富经验，您能对此提供任何解释吗？”

他清了清嗓子，喝了一口水。

此时无声胜有声。

地方检察官怀特精心准备了克林顿的证词，指导他，尽可能地推动他，让他走得更远。最后一个问题已经是极限了，我能感觉到克林顿并不开心。他正在“塑造”他的证词，以给出检察官想要的答案。就像让一位 55 岁的卡车司机去参加高级普拉提课程，这种塑造会很痛苦。

“情况有可能是这样的，”克林顿开始说道，“我们没有发现防御性伤口，是因为受害者在袭击期间被另一个人控制住了。”

怀特转向陪审团，慢慢地、得意扬扬地重复了这个答案。然后他转向我，说：“到你了。”

“请稍等，法官大人，我们确实有问题要问这位证人。”哈利说。然后他对我耳语道：“你想让我怎么处理？”

哈利和我已经讨论过策略。瓦解证词的方法有很多，而面对像克林顿这样有丰富庭审经验的专业证人时，策略就更多了。

“关于第三方控制受害者的话题远远超出了克林顿的舒适区。”我说。

"同意。我们要么采取乔·弗雷泽[1]的方式，要么采取拉里·戴维[2]的方式。我在考虑拉里·戴维。"

"拉里·戴维，一路到底。"我说。

哈利拿起他的标准拍纸本和笔，绕过辩护桌，向证人投去灿烂的笑容。

交互诘问就像短促的骗局，你需要为每个目标选择合适的手段。对克林顿的首选项，是采用乔·弗雷泽的方式——乔·弗雷泽是一个传奇的拳击手，喜欢在近战中搏斗。不同的拳击手会以不同的方式利用擂台和他们与对手之间的空间。拳击圈的传奇场边指导安吉洛·邓迪[3]曾说过，阿里喜欢在房间里战斗，泰森喜欢在衣柜里战斗，而弗雷泽喜欢在电话亭里战斗。弗雷泽式的交互诘问风格就是直冲到证人的面前，快速抛出一系列强硬的问题，寄希望于其中一个能将他们击倒。

而哈利选择了拉里·戴维的方式。

"克林顿医生，"哈利调整了一下眼镜说，"在开始之前，我想感谢您的证词，感谢您不仅对受害者，还对他们的家人展现出的尊重和礼貌。我知道您今天在尽您所能地履行您的专业职责，但您的热情，尽管值得称赞，却战胜了您的认知。下面，让我们纠正之前的那些错误。请稍等，让我查一下我的笔记……"

经典的拉里·戴维开场白：哈利没有提出问题，而是赞美了一位

① 乔·弗雷泽（1944年1月12日—2011年11月7日），美国著名职业拳击手，他的拳击风格以力量和耐力著称，经常能在比赛中坚持到最后，并以强大的攻击力取胜。

② 拉里·戴维，美国著名的喜剧作家、演员、制片人和编剧，最为人熟知的是他是美剧《宋飞正传》的联合创作者之一。

③ 安吉洛·邓迪（1921年8月30日—2012年2月2日），拳击历史上著名的教练之一，以卓越的执教能力和对拳手的深刻理解而受到尊敬。邓迪最著名的学生之一就是传奇拳王穆罕默德·阿里，他指导阿里赢得了多次世界重量级冠军。

为整个城市工作的专业人士，接着告诉证人他犯了一些错误，而哈利会帮他纠正这些错误。然后，是暂停，让哈利查阅他的笔记。当然，他并不需要读笔记，而是需要给陪审团一些时间吸收他的话，并意识到克林顿似乎并没有和他争论。证人没有问题需要回答，所以他像所有专业人士一样等待提问。与此同时，陪审团认为克林顿已经承认了有一些错误。而这些错误并非出于恶意——证人只是太过热情。这是一种利用证人权威来对抗他们自己的策略，这种方式可能更为有利，因为它使证人成为辩方的证人，而非检察官的证人。

这种风格并非指拉里·戴维本人，而是指他的电视节目《抑制热情》——这一切都是让证人控制他们的“热情”。

“医生，您在记录中提到，除了眼部区域的创伤外，女性受害者身上通常只有一到两处刺伤，位于腹部或胸部，对吗？”

“是的。”

职业证人以前基本经历过这样的质询，他们知道回答要简短、干脆，不要详细阐述，不要推测。他们说得越多，辩方就越有机会在这些言辞之间插入撬棍，将其拆成毫无价值的碎片。

“莉莲·帕克和佩妮·琼斯都有胸部的单处刺伤，对吗？”

“对的。”

“这些伤口是致命的吗？”

“是的，当即毙命，我觉得。”

“还有您刚才提到的第二个攻击者，该攻击者会如何确切地控制受害者呢？”

这是一个开放式问题，允许克林顿随意表达观点，并以他喜欢的方式支持其论点。在交互诘问中，开放式问题通常不是一个好主意。这些问题带有巨大风险，因为你无法控制。证人会说比“是”或“否”

更多的内容，而且可能多得多，这就是拉里·戴维这种方法风险如此之大的原因。

“从背后，我觉得。从背后控制住她们的手臂。”克林顿说。

他仍然根基不稳，并没有处在自己想要的位置，而正是检察官把他置于这样的境地。

“受害者会反抗第二个攻击者的束缚吗？”

“毫无疑问。”克林顿说。

“我不想再次在陪审团面前展示犯罪现场的图像，以免他们受到刺激，但如果必要的话，我会这么做。这取决于您接下来的回答，医生。我的问题是，在我们不得不查看的那些犯罪现场照片中，有没有任何一个场景显示出挣扎的迹象？”

克林顿咬着嘴唇。

哈利把他置于了一个进退维谷的境地：如果他不同意，哈利就会拿出照片，详细地检查，指出所有家具都是直立的，房间内没有血迹四溅的场景，也没有东西破损。而因为克林顿的坚持，陪审团将不得不再次经历这一切。他们会因此责怪他，当他试图在照片明确显示的事实面前争辩时，他们会更加怀疑他的可信度。

“没有。”克林顿咽了咽口水，以防哈利用照片让他难堪。

“受害者身上也没有任何瘀伤的迹象，对吗？”

“没有，没有瘀伤。”

“这些女性都在为自己的生命抗争。她们会试图挣脱，对吗？”

“对。”

“受害者也会呼救，对吗？”

“我不知道。”克林顿说，拼命想避开这个话题。

“但您刚才告诉陪审团，受害者的手臂被人从后面束缚住了，如果这是真的，第二个攻击者就需要用双手来做这件事。这样一来，就没有什么能阻止受害者尖叫了，不是吗？”

克林顿现在看着地方检察官，仿佛他卖给了自己一辆排气管破了个洞且没有发动机的二手车一样。

“对，我想没有了。”

“佩妮·琼斯和苏珊娜·艾布拉姆斯在同一间公寓里被杀害，相隔不超过 6 米，对吗？”

“没错。”

“检方没有任何目击者听到受害者尖叫，对吗？”

“据我所知没有。”

“难道不更有可能是一个单独的攻击者，当她们在床上熟睡时，悄无声息且迅速地接近这些受害者，并给予她们致命一击吗？”

“我不会说这更有可能……”克林顿说道，然后他看到了哈利表情的变化。我能看出这一点触动了克林顿，就像他刚抬头看到一架钢琴即将砸到他一样。

现在，如果允许克林顿详述，编织一些废话来混淆要点，并将其视为平局，那就犯下大错了。

“医生，我们看过照片，没有挣扎的迹象。从造成的伤害来看，没有证据表明有第二个攻击者，您出于试图帮助本案受害者的好意犯了一个错误，对吗？”

“从伤口上我无法判断是谁持刀，可能是被告，而她丈夫则按住受害者，并捂住他们的嘴。”

这几乎是克林顿所能做出的最好回应。他呼出一口气，喝了一口水。

哈利走到证人席前。如果愿意，他可以伸手触摸到它。

他问道:“所以您现在说是凯莉·米勒持刀，而不是她丈夫？”

“这是可能的。”

“您当法医多久了？”

拉里·戴维那一套没起作用，克林顿挣扎得太厉害了。所以现在，哈利像乔·弗雷泽那样逼近。我看出了他的策略，抓起平板电脑，搜索了一份文件——克林顿报告的一部分。

“十五年了。”克林顿说。

“为了准备今天的证词，您已经阅读了关于受害者的报告了吗？”

“我已经读过了。”

哈利伸出一只手，我站起来，把平板电脑递给他，屏幕上打开的是克林顿报告的相关部分。

“这是您关于斯泰西·尼尔森的报告，结论段落中是这么写的：‘刀片轻易穿透皮肤，并以巨大的力量一击穿过胸骨。这表明犯罪者体力很强壮，可能比一般男性强壮得多。’”

克林顿咽了口唾沫，但头部依然保持得很稳定。或许他之前就已经在出汗，但我注意到他的额头现在已是一片汗光闪闪。

“您继续写道：‘这与其他受害者的伤口相符，是一次极具威力的猛烈攻击。’”

“是的，嗯……”

“凯莉·米勒的体重顶多有100斤。她没有能力造成那种伤口，对吗，医生？”

乔·弗雷泽式的一记上勾拳。

“啊，我想没有。”克林顿说。

“只是为了确认，也让陪审团明白，根据您的专家意见，没有任何迹象表明凯莉·米勒在这几起谋杀案中是第二名攻击者，对吗？”

克林顿已经为检察官尽力了，现在，他想离开那个证人席，你能看出来——他几乎像是坐在爬满火蚁的椅子上一样扭动不安。

“事后看来，权衡所有情况——不，我不能说她是这里的第二名攻击者。”

弗雷泽以击倒获胜。

“感谢您澄清立场，医生。”哈利说着走回了辩护桌。

当怀特起身重新审查时，他注意到克林顿已经半离座了。明智且经验丰富的他知道，他不会从克林顿那里得到更多信息了。

“不需要再审讯了。”怀特说。

哈利坐下，低声说：“别激动，距离输掉这个案子还有很长时间。”

斯托克看了看钟，现在是中午 12 点 45 分。

“我们暂停一会儿，让陪审员们吃午饭，2 点 15 分再回来。怀特先生，你有足够的时间准备下一个证人吗？”

“我们会准备好的，法官大人，”他说，“问题是弗林先生会不会准备好？”

“午饭后我们就知道了。”斯托克说。

00:34

艾迪

哈利和我在海军准将餐厅找了张桌子坐下。别误会，我从不在这样的地方吃饭，平常都是应付着吃点熟食三明治、煎饼，如果赶时间的话，街边的一份脏热狗也不错。有桌布和酒单的餐馆让我紧张，我总不确定该用哪件餐具，或者握法是否正确。这是一张四人桌，靠近厨房，位于餐厅后部，通常是为那些不希望在餐厅里用餐的顾客预留的桌子。

像许多纽约的餐厅一样，海军准将餐厅宛如一座奢华的城堡，窗户被深色玻璃遮蔽，餐桌上摆放着小电灯，天花板上每隔 3 米左右就会悬挂一盏工业风格的灯泡。有些人觉得这样的布置营造了亲密感，而我只觉得这样的地方让人难以看清菜单。尽管如此，这里闻起来确实像个不错的餐厅。通常情况下，被香草覆盖的烤肉香味会让我胃口大开。但今天，我忧思重重，无心吃饭。这次来这里，完全是公事。

领班招待我们入座，问我们要普通水还是气泡水。哈利说他想要一杯啤酒，因为他不信任水，并引用了菲尔茨[①]的经典台词——“你见过水对管道内部的影响吗？我还是坚持喝啤酒”。

我要了一杯百事可乐。

“你们的同伴什么时候到？”他问道。

“很快，”哈利说，“对了，你们有牛排吗？”

“当然，服务员马上就过来为您点——”

“告诉他给我们来两份牛排，五分熟就好。谢谢。”

在这种餐厅里，存在着一种等级制度。一个完全不同的阶级体系不仅在前台和后厨运作，也体现在顾客之中。

领班给了我们一个微笑，那笑容仿佛希望我们的母亲能在烤架上被炙烤，然后便离开了。

“你觉得这有用吗？”哈利边问边在膝上铺开餐巾，只见他手腕轻

① 菲尔茨（1880 年 1 月 29 日—1946 年 12 月 25 日），美国著名的喜剧演员、杂耍艺人和电影演员，以独特的幽默风格和在电影行业的重要贡献而闻名。

轻一抖，餐巾便搭在了他的大腿上。我从桌上拿起餐巾，尝试模仿他的动作，却差点失手掉了餐巾，于是决定还是把它留在桌上。

“必须得有用。我们所要做的，就是依靠联邦调查局。”

“话说早了。”哈利说道。

一个高个子男人走进了餐厅。起初，我并没有注意到他，但注意到其他人在注意他。当奥托·佩尔蒂埃踏入房间时，所有人的头都转了过去。帅气的外表、高挑的身材、宽阔的肩膀，当然，还有那身齐整的西装。他朝我们的桌子走来，坐下。

“二位先生。”他用问候的口气说道。

“我们已经点了牛排。你想来点什么吗？”哈利问道。

那位领班，我原以为他会指示厨房在我们的食物里吐口水，可他一看见奥托就仿佛变了个人似的。

“佩尔蒂埃先生，见到您真是太好了。”他说。

“谢谢，查尔斯。给我来一份鸡肉沙拉和意大利矿泉水就可以了。”

“明智的选择，我会立即将它与其余的……订单一起送来。如果各位尊敬的先生还需要其他服务，请随时告诉我。”

那人离开桌子时，几乎向奥托鞠了一躬。哈利摇了摇头。

“如果你愿意，可以把我的牛排也一起吃掉。”我说，“我没有胃口。”

“我在战场的时候，”哈利说，“有一次在深山里，我们那队遭到了敌人的伏击，那天我失去了两个最好的朋友。我的中尉是一个二十年的老兵，那天晚上让我们所有人都多吃了一倍的分量。他告诉我们，趁能吃的时候吃。身体和心灵是相连的。牛排上来的时候，你最好多吃点，艾迪，你会需要它的。”

哈利说话的时候，我注意到奥托在调整他的刀叉，把它们摆放得整整齐齐。然后他交叉双臂，仿佛是为了克制自己进一步摆弄餐具的冲动。

“你觉得她真的会出现吗？”他问道。

哈利和我对视了一眼。我转过头去，看向那个鱼缸。我一直觉得热带鱼有着抚慰人心的作用，这可能与它们游动的方式以及光线在它们闪闪发光的细鳞上跳跃有关。小时候我就一直想要养一条，但我们只能负担得起放在碗里的两条金鱼，而且它们从来活不久。甚至，这些鱼的名字都显得那么有异国情调。这个鱼缸里有优雅的小丑鱼，它们游动时总像在跳舞；有着鳍如羽毛的蓝色神仙鱼；一群小小的霓虹灯鱼，它们就像水中闪烁的亮光，绿红火焰般闪耀舞动。里面还有其他的鱼，但我已经忘记它们叫什么名字了。

灯光给奥托镀上了一层金色的光泽，也许他的肤色本就如此，我也分辨不清。我从座位上起身，说道：“我去前面看看。”

穿过海军准将餐厅昏暗的内部时，我花时间端详每张桌子旁的面孔。男人们大多穿着西装，至少也是夹克配领带，这里就是这种风格的场所。商人们沉浸在交谈中，女士们脚边放着戈雅[①]和亚历山大·麦昆[②]的购物袋，情侣们俯身于桌边低语，还有两位身穿深色西装的男子靠在椅背上，研究着菜单，就像这菜单是詹姆斯·乔伊斯[③]写的一样。

① 一个法国奢侈品品牌，以手工制作的箱包、行李箱及配饰著称。该品牌创立于1853年，比著名的路易威登还要早一年，是世界上最古老的行李箱制造商之一。

② 一个英国的奢侈时尚品牌，由设计师李·亚历山大·麦昆于1992年创立。品牌以激进的创新、戏剧性的设计风格和精湛的工艺闻名于世，麦昆本人更是被誉为“时尚界的鬼才”和英国的“坏孩子”。

③ 詹姆斯·乔伊斯（1882—1941），爱尔兰作家、诗人，20世纪最伟大的作家之一，后现代文学的奠基者之一，其作品及“意识流”思想对世界文坛影响巨大。主要作品有短篇小说集《都柏林人》，自传体小说《青年艺术家的自画像》，长篇小说《尤利西斯》《芬尼根的守灵夜》。

这两位西装革履的男士坐在靠窗的位置，视野正好对着前门。他们都是一手托着头，另一只手笨拙地拿着那本厚重的皮质菜单，仿佛随时会倾倒。实际上，他们在掩饰耳麦的存在——这两人是联邦调查局探员，他们就算穿戴着印有联邦调查局标志的 T 恤和棒球帽也不足为奇。

我推开前门，走到街上。这里是三十几街的一个十字路口，紧邻麦迪逊大道。街角有一个报摊，我从一堆报纸中拿起一份《华尔街日报》。俯身时，我看到角落停着一辆黑色面包车。我旁边站着一个穿着米色风衣的人，手里拿着一本《时代》杂志。他翻阅着杂志，但显然心不在焉。我付了报纸的钱，转身又注意到街对面还有一辆面包车，只驾驶座上有一个司机。

两个穿着亮眼的黄色背心、戴着安全帽的人，正用一次性杯子喝着 7-11 便利店的咖啡，谈论着洋基队的比赛。我从未见过两个建筑工人的靴子和裤子如此干净，双手如此柔软粉嫩。

当一位穿着白色套装的女子从出租车上下来时，两人停止了交谈。她有着一头醒目如霓虹般的金黄色长发，很明显是假发。套装看起来像是丝绸质地，搭配着 10 厘米跟的高跟鞋，以及一个价格可能超过我车子的手提包。虽然口罩遮挡了她的面容，但她走进海军准将饭店时，我还是闻到了昂贵香水的味道。由于假发和口罩的双重遮掩，我很难看清她的真容，而她似乎也在有意隐藏自己的面貌。

我稍作等待，看了一眼手表。

我猜大概还有 30 秒，他们会等到她坐定后再动手逮捕她。接着是奥托，然后是哈利。

最后是我。

00:35

艾迪

穿米色风衣的男子突然对《时代》杂志失去了兴趣，他放下杂志迅速进了餐厅。与此同时，那两个“建筑工人”丢下咖啡，紧跟其后进入餐厅，一边走一边从裤子后面抽出克拉克手枪。街对面面包车的后门猛地被打开，比尔·宋、地方检察官德鲁·怀特以及另外两名联邦调查局探员一跃而出。

我迅速闪进海军准将餐厅内。

戴安全帽的男子在餐桌间穿梭时，前方传来了些许骚动。

那位戴着金色假发和口罩的女子已经走到了餐厅后面，对身后发生的一切浑然不觉。

见到她走近，奥托站了起来。

她属于那种走路时就像在飘然而行的女性：手提包在臂弯轻盈摆动，白色的夹克和裤装随着她的步态起伏波动，仿佛在随风绽放。

她直接从我们桌旁掠过。

绕过鱼缸。

我扭头一瞥，看见比尔迅速步入餐厅，怀特检察官紧随其后。这位检察官显然不愿错过亲眼见证凯莉·米勒及其整个律师团队被捕的时刻。

“弗林，站住。你被捕了，罪名是窝藏逃保者。”比尔喊道。

我站在原地，说道：“我没有窝藏任何人，也没约见任何人，你自己回去看看就知道了。”

人们在被捕之前往往会说很多废话。他们有的还威胁警察，要么是身体上的威胁，要么声称他们的律师会起诉警察，有时候则是谩骂之后极力反抗，试图挣脱并逃离法律的制裁。对此，联邦调查局探员和警察早已司空见惯。每一次逮捕都是不同的情况，而且任何事情都有可能发生。

但这对比尔来说却是前所未有的情况。

我能看出他就像是踩了急刹车，伸出两只手，要阻止自己摔下去。他看着我，那表情就像在玩扑克时，手中已经握有三张A，而我却递给他第四张A一样不可思议。

“这是怎么回事，艾迪？”他问道，“楼上那个人是凯莉·米勒，对吧？”

“你最好控制住你的手下。”我说道。

穿着风衣的男人已经拔枪对准了哈利和奥托。奥托站了起来，双手举过头顶。

哈利则一点都不在乎。他的牛排刚上桌，此刻正无视联邦调查局探员的大喊大叫，专心致志地切着肉，享受着啤酒带来的愉悦。

“建筑工人们”跟着白衣女子来到了鱼缸后面。我能看见他们摆出射击的姿势，对着“凯莉”大声吼叫，命令她趴在地上。

整个餐厅瞬间炸开了锅。客人们惊恐万分，多数人试图离开，也许有人还想趁乱逃单。

比尔在往餐厅后部走去的同时努力安抚众人的情绪。我跟在他后面，不想错过即将发生的事情。

比尔绕过鱼缸来到后面的餐桌旁，抓住那两个穿着显眼背心的“工人”的手臂，让他们把武器放低。我转过拐角，看到戴着假发的女士跪在地上，畏缩成一团。她已经摘下了口罩，现在可以清楚地看到，她并不是凯莉·米勒。

贝蒂·克拉克，那个来自《哨兵报》、与法院办公室有联系的记者，曾通过短信告诉我这位女士的名字，但我一时想不起来了。据贝蒂所言，我只知道她来自一家名为“古典伴侣”的机构，每小时收费 200 美金，今天她来海军准将餐厅是与一位常客见面的，而我则对这位客户更感兴趣。

支付了这 200 美金的冤大头坐在桌子另一边，双手举起，嘴巴张开。随着比尔把他的人控制住了，这家伙的表情就从震惊转为了愤慨。这时，他看起来更眼熟了。

这位客户兼冤大头，就是斯托克法官。他放下手，尖叫道：“这是什么意思？！”恰好在这个时候，德鲁·怀特也绕过拐角过来，意识到自己和比尔被人设了套。

“法官大人……”怀特开口，却被斯托克法官的声音盖过。

“你们到底在干什么？我正在和我的……女友吃午餐呢。”法官说着，拉起女伴的手臂，试图让她平静下来。

“非常抱歉，法官大人，”怀特说，“我们收到情报，说凯莉·米勒此时会在这家餐厅里。很抱歉，我们看到了这位女士，您知道的，那顶假发，我们以为是米勒乔装改扮……”

“什么样的情报？谁告诉你们的？”

“是我，法官大人，”我说，“但我没告诉地方检察官，我只是打电话给奥托·佩尔蒂埃，告诉了他。凯莉·米勒根本就没打算来这家餐厅。我们知道您会在这里，因为我从法庭工作人员那里得到消息，说这里是您固定的午餐地点。但我不知道您会和您的女友在一起，为此我表示歉意。不过法官大人，这件事证明了，我的手机以及辩护团队所有成员的手机，都被地方检察官办公室监听了。”

我撒了谎，但只撒了一点——我们当然知道他的女友会出现，我们还额外付费，让她戴上假发和口罩，好让她看起来像是伪装的女士，这样联邦调查局探员就会误以为她是凯莉·米勒而采取行动。总而言之，整场戏都是为了斯托克法官而上演的。

“这是真的吗？”斯托克问。

比尔·宋揉着太阳穴，闭上了眼睛，大概希望自己此刻身处地球上其他任何一个地方，而不是这里。怀特则没有说话。

“怀特先生，要么你回答我的问题，要么我将以蔑视法庭的罪名扣留你以及在场的所有警察和联邦调查局探员。你可以现在回答，或者你可以去牢房里好好想想……”

“是的，法官大人，确实有一份授权监听的令状——”

“那么，那份令状现在被宣布无效了，你听到了吗？而且你要把所有文件、磁带和数字录音都交给弗林……”法官说道。他现在看着我，脸色都快发紫了。

斯托克法官准备上演一出好戏了，他会大声咆哮一番，对我和怀特进行一番威胁。但他无法正式提出投诉，因为他的女伴是按小时计费的，而且不仅仅是陪吃午餐那么简单。他不希望这一切留下任何记录，怀特也是如此。他刚刚让联邦调查局经历了一场耗资不菲的监视行动，只为抓住法官的应召女郎。现在，他只想尽快忘掉这一切。

“我知道你利用了地方检察官，但你也利用了我。”斯托克说，“所以，你会拿到你的监听记录，但想要无效审判的申请就别想了。如果你们在监听记录里找到了什么，那就提交申请，但现在不行。是你策划了这一切，你不能自己制造无效审判的理由。如果你们中的任何一个告诉陪审团，地方检察官在窃听辩护律师的电话，那就会导致无效审判。到时候我别无选择，只能宣布重审。但如果这种情况发生了，我会向律师职业道德委员会举报你们俩，你们将会失去执业资格。我讲清楚了吗？陪审团不能听到任何关于此事的消息。明白了吗？你们两个都理解了吗？”斯托克说着，脖子上的一根粗血管凸了出来。我看着他，觉得这个人可能会在此时心脏病发作。

怀特再次道歉。

我则没有。

“法官大人，还有一件事。”我说道。

“什么？！”他大喊着，唾沫星子飞溅到桌子上，还有站在他身边的联邦调查局探员身上。

“我需要您撤销伊塞尔·戈尔曼陪审员的职务。”

“你他妈在跟我开玩笑吧，弗林？你现在提出这个？我们又不在法庭上。我他妈凭什么这么做？”

“因为她就坐在那边。”我的手指着角落里伊塞尔·戈尔曼坐着的那张桌子，只见她嘴巴张开，舌头上还含着半只没吃完的牡蛎，眼睛瞪得像卡车前灯一样大。我们都眯着眼睛透过昏暗的光线看过去，但那确实是伊塞尔·戈尔曼。

我曾在法庭外遇见丹尼斯，并指出了伊塞尔，当时她正从出口处走出，从钱包里拿出香烟。丹尼斯走向伊塞尔，告诉她被随机选中作为今日神秘顾客午餐奖的幸运儿，奖品价值 200 美金，她可以立即在一家名为海军准将的高档餐厅消费。届时，会有豪华轿车接送她往返中心街和法院，而她需要做的，就是在餐后告诉丹尼斯她的午餐体验，并填写一张反馈卡，以此获得预付的 100 美金市场调研费。从伊塞尔·戈尔曼脸上的表情来看，她现在开始意识到，在曼哈顿是没有免费的午餐这回事的。

在一段看起来很漫长的时光里，没有人动，也没有人说话。

接着，我听见鱼缸后面的哈利发出声音。他礼貌地咳嗽了几声，我猜想他是想引起某人的注意。随后，我听见他对领班喊道："不好意思，我们可以把点的菜打包带走吗？"

00:36

摘自凯莉·米勒的日记

6 月 4 日

凌晨 3 点多的时候，我听见前门关上了。

我等待着他走上楼梯的脚步声。卧室里很热，但这并不是我无法入睡的原因。

在过去几周里，我快把自己逼疯了——自从那个警察上门询问丹尼尔的面包车之后。最近几天，他每天都很晚才回来。我躺在床上，思绪纷飞，恐慌不已。

我一遍遍重复着同样的念头。

他爱我。

玛格丽特·夏普遇害那晚，他不在家。

他从未对我施暴，我甚至从未见他生过气。

在她遇害后的第二天，他给了我一副和她那副一模一样的耳环。

那只是巧合，肯定是。

他对警方撒谎说那晚他在家。

他有理由。

他让我也撒了同样的谎。

他很担心，只是想打发掉让我心烦的警察。

最近两起谋杀案发生的晚上他也不在家，那两个女孩在她们的公寓里遇害。

他不得不工作到很晚，见客户，他电话里的一些客户在不同时区。

他回家后洗了澡。

他有理由……

这——让——我——快——疯——了——

我留意听着他上楼的声音。

屋子里只有寂静。

接着，我听见楼下传来门铰链的嘎吱声。

这很奇怪，房子里只有一扇门的铰链会吱吱响，而丹尼尔从不打开那扇门。

我掀开被子，赤着脚走下楼去。

我必须弄清楚。

我走进厨房，看见通往地下室的门开着，灯也亮着。我溜进敞开的门，悄悄地走下地下室的楼梯。

我的呼吸在胸口停滞了。

我的生活，原本如童话般的生活，结束了。就在那晚，在我们的地下室结束了。我为保护自己不受那些想法侵扰而筑起的心墙出现了裂痕，随着每一个深夜、每一次错过的晚餐、那对耳环，以及眼前这一幕，裂缝不断扩大……

如今我站在了另一边，从一个新的视角回顾过去的生活，眼睁睁地看着它消逝。

一切都不可能再和从前一样了。

丹尼尔全身赤裸地站在地下室，往洗衣机里倒洗衣粉。他看见我站在楼梯底部，吓了一跳。

他说我差点给他吓出心脏病来，但我没给他平复心情的机会，要求他告诉我这到底是怎么回事。

在回答之前，他先把杯子里剩下的洗衣粉倒进机器，关上盖子，按下按钮启动了洗衣程序。我以前从没见过他洗衣服。

他说他和一个客户共进晚餐时，对方不小心把红酒洒了他一身。他必须马上洗衣服，否则衣服就毁了。

他的鞋子在地板上，而他则光着脚。

我问他，是不是客户也把红酒洒到了他的袜子上。

他看着我，眼神中有一种我从未见过的东西。这让我想起了电影里米彻姆在刺伤他妻子之前的那种神情，冷酷而空洞。

他说既然要洗了，不如把所有东西都洗了，同时试着用笑来化解现状，但那笑容和空洞的笑声里没有一丝愉悦。

我开始往后退，我不喜欢这种感觉。我跑上楼梯，进了厨房，背靠着柜台。

气喘吁吁。

丹尼尔上楼，关掉了地下室的灯，也关上了那扇吵闹的门。

他在那里站了一会儿，看着我。他不再笑了，但也没有尴尬，他的眼神一片空白，好像他什么都没看——好像我根本不存在似的。他朝我迈了一步，我猛地一缩，身体紧贴着柜台往后退。

他又道了一次歉，说他要上楼去洗澡。

我看着他离开，等他上楼后，我走进楼下的浴室，锁上门，坐在马桶上。我在那里哭泣，身体抖动着。我不知道在那里待了多久，但肯定是在某个时刻，我蜷缩在了地板上，因为我醒来时，发现自己正躺在那里。阳光透过窗户照亮了房间，我站起来，因在瓷砖上睡了一觉而浑身酸痛，然后打开了门，向外望向车库。

丹尼尔的车不见了。

我倒了一杯水，上楼在床边找到了手机。

有四个新的提醒，来自不同的媒体网站。

今早，在曼哈顿的一个小巷里发现了一具女子的尸体，她的眼睛被挖走了。人们认为她是睡魔的最新受害者。

我把脸埋在手掌里哭了起来。

00:37

布洛赫

对于新客户来说，阿尔奇·本森律师事务所并不怎么热情。它位于 110 街，一扇装有门铃的钢铁大门使它看起来更像一座堡垒，而不是律师事务所。门上方没有招牌，只有一张写着“本森法律”字样的纸条贴在门铃透明塑料按钮后面。

莱克按下了门铃，等待着；布洛赫则退后，乐于让他来沟通。

哐当一声，钢铁观察孔被猛地拉开，接着一张脸填满了那个小窗口。那是一张大脸，或许有餐盘那么大。那人留着的精心修剪的细如铅笔的胡须，绕着下巴，像是用记号笔画上去的一样。他的脸颊又圆又肥，仿佛在挤压他的鼻子。

“什么事？”那张脸问道。

“您好，我们想和阿尔奇·本森谈谈。”莱克说。

“他不在这里。”那张脸说着，猛地关上了观察孔。

莱克敲打着门，喊道：“艾迪·弗林派我们来的。”

一片寂静。

观察孔被缓缓地再次打开。

“找阿尔奇有什么事？”

“我们就想谈谈，仅此而已。”

观察孔又被关上了，门依旧紧闭。

“没关系，我们可以告诉联邦调查局，让他们代替我们来和阿尔奇谈谈。”莱克说道。

门开了。

那张大脸下有着匹配它的庞大身体。布洛赫猜测，这就是“月球人”。这家伙身高超过一米九六，重达180公斤，而且并不全都是肥肉。那张脸坐落在一对发育良好的斜方肌上，肌肉曲线延伸到他浑圆的肩膀，形成了肌肉的丘陵景观。他的体重相当于一辆大众汽车，他可能也能举起同样重量的东西。

他在狭窄的走廊里转过身，颇费了些力气，然后领他们走向尽头的一扇门。他敲了敲门，说道：“有人来看你，是艾迪・弗林派来的。”

门打开后，映入眼帘的办公室看上去像是刚遭了劫：大量的文件和档案散落在小桌上、地板上、椅子上，有的则高高地堆在办公桌上，金属文件柜里塞满了文件，有些已经溢出来，以至于柜门无法合拢。一张巨大而华丽的橡木书桌后面坐着一个矮小的秃顶男人，他穿着一件黄色衬衫，肩上搭着一对棕色背带，嘴里叼着一根烟。他的黄色衬衫曾经可能是白色的，但整个房间笼罩在从左侧窗户透进的藏红色光线中，而那窗户玻璃上则积着一层厚厚的烟渍。布洛赫在走廊里就闻到了烟味。书桌上的烟灰缸好几个月没清理了，烟蒂被一排排塞进去，直到骄傲地高出烟灰缸边缘，像一束束橙色的豪猪刺。

“艾迪怎么了？”男人说，声音听起来就像螺丝钉和螺帽在一桶壁纸胶里滚动一般。

“你是阿尔奇吗？”莱克问。

“你可以叫我本森先生。”

“我们需要一些帮助。去年，你的一位房东客户出租了曼哈顿的一个阁楼。联邦调查局已经联系了房东，他说他没有任何关于租户的文件。那是个短期租赁，而且那人是现金支付的。艾迪说，城里没有哪个房东会不需要提供某种形式的担保和银行账户信息，就连出租一个小洞也不行。你处理那个区域所有……房东的文件，还有——”

“你是说那些破房子的房东，对吧？”

“我可没这么说。”莱克说。

“当然，但艾迪是这么叫的。我不介意，我是个直率的人，呃……”

“莱克，加布里埃尔·莱克。这位是我的朋友，布洛赫。”

“她话不多。”

“她不必话多。联邦调查局在文件线索上遇到了困难，艾迪知道你为客户处理所有文件，可能有一些文件能帮到我们。”

“我为什么要给你们看我客户的文件呢？”

“我们必须紧急找到那个租客，他的任何文件线索对我们都很重要。”

“很抱歉，没有法院命令，我不能透露任何客户信息。”

“艾迪跟我们说过你可能会这么说，他还说，他会感激你对此事的帮助。”

“恐怕我无能为力。如果你不介意，很抱歉，我要去忙了。”

“我们知道，你为房东保留了两套账簿。有很多方法可以绕过租金管制，并让一部分收入远离国税局的视线。我们不希望这种事情现在引起联邦调查局的注意，对吧？”莱克说。

从莱克交叉双臂的样子，布洛赫觉得，他预计这个威胁会得到一点合作作为回应，但他低估了这位律师。莱克可能是个优秀的调查员，但在这件事上却不怎么在行。

“莱克先生，你没资格发出威胁。你和你的小朋友最好现在离开，免得受到伤害。”

政府对住房租金收取金额的规定，通常也包括对驱逐行为的规定。在租金受到控制的情况下，房东无法随意提高租金或驱逐租户。

莱克还没来得及回答，“月球人”就向他迈出了一步，这可真是一大步，各种意义上的“一大步”。这不仅仅是有人侵犯了你的私人空间，更像是水牛准备冲锋，或是行星移到距离你家 6 米之内。莱克瞥了这个大汉一眼，笑了笑，但他的微笑没有得到回应。

他先轻轻地抓住莱克的手腕，然后看向阿尔奇，似乎在寻求确认，是否应该把他们扔到街上。那只手看起来像是戴着捕手手套，但实际上只是一大堆该死的手指。

“告诉你朋友把手放规矩点。”布洛赫说。

“哦，她说话了。这是你的保镖吗，莱克先生？”阿尔奇忍住笑说，“你现在麻烦大了，你应该带个块头更大的来。”

莱克站在巨人和布洛赫之间。她一直静静地站着，观察着房间，双手交叠在身前。所以当她突然行动时，其动作之迅速，像是一切都是在眨眼间发生的。她把右手伸进夹克，突然之间，一把巨大的枪出现在她手中，举在莱克面前，枪口直接对准了大汉的脑袋。马格南 500 是一种体形庞大、威力强大的武器，因此它在任何场合中出现都会引人注目。

“够大了吗？”布洛赫问，“文件，我没有时间啰唆。你已经知道我们在找什么了，因为联邦调查局拜访你客户的时候，他肯定给你打过电话。所以，现在就去拿。”

“她要干什么？开枪打他吗？”阿尔奇问。

“你朋友的头和篮球差不多大，我觉得她 15 米外也打不偏。”莱克说。

“我不会开枪打他的。”布洛赫说着张开了握枪的手。她的手指依然放在扳机护圈内，枪口垂下，桃花心木的握把抬起。她握住了枪膛，将枪反转过来，枪托向外，如同锤子一般。这一套动作，就像老西部快枪手常见的招式。

她收回手臂，向前一甩，手枪的枪托深深嵌入了“月球人”手腕的肉里。他立刻松开了莱克，张大嘴巴吸气，抱着前臂。接着他后退一步，踉跄着摔倒在地上，屁股着地。

“你惹恼我了，”布洛赫说，“一把重圆头锤大约 1 公斤。这把枪将近 3 公斤。如果你现在不给我们文件，我就打断你朋友的另一只胳膊，然后把你的脑袋锤进他的屁股里。”

布洛赫语气里的某些东西触动了阿尔奇。

他向前倾身，站了起来，椅子发出响亮的嘎吱声，然后迅速走向文件柜。他猛地拉开柜门，开始在里面的文件分隔器中寻找，手指快速翻动着页面。

“如果你从那个文件柜里拿出一把枪，我会在墙上开个大洞。但是在开洞之前，会先穿过你和文件柜。”布洛赫说。

阿尔奇的手指僵硬了一下，然后又开始翻找。他从柜子里抽出一份海军蓝色的薄文件，递给了莱克。

莱克打开文件，里面只有几页纸：一份签名难以辨认的租赁合同，还有一份银行对账单，两者都是以“海滨有限公司”的名义开具的。

“就这些？”莱克问。

“我们有的就这些。”

“够用了。”布洛赫说。

莱克拿着文件坐进了布洛赫吉普车的副驾驶座，布洛赫发动了发动机。他把文件摊开在膝盖上，手指扫过文件，找到了要找的内容，开始在手机上输入信息。

“根据美国证券交易委员会的数据库，海滨有限公司看起来像是某种空壳公司，从未提交过账户记录。”他说，“公司董事是丹尼尔·米勒——这并不意外。等等，有个公司地址，但并不是米勒的家庭住址。”

难得的是，霍兰隧道的交通状况并不糟糕，一个多小时后，布洛赫驾车进入了新泽西州巴约纳市的一个工业区，这一区域遍布仓库、工厂和货运站。莱克从美国证券交易委员会数据库中查到的地址，是一座被生锈的铁丝网围栏环绕的旧砖砌建筑。从正面宽大且高的橡木双开门来看，这里曾是一个仓库或车库。建筑的每一扇窗户都被打破了，布洛赫猜，这是些需要练习靶子的孩子干的好事。

他们下车，检查了一下围栏上的链条。链条不新，但也算不上很旧。链条上的锁状态良好，没有任何锈迹。

“这是个藏身的好地方。”莱克说。

布洛赫走到车旁，从后备箱里取出一根撬棍交给莱克。她拔出手枪说：“我们到这儿的时候，锁就已经坏了。”

莱克挥了三次撬棍才把锁砸开。自从他们到了这里，布洛赫就没在路上看到过其他车辆或行人，所以她不认为噪声会是个大问题。那两扇巨大的双开门根本没法打开，建筑周围是一片泥土和碎石地，在建筑的一侧，布洛赫注意到一扇看起来像是四十多年前被漆成蓝色的钢门。门上的锁很好，是新的，闪闪发光且涂了油，但是门没有被重新粉刷过。看来，有人想好好利用这个地方，但不想让别人知道它的存在。

他们绕着建筑外围走了一圈，并未发现容易进入的入口。

在他们头顶大约 3 米处是一排破损的窗户，每个窗户大约 1 米高 1 米宽，沿着建筑一侧排列成一行。

“帮我一下。”布洛赫说。

“你确定吗？”莱克问，“如果你进去后打不开那扇门的话……”

“不管里面是什么情况，我都能应付。”她说着，将武器插回了枪套。

莱克把撬棍丢在土里，背靠墙壁，分开双腿，双手呈杯状并放低。布洛赫先跑了两步获得动能，然后踏进莱克的手掌中，双手撑在他的肩上。莱克用力，布洛赫顺着墙壁摸索上去，直到够到窗台。她原以为这扇窗户的玻璃已完全不在了，但框架里还残留了几片旧的灰尘覆盖的碎片，穿过去时划伤了小腿，随后她重重落到下面的地板上，响声在墙壁和水泥地面上回荡。

布洛赫打开她的迷你手电筒，环顾四周。

这个地方曾经是个仓库，对面墙边排列着沉重的铁架，直到天花板。屋顶上安装有塑料天花板，夹杂在波纹铁皮屋顶板之间。塑料板本应透光，但它实在是太脏了。老旧的机械和工具散落一地，这让她每走一步都要小心。除了几堆木托盘外，这里似乎没别的东西了。仓库的一部分被隔成了工头办公室的样子，门关着，但有扇窗户。

布洛赫熄灭了手电筒。

要么是那个办公室后面有一个通向外面的洞——这是她在绕行检查时没有注意到的，要么就是这栋建筑里还有电。

因为她能看到办公室里有一丝微弱的光。

那光似乎是来自一盏台灯。

或者说，有人拿着手电筒。

00:38

布洛赫

小办公室里的灯光可以有多种解释：光线不强，所以可能是刚丢弃不久的手机发出的光，也可能是废弃的台灯或者其他差不多无伤大雅的东西。

再或者，可能是睡魔拿着手电筒和 0.45 口径手枪，准备在用手电筒闪一下她的眼睛的同时，朝她的胸膛连射几发子弹。

布洛赫心想，莱克在这里会更好。她悄无声息地穿过地板，眼睛始终没离开过办公室的窗户，直到来到一根砖柱旁。她迅速转身，只是为了确定方向，同时注意到，自己离那扇刷漆的钢门只有几步之遥。没有门闩，没有栅栏，门是锁着的，需要钥匙才能打开。

莱克一定是在外面听到了她的声音，正轻轻地敲门。

她想告诉他安静，可能有人。她最大的优势在于，办公室里的人可能不知道布洛赫就在门外。如果是睡魔在里面，她需要利用每一分优势。他很危险，可能是她面对过的最危险的人，她不想低估他。

此时除了行动别无选择，而且要趁现在行动，趁她还占有出其不意的优势。她绕过门，沿房间的周边移动，从侧面而非正面接近办公室。这一侧没有窗户，所以他无法看到她靠近。

她的动作似乎比她想象中的声音大：每一次呼吸都如狂风，每一步前进都如重踩，每一下心跳都如鼓声。漆黑的砖砌仓库里非常凉爽，但她不得不眨一眨眼睛，让汗水从眼睛里流出来。手中的朋友不再像以往那样给人以安心的感觉，现在，它在手里显得笨拙，好像她带错了武器。

布洛赫认识到这一切的本质——恐惧。她不是怕睡魔，布洛赫不怕任何男人。

她害怕自己可能会发现的东西。

害怕在尘封的旧仓库里找到她好友的尸体。

现在她已经很近了，只有几步之遥。

枪管开始颤抖。

不是因为手累——选择马格南作为随身武器后，布洛赫每天都训练，坚持了一整年。每天早晨 1 个小时的靶场练习，下午则是去健身房。每次打枪，都像手掌挨了重击，但她承受住了，而且不断变得更强壮。她一直忍耐着，直到手心磨出了厚茧，不再感到疼痛。后来，武器的重量和手感对她来说就像拿着刀叉或笔一样自然。

但现在，她的胸腔猛烈地呼吸着氧气，肾上腺素充斥全身，感官像是超负荷了。

布洛赫来到办公室门口，蹲下。

没有必要冒险从窗户窥视，那样做很可能会惊动里面的人，而且在过程中还可能被对方的手电筒晃得眼花缭乱。

只有一个办法。

快速而果断地闯进去。

她反握着手电筒，像握着一把匕首一样用左手持着。开关在底部，可以用拇指轻轻拨动电源。她将右手覆盖在左手上，手腕重叠，保持手电筒和瞄准方向一致。

布洛赫站在门前。深吸一口气，活动一下肩膀，扭扭脖子。一脚踹开了门。

门轻易地就开了。布洛赫跨过门槛，视线随着手电筒的光束而移动，拿着武器环视着黑暗的房间。

角落里没有人。

正前方也没有人。

其实，房间里一个人都没有。

她现在看到光是淡绿色的，接近地面。手电筒照亮了房间一端看似一个白色棺材似的东西。集中注意力观看之后，她发现那是个电源指示灯，一根白色电线从这个箱子引到一个插座上。

那不是棺材。

而是个冰柜。

确定建筑里没人后，布洛赫收起武器，走近了冰柜。

为什么有人会在废弃的建筑里放一个冰柜？冰柜看起来不新，但也没那么旧，上面有一层灰尘。她靠近时，能听到风扇和电机的嗡嗡声。

她的手几乎是不由自主地伸出去，抓住了盖子中央的把手。布洛赫不想往里面看，但她知道自己必须这么做。

她想象着凯特在里面，仍旧穿着睡衣，死在这个冰冷的坟墓里。她的眼睛蒙着霜雾，嘴唇破裂，冻得发黑——冰雪能定格死者生命中的瞬间。她以前在各种各样的地方见过各种各样的尸体。

她不信教，但当把手倾斜上去时，她发现自己口中正默默念着祷告词。布洛赫一拉，听到了那种吸吮声，即冰柜的橡胶密封被打开时发出的声音。

冰柜里没有光。

但里面有东西，是一块冰块。这不仅仅是普通的冰层——看起来像是倒了 100 多升的水，确保里面的东西能被完好地保存起来。

布洛赫用手电筒照进去时，光束在颤抖。

她松了一口气——即便隔着层层冰层，她也立刻认了出来。

有一瞬间，她以为自己要崩溃了。但她克制住情绪，转身跑向门口，手里拿着抛弃式手机，拨打了莱克的电话。

“你在里面还好吗？”他问道，“我在这儿快急疯了。”

“找个掩护，离门远点，越远越好。我要打开门了。”

“明白。”他说。

布洛赫自信地走向那扇刷漆的钢门，拔出马格南手枪，站在 1.8 米远的地方，瞄准——放松手臂，抖掉紧张感，再次瞄准，然后扣动了扳机。枪声在旧仓库里几乎震耳欲聋，而且她立马就尝到了因枪击而卷入空气中的灰尘。原本坚实的钢门上的锁面已不见踪影，她踢了门一脚，门向外摆开，残余的零件散落在地上。

“你刚才从门上炸掉的东西直接穿过了那边的围栏，”莱克说，“这枪对你来说够大了吧？”

她说：“把撬棍拿来。”

“怎么回事？”

“我们需要从冰柜里凿出个东西来。”

“凿什么？”

“一个尸袋。”

00:39

艾迪

在回法庭的路上，奥托一直在讲话。他用自己的奔驰车载着我和哈利，所以他可以尽情地说个够。

“之前的做法都很聪明，但是没有凯莉，你要怎么取得无罪释放？但凡她想有任何机会，就必须出庭做证。我是说，你不应该帮我找她吗？凯特呢？至少她可以帮帮我吧？”他问道。

我不能告诉他关于凯特的事，我绝不会冒这个险。在法律实践方面，奥托是个古板的人。我相信，在税收和遗产法方面，他会尽可能地钻规则的空子，但在刑事领域，他就是个新手，而新手容易害怕。如果告诉他凯特的事，我很确定他会告诉警方，哪怕只是为了平息自己良心的不安。

“凯特现在正忙着追踪一些线索。听着，我当然希望凯莉能和我们在一起。我一开始就说过，凯莉需要直视陪审团的眼睛，告诉他们她是无辜的。如果她能像对我那样有说服力，我相信陪审团会相信她的话。但如果她不在这里，只会让人觉得她是因为有罪才逃跑的。没有她，我们确实还有机会，但机会微乎其微。你比我们更了解她，你觉得她可能会去哪里？”

“她没有联系任何老朋友，而且如果她使用信用卡，警察会立刻抓到她。她现在肯定躲在哪里，只用现金，或者已经找到了出国的方法，这些情况都有可能。”他说。

“她有没有能信任的远亲，或者住在偏远地区的朋友？拜托了，奥托，我们需要些线索。”

他沉默了一秒钟，似乎是在专注开车，也有可能是在专注思考问题，也许两者都是。

“她没有其他人了，”他说，“她的父母去世了。丹尼尔的事情被揭露后，她的朋友们都抛弃了她，她一直独自面对这一切，我想不出她会去找什么人。现在他们都恨她，这多悲哀呀。我们是她仅有的人了。”

“该死！”哈利说。

“听着，我们现在有了更好的陪审团，而且检察官当下在法官面前也不那么讨喜了。这可能会在我们交互诘问怀特的证人时，给我们多一些空间，但我们没有太多东西可以拿出来对抗他们。实际上，我们不能向任何证人表明凯莉是无辜的，因为在不能确切知道她是否会被传唤出庭做证的情况下，我们根本不能这样做。我们所能做的，就是撼动检方证据体系的大树，希望它的根基足够浅，浅到能被我们推翻。”我说道。

“这还不够。”奥托说。

我想起了凯特，咬紧牙关说道：“我们必须确保它够。”

我的手机振动了一下，是丹尼斯发来的邮件，附有几个链接，都是关于昨天特蕾莎·瓦斯奎兹和两名联邦调查局探员遇害事件的新闻报道。我点击了《纽约时报》的报道，读了一下，然后看了其余的报道。大多数都是从美联社转过来的相同故事，但有一个不是。《纽约邮报》有更多的细节，因为他们设法联系到了特蕾莎在蒂华纳[①]的家人，并获得了评论。我把这篇文章读了两遍，然后给丹尼斯打了电话。

“我需要你联系一下蒂华纳的瓦斯奎兹夫人。你会说一点西班牙语，对吧？”

① 墨西哥西北边境城市，位于下加利福尼亚州西北端，临近太平洋，北距美国圣迭戈 19 公里。是墨西哥第四大城市，下加利福尼亚州最大城市。

“Por supuesto[①].”她用一口不错的口音说。

“文章提到，瓦斯奎兹夫人原计划新年搬到曼哈顿，说她对此很期待，而且她已经多年没见过女儿了。我想知道她所有的计划。她需要为女儿做安排，告诉她，我们可以帮忙。”

“这都是怎么回事？”丹尼斯问。

“我还不确定，只是个直觉。不管怎样，我都想帮助瓦斯奎兹夫人。哦，还有一件事。”

“这也是直觉吗？”

“是的。我需要一份切斯特·莫里斯的逮捕记录，他就是德莱尼被杀当晚遇害的门卫。事实上，你需要做个全面的背景调查，但逮捕记录应该很容易找到，都是公开信息。”

“我们有数据库的登录详情。没问题，我马上处理。有音信了吗那个——”

“没有，还没有。”我说。

我挂断电话，转向哈利。他将手肘支在车门框上，手臂弯曲，手指抚摸着上唇。

“凯特会没事的，我们会把她救回来的。”我低声说。

“我不能再参加葬礼了，艾迪，我只是……”

哈利没有把想法说完，因为不想在奥托面前多说什么。奔驰车停在了位于中央街的法院大楼外。下车前，哈利看了我一眼，说：“一切都取决于接下来的几个证人了。你准备好了吗？”

我深吸一口气，缓缓吐出。

那一刻，我不太确定。我有种直觉，我得跟着感觉走，这样也

① 意为“当然”。

许会有帮助。有些案子你是赢不了的。奥托是对的——我们需要凯莉·米勒。

手机又响了，我一边下车踏上人行道一边接听了电话。是布洛赫。

“我们现在在丹尼尔·米勒之前租约地址上的仓库里，除了一台冰柜，这里什么也没有。艾迪，冰柜里有个尸袋。”

她说话的语气很平淡，和平常一样，但内心的恐惧使她的声音微微颤抖。我的双腿突然感到无力，我闭上眼睛，脑海里一片混乱。我知道我想问什么，必须问什么，但我说不出话来打破这片死寂。我直视前方，盯着法院入口处那群记者、摄影师和摄像师，祈求他们不要注意到我。

哈利绕过车，看了一眼我的脸色，伸手抓住我的胳膊。

那一刻，我只想躺在人行道上，闭上眼睛，让一切都消失。我渴望沉睡过去，直到这场噩梦结束，凯特平安归来。

“艾迪，艾迪，嘿，你怎么了？”哈利说。

我踉跄了一下。哈利抓着我胳膊的手更紧了。我听着，但布洛赫没有说话。我希望她告诉我凯特没事，这是我唯一想要的。

“艾迪，深呼吸。”哈利说着，靠近我，努力支撑着我的身体，让我保持直立。我以提问为生，也很擅长这个，有一个问题我必须问，我无法逃避，也不能幻想它不存在。

我必须面对，承受痛苦。

“袋子里是什么？”我问。

“无法判断，至少目前还不行。”她说。我从未听过布洛赫如此情绪化，她的声音因情感而颤抖，好像恐惧在摇晃着她的身体。

“不是凯特，”我说，“告诉我不是凯特。”

布洛赫没有说话，我听到她喘息着，似乎在努力吐出那些字眼。

“它完全被冰封住了。不管是谁把尸袋扔在这里，这个人一定倒了很多升水进去。莱克和我正在把它挖出来，但进展缓慢。”

“布洛赫，你知道那是谁，对吧？”

“我分辨不出来，我……我不能确定，冰层有 90 厘米厚。莱克说，这可能是他第一次作案。”

终于，这里出现了一线希望，我要抓住它。

“什么意思？”

“一些连环杀手会隐藏第一个受害者，他们会小心翼翼地处理尸体或将其藏起来，以便没人能找到。这通常是因为受害者与他们有某种联系。”

莱克告诉布洛赫的分析合情合理，但我无法摆脱心中的念头：凯特就在那个冰柜里，而布洛赫正和一个我不完全信任的人一起，挖着她最好朋友的冰封的遗体。

布洛赫没有说话，我也没有说话。她也认为那是凯特，我能感觉得到。我看着法庭外的记者朝我走来，听着电话那头隐约的静电声。这是我人生中第一次感到彻底绝望。

我知道布洛赫心里很痛苦，从她的声音里就能听出来。她喉咙里像是筑起了一道堤坝，阻挡着恐惧的洪水。我不知道该说什么。她和凯特一起长大，对凯特的亲近胜过世上其他人。如果凯特出了什么事，布洛赫的世界就会崩塌。我不知道该说些什么，只是把手机紧贴在耳边。其实，我没什么可对她说的，也无法给她任何安慰。

我们俩都哑口无言。

我心中抱有的对凯特生还的希望也在沉默中消逝。

法庭的气氛变了。

斯托克法官看起来像是经历了一系列打击，就好像暴雨中，他的车在高速公路上爆胎，又像是妻子离他而去的同一天股市又崩盘。他显得有些狼狈，警惕着随时可能到来的致命一击。日光浴护目镜留下的眼周的苍白皮肤显得比平时更加白皙，让他看上去像一只受惊的小熊猫。

检察官怀特站着，整理着桌上的文件，偷偷侧目瞥向陪审团。或者说，瞥向新加入的陪审员。克雷·德莱尔取代了伊塞尔，稳稳地坐在了陪审席上。此刻的伊塞尔正在回家的路上，她享用了一顿美餐，包里放着 100 美金，心中充满仇恨，但仍然对当天发生的事毫无头绪。

“我传唤卡尔·约翰逊教授出庭。”怀特说道，站得更直了一些。

哈利和我已经讨论过布洛赫的电话，我说完布洛赫发现的情况后，他显得很痛苦，然后摇了摇头。

“那不是凯特，睡魔需要她。”

“如果她已经死了怎么办，哈利？”

“那我们也得继续为她的委托人辩护。听着，现在我们必须假设凯特还活着，我们必须抱有希望。我们必须集中精神，就现在！”

我点了点头，抿了一口水，努力将凯特从脑海中驱逐出去。在法院外面的时候，我几乎要崩溃了。我只能希望哈利是对的，她还活着。如果她还活着，她需要我们赢得这场官司。

卡尔·约翰逊教授给我们出了一道大难题，那是将凯莉·米勒与谋杀案联系起来的唯一可靠物证。实际上，这是检察官手中的王牌。其他证人虽说是大牌，但他们必须团结一致才能拿到同花顺。如果我们能击倒其中一两个，怀特就只剩下他那张王牌了。

考虑到我们手上几乎没什么牌可打，这张王牌足以让他赢得整场该死的赌局。

在谋杀案审理中，物证被赋予了近乎神圣的地位。专家证人将DNA与凶杀案联系起来的证词，通常足以让任何被告在狭小的牢房里度过很长一段时间。辩方需要跨越两个障碍——证据本身的性质以及陪审团对证据的解读。即便你能针对DNA证据提出极佳的反驳理由，如果陪审团不理解你的观点，那也毫无用处。

对此我必须谨慎行事，怀特也是如此。

约翰逊教授身穿一件深蓝色西装外套，里面搭配着一件薄薄的棕色V领毛衣。我猜他这样穿，可能是为了掩饰他的领带，确切地说，是那条领带的颜色，客气点说，是泥巴色。他身材瘦长，穿着得体，但所有这些都与他那粗糙茂盛的大胡子形成了鲜明对比。黑白相间的粗硬胡须以奇怪的角度支棱着，仿佛里面曾住着一只小动物，而它突然间被赶出了这个多刺的家。

他的整体装扮以擦得锃亮的皮鞋和一枚褪色的金婚戒收尾，我猜是他的妻子为他购买的衣服，而且她至少有一定的品位。作为一名住在郊区的从事传统职业的人士，他总是把鞋子擦得闪闪发亮。但那胡子透露出一种更为狂热的个性——那种精神上的古怪部分，对于痴迷于研究的科学家来说，正是这种特质极大地激发了创造力。

我有点惊讶，他的妻子竟允许他胡子如此凌乱地出门。他宣誓后坐下，倒了一杯水，在证人席上舒舒服服地安顿下来。我注意到他拽着自己的胡子，手指不停地拨弄着那些胡须。优秀的骗子能发现别人的破绽，而伟大的骗子不仅能发现破绽，还能利用它。这不是一个复杂的法医案件，而是很简单的那种，是约翰逊在过去二十年里重复无数次的那种证词。他曾多次在备受瞩目的谋杀案中做证，这是他的工作。我甚至以前就看过他做证，而且在那些时候，他看起来状态更好。

整个上午他都在摆弄他的胡子。

他对某件事感到紧张。

这意味着，我得找出他紧张的原因并加以利用。

“教授，我们都知道您的资格和专业水平，您在 DNA 分析领域内是广受认可的。让我们从您参与本案的情况开始，请看一下照片 11、12 和 13。”

面向陪审团和证人席的屏幕亮了起来，显示了一张挂在凯莉·米勒衣柜里的白色上衣的照片。下一张是袖口的特写，那里有一块污渍，锈红色，就像一滴番茄酱溅到了袖口上，干了之后颜色变淡了。最后一张照片是那件上衣，装在一个标记为 BS9 的证据袋中。

“关于这些照片，你能告诉我们些什么吗？”

“我收到了一份关于 BS9 证据和这些照片的数据表，数据表上说这件衣服是在凯莉·米勒的衣柜里找到的，并被保留作为证据进行检验。我的任务是检查并从袖子纤维上的污渍中提取 DNA，然后将这份 DNA 与我们系统中已知的 DNA 档案进行比对。”约翰逊说，他的言语给人以精确且深思熟虑的印象，每个单词的每个音节都发音清晰，完美无瑕。

“对于那件上衣，BS9，您做了什么处理？”

“首先，我检查了这件衣服——一件 6 号尺寸的上衣，由白棉和丝绸纤维混纺而成。从污渍的褪色程度来看，很明显有人试图清洗过这件衣服，可能是在洗衣机中用相当高的温度洗涤过。然后进行了烘干、熨烫，并挂回了衣柜。但即使衣服被洗过，也无法完全去除 DNA。在这种情况下，我检查了污迹。我可以看下 CJ3 吗？”

怀特转向了他的助理检察官，后者操作着与面向陪审团的大型屏幕同步的笔记本电脑，屏幕中，挂在凯莉衣柜里的上衣照片被切换了。最初，新出现的画面不太清楚，大部分区域太暗，看不清，但仔细观察，你可以辨认出白色上衣的轮廓，以及在袖子和袖口上几处大小和形状各异的金属蓝绿色斑点。

“我对衣服使用了鲁米诺[①]试剂处理，并随后在暗室中检查，以查看是否有不再可见的血迹残留。如这张图片所示，衣服上原本还有更多的血溅痕迹，但是除了最大的一处——大约有 1.5 厘米长的污渍之外，其余的血迹肉眼是看不见的。”

“在识别了这些痕迹后，接下来发生了什么？”

“识别到的这些痕迹被从衣服上剪下来，放入了一个艾本德微量离心管中。我们采用了基于离心柱的提取方法，以及苯酚–氯仿–异戊醇有机物法来提取 DNA。接着进行了聚合酶链式反应和扩增过程，并且使用了分光光度计进行检测，结果成功提取并分析了 DNA。衣服上血迹的 DNA 与系统中的一个档案匹配，概率约十亿分之一。”

“教授，回到您分析中的最后部分，您能解释一下那个概率和匹配的档案吗？”

“我们永远无法得到一个人的 DNA 与另一个人的完全相同的匹配结果，但我可以说，衣服上的血迹很可能是来自数据库中标记为斯泰西·尼尔森的那份档案。这个概率是十亿分之一，也就是说，如果我将这份 DNA 档案与十亿份其他档案进行比对，理论上它可能会与另一份档案匹配。”

“这种情况发生的概率有多大？”

“正如我所说，十亿分之一。从科学角度来说，我可以尽可能肯

① 又名发光氨。化学名称为 3–氨基–苯二甲酰肼。常温下是一种苍黄色粉末，是一种比较稳定的人工合成的有机化合物，化学式为 $C_8H_7N_3O_2$。对于在犯罪现场肉眼无法观察到的血液，鲁米诺试剂可以显现出极微量的血迹形态（潜血反应）。法医学上，鲁米诺反应可以鉴别经过擦洗、时间很久以前的血痕。

定的是，被告上衣上的血迹来自本案的一名受害者——斯泰西·尼尔森。”

00:40

艾迪

当一个技艺高超的玩家真正展现实力时，当他们所有的训练、经验、技巧和天赋在一个完美行动的瞬间融合在一起时，就会出现一种声音——那是9号球[①]被角袋吞没的声音；是在完美时机换挡的咔吱声；是篮球划过涤纶篮网获得三分的轻语；是打出全垒打，球飞出球场前，牛皮棒球与枫木球棒碰撞发出的响声。

一旦听到那个声音，你就知道有特别的事情发生了。但在法庭上，情况却不同。

事实上，它是相反的。

当发生特别的事情时——当律师要求对证人直接询问，且一切进展得非常完美时——那就是一场该死的交响乐。

但这场交响乐没有声音。

法庭，尤其是旁听席上有大量公众在场的法庭，总是伴随着噪声。总会有人咳嗽、耳语、挪动脚步，或是律师们走动、交谈、呼喊和椅子腿刮擦地板等日常法庭惯例——而这一切都发生在设计用来传播和放大声音的房间里。

①九球共9个球，分别是1到9号，基本规则是双方从小号开始打起，有球进就继续击球，没球进就换选手，最后的9号球是谁打进的谁就赢了。

然而，当法庭上发生那种特别的事情时，总是一片寂静。

但这是一种就像你从未听到过声音的寂静，就好像所有的声音都来自电视，而有人按下了静音键，而且事情发生得如此突然。这不仅仅是没有声音，更是负声音，好像宇宙真空吸走了房间内的每一个声粒子，静到寂静本身都有了重量。

如果这种庄严的沉默发生在审判中，那你只有一件事可做——坐下来，趁机好好享受这一刻，因为它通常意味着你刚刚赢得了你的案子。

哈利在他的标准拍纸本上写下“草”这个词。

我们完蛋了。

“教授，您在证词的开头将血迹描述为‘溅’。您所说的‘溅’是什么意思？”怀特问道。

“污渍的大小和形状，”教授说，“看起来像是血的飞溅状。”

“谢谢您，约翰逊教授，我没有更多问题了。”

我缓缓起身，目光集中在哈利放在桌上的笔记上。我快速看了一眼约翰逊教授，然后说：“法官大人，我需要和我的同事商量一下。”

我俯身过去，低声对哈利说：“现在的局面对怀特来说很顺利。”

“你想怎么应对？你可以和这家伙纠缠几个小时。”哈利说。

在面对 DNA 证词时，辩护律师的一种策略就是详细盘问。花费数小时，深入探讨他们工作及证据检验的每一个具体流程，核实他们在生物证据上是否遵守了正确的隔离和清洁程序，确保使用了新的或消毒过的设备；试图从他们的检验步骤中找到微小的漏洞，而这些步骤最终得出十亿分之一的概率——血迹不属于斯泰西·尼尔森。这是一个好策略，通常在第二个小时后，陪审团就会开始讨厌这位专家，因为他们感到无聊和困惑，有些人甚至可能完全不接受这份证词。但这也有风险——陪审团可能会反过来对辩护律师产生反感。

“我们没时间了，”我说，“为了凯特，我们必须尽快解决这个问题。”

艾迪·费尔森，电影《江湖浪子》[①] 中的台球高手，在不拘泥于计算胜率时表现最佳。当他顺其自然时，无人能敌。

“我能借你一张纸和一支笔吗？”

哈利撕下一页纸，递给我他的笔。我写下八个字，然后把纸转向哈利，他读完笑了。

从现在起，顺其自然。

00:41

艾迪

我站起来准备交互诘问约翰逊时，手里还拿着哈利的笔。这支笔很漂亮：鲜绿色的笔杆配着金色的笔尖，是一支以可靠著称的德国钢笔。它也很耐用，而且必须如此，因为我正紧紧抓着它，仿佛它是我的救命稻草。

“约翰逊教授，您是南区取证实验室的负责人，对吧？”我问道。

“正确。”

① 一部于 1961 年上映的美国电影，由罗伯特·罗森执导，保罗·纽曼主演。这部电影是根据沃尔特·特维斯的同名小说改编的，讲述了一个名叫艾迪·费尔森的年轻台球高手的故事。

“我可以接近证人吗？”我问。斯托克法官点了点头。

“多年前我曾观看过您的证词，但直到现在才有机会与您见面。很荣幸，教授。”我说着，走上前去向他伸出手。

约翰逊微笑着，微微起身，我们简短地握了握手。当他重新坐下时，脸上露出了如释重负的表情。怀特为了这个案子对他进行了严格的准备，很可能告诉他我会像一头老虎一样，试图把他撕得粉碎。他开始认为，自己将迎来一段更顺畅的过程。目前，我希望保持这种状态，让他安定下来，放松警惕。

“教授，您分析了我当事人上衣上的污迹，那您有没有在布料中发现我当事人的 DNA 呢？”

他靠在椅背上，一条长腿搭在另一条腿上，双手交叠放在膝上。他对这个问题有所准备，关键在于给出答案时，要让它听起来不像排练过的或者过于失真。

“如果这件上衣被穿过，您当事人的 DNA 很可能会留在上面，汗液中的 DNA 很容易渗透进织物。然而，对衣服的洗涤可能已经去除了您当事人的 DNA。”

“但没有去除血迹？”

“没错，血迹比汗液更难从尼龙和棉质材料上去除。它会造成严重染色，有时会永久性地污染纤维，有点像红酒。”

“我明白了。如果我的当事人从未穿过那件衬衫，那么上面也不会有她的 DNA，对吗？”

“大概如此。”

“您并没有检测我当事人的 DNA，对吗？”

他对着陪审团微笑，给出了回答：“没有，如果这件衣服经过类似洗衣机的洗涤，那么检测就没有意义了。”

"但如果您没有检测我当事人的DNA，那么就无法判断她之前是否穿过这件衬衫，对吗？"

他清了清喉咙，显得有些不太自在了。我并不想让他太过难受，至少现在还不想。

"我不知道您的当事人是否有在穿新衬衫前先洗涤的习惯。"

"很好，我很高兴您承认了这一点。"我说完，趁着约翰逊开口反驳他并未承认任何事情之前，迅速转到了下一个问题。

"教授，您并不是血液飞溅分析专家，对吗？"

"没错，我不是。但您的话也提醒了我，在整个职业生涯中，我曾为数百起重罪审判做证，其中大多数是谋杀案，所以有许多检查血液的经验。对我来说，那些污渍的形态看起来像是飞溅的。仿佛她在斯泰西·尼尔森被杀时就在现场，或者可能是她自己持刀行凶的。"

"教授，您现在疏远了您的实验室和设备。您是否知道，司法部正在进行一项调查，内容是针对血液飞溅分析专家的证词导致多起错误定罪的？"

"我知道这项调查。"

"您没有看到任何与您检查的上衣污迹相关的血液飞溅分析报告吗？"

"没有，据我所知并没有聘请这样的专家。"

现在，我们正在取得进展。怀特希望有人能证明斯泰西·尼尔森的血迹之所以会出现在凯莉·米勒的上衣上，是因为她当时在谋杀现场。不幸的是，密西西比河以东的每一位血液飞溅分析专家，都拒绝在司法部调查结果出来之前参与案件咨询——他们不想受到任何报道。在一场备受瞩目的多重谋杀案审判中做证，可能会使他们的名字更加显眼，从而引发可能导致司法部彻底调查其整个职业生涯的那种详尽调查。在没有血液飞液分析专家的情况下，怀特迫使这位善良的教授进入了令其不安的领域，拼命尝试将凯莉·米勒与犯罪现场联系起来。

“教授，没有任何生物学或法医痕迹证据，将我的当事人与这些案件中的任何犯罪现场联系起来，这是您的理解吗？”

“除了我检查过的血迹之外，没有。”

是时候击败这位教授了。

“什么是初次转移？”我问道。

“这是指物质，通常是生物物质，从受害者转移到嫌疑人身上，比如血液飞溅。”

“那二次转移呢？”

“它发生在一些法医物证从初次接受者传递给另一个个体时。”

我停顿了一秒，让约翰逊知道我正在仔细考虑下一个问题。我让嘴角短暂地上扬，他的肩膀绷紧了。

“教授，在我提出下一个问题之前，您是否希望更改或修正您证词中的部分内容？”

他打开交叉的双腿，双脚牢牢放在地上。

“不，我不会，”他说，“我正在尽可能公平地给出我的专业意见。”

我故作惊讶地挑起眉毛。

约翰逊咽了口唾沫，又用右手扯了扯他的胡子。

这正是我等待的时刻。

“教授，您知道控方正在主张我的当事人凯莉·米勒与其丈夫丹尼尔·米勒共同参与了这些罪行，对吧？”

“我知道。”

“您之所以了解，是因为您对在斯泰西·尼尔森手臂下发现的指纹进行了 DNA 提取和分析。分析的结果是什么？”

他用手指从胡须上划过，到了底部后将其拧成一个尖，松手后这个尖又散开了。在说话之前，他先看了看陪审团，然后又回过头来看着我。

我听到身后传来一些微弱的低语声，便转过身去，恰好看到一位穿着红色毛衣的金发女陪审员，正轻轻地推着旁边的人，并悄悄地指着证人席。

我知道他们在看什么，在指什么。

可惜的是，约翰逊没有意识到这一点。

“是的，我提取了混合的 DNA 链并成功将它们分离，那是一枚独立的与丹尼尔·米勒相匹配的指纹。在我得知这一结果之前，我已经根据从斯泰西·尼尔森尸体上采集的样本，建立了两个 DNA 档案。证据表明，其中一份 DNA 样本很大概率属于斯泰西·尼尔森本人；另一份样本起初无法识别，直到我从丹尼尔·米勒浴室找到的一把牙刷上提取了 DNA。该牙刷上的 DNA 与从斯泰西·尼尔森身上发现的另一条 DNA 链高度吻合。”

窃窃私语的声音越来越大，现在法庭旁听席上的一些人也注意到了，他们对约翰逊教授投去了奇怪的目光。

“有 DNA 证据将我当事人的丈夫，丹尼尔·米勒，与受害者斯泰西·尼尔森联系起来，是通过汗液留下的接触.DNA 吗？”

“正确，形成指纹的血液来自斯泰西·尼尔森，这表明他曾接触过她。”

“我明白了，那么有没有可能我当事人衬衫上的血迹，是通过二次转移而来的呢？”

“有可能，但可能性不大。”

“情况完全有可能是这样的：我当事人的丈夫，即已知的杀害了斯泰西·尼尔森的凶手，脱下衣服，放在他与凯莉·米勒相邻的衣柜里时，他衣服上的一些血迹残留在了我当事人的上衣上，不是吗？”

“再次重申，有可能，但可能性不大。”约翰逊提高了嗓门说道。他开始注意到陪审团和旁听席上人们的目光，甚至德鲁·怀特也奇怪地看着他，而约翰逊完全不知道这是为什么。

我决定给他致命一击。

00:42

布洛赫

布洛赫的肩膀如灼烧般疼痛。

她的双手冻得冰冷，握着卸轮胎棒敲击冰块时已近乎麻木。莱克用的是撬棍，两人合力疯狂地凿去包裹着尸袋的厚厚冰层。就这样，他们清除了最外面的几十厘米的冰，但还有更厚的冰等着他们去清理。

她举起卸轮胎棒，用力砸下去，可一碰到冰块就失了手，卸轮胎棒滑脱，砰地摔在了地上。现在，布洛赫喘着粗气，对着手呵气，双手相互摩擦。

“我的背快不行了，需要喘口气。来吧，坐下。我们得休息一下，否则会受伤的。”莱克说。

布洛赫再次拿起卸轮胎棒，朝冰柜里挥去。她又一次失手，卸轮胎棒弹向空中。

“好了，停下来，休息一会儿。”他说。

布洛赫疲惫得说不出话来，坐在地上，背靠着冰柜。

“你不信任联邦调查局，对吧？”她说，“考虑到你曾经是其中一员，这有点令人惊讶。”

“曾经是，但我从来不是真正的联邦调查局探员。局里有一种固有的模式，意味着我永远不可能成为他们中的一员，不是真的属于他们。”

“什么模式？”

“哦，你知道的，服从命令，尊重上级，遵循政策，诸如此类的事情。但如果上级不对，我是不会服从他的命令的。联邦调查局犯了很多错误，但他们在追捕连环杀手时的错误更是严重。”

“什么意思？”布洛赫问。

“整个方法论都有问题，连环杀手的犯罪侧写只有由具备专业知识的犯罪侧写师撰写时才具有价值。如果他们坚持局里的政策，那最终的侧写结果可能一文不值。他们认为，通过研究作案手法和杀戮的心理学，就能推测出犯罪背后的人是谁，即这样一个理论：他们能从凶手的杀人方式中看到他的性格特征，但这并不是人类行为的真实情况。一个晚上外出杀人的人，并不会和他穿衣，或者白天在沃尔玛经理台前与顾客交谈时的性格特征一致——我们会在不同情境下调整自己的性格。我的想法是，你不能寻找那个在犯罪现场的人——你只能寻找凶手。”

“有道理，”布洛赫说，“这种思路很难得出侧写结果。”

“反正侧写也没用。在联邦调查局的历史上，你认为有多少侧写直接导致连环杀手被捕？”

“我不知道，五十个？”她说着，又向手心吹了口气，搓着手，试图让血液重新流通。

“两个。”

“两个？”

“我不会问有多少侧写错误地排除了嫌疑人名单中的真凶，但至少有五起是已知的，实际可能更多，大概有二十起。”

“那为什么还要保留犯罪行为分析小组呢？”

“这对公关有利，当然，他们在大约十五年前改变了策略。现在的侧写，以对九十二名连环杀手犯罪行为的统计分析为基础。这成了数字游戏，而且更加无用。”

“这东西怎么运作的？”

“现在分析中的一个主要二分法，是凶手是否移动了尸体。例如，如果尸体被移动了，根据局里的分析，有百分之四十的可能性是凶手或他的父亲曾在军队服役。”

“胡扯。”

“差不多。这种方法有很多问题，最糟糕的是，这个指标是由局里公布的。如果我是连环杀手，我会看看他们是如何为侧写归类和推断个人特征的，并以此改变我的作案手法，确保它不会接近我的个人经历或人口统计数据。”

布洛赫没有说话。

“另一个问题是，”莱克继续说道，“这项分析是基于对那些愚蠢到被抓捕的九十二名连环杀手的小规模研究。联邦调查局之外的专家的普遍共识是，目前在美国活动的连环杀手可能有五百到两千人。我不希望使用基于我们抓到的凶手的统计分析方法，我想弄明白，如何才能找到我们还没有抓到的凶手。”

莱克走近冰柜，拿起撬棍，迅速敲击了五下冰块，又舀出更多的水。

“你知道，比尔跟艾迪谈过藏匿屋事件的经过。他说，有那么一刻，你停止自卫，转而开始追击屋内的每一个人。”布洛赫说。

他现在呼吸急促，放下撬棍，揉搓双手以取暖。

“很多人对那屋里发生的事情有自己的理论，”他说，“我在那里，是因为我在追捕一名连环杀手，并且从一个联邦调查局登记的线人那里得到了线索。结果，在他给我线索大约 4 个小时后，那个线人的尸体出现在曼哈顿桥下的荒地上。他吞下了猎枪错误的一端，手脚被电缆圈绑得结结实实，有点像执法部门拘捕嫌疑人的方式——联邦执法部门的那种。”

“天啊。”布洛赫说。

“局里有人想让我糊里糊涂地走进那间藏匿屋，明知道我再走出来的概率，比密尔瓦基酿酒人队[1]赢得世界职业棒球大赛的概率只高一点点。跟你说实话，我都不知道我是怎么活下来的。我中了四枪，差点因流血过多而死。我身体的某个部分……我不知道该怎么形容。有那么一刻，我觉得自己好像不在那儿了，我只是在旁观这一切发生。”

布洛赫站起身来问道：“你知道是谁设局陷害你的吗？”

莱克摇了摇头，说道：“总有一天我会查出来的。当我告诉上级我为什么走进那栋楼，以及线人发生了什么事之后，他们立刻就让我从联邦调查局退休了。他们不想有丑闻，不想惹麻烦，他们只保护自己人。”

她捡起卸轮胎棒，用力朝冰面砸了三下。

---

① 一支位于美国威斯康星州密尔瓦基市的职业棒球队，从 1969 年到 1997 年，酿酒人队属于美国联盟，1982 年，酿酒人队拿下了唯一一次的联盟冠军，以美国联盟东区冠军的身份进入了季后赛，并最终进入了世界大赛，但在决赛中败给了圣路易红雀队。1998 年，酿酒人队离开了美国联盟，加入了国家联盟的中区。

“但你曾经是他们中的一员。”她说。

“并不算是，我没有按照他们的规则行事。即使我是那个取得成果的人，我也是一个局外人。如果你不按他们的游戏规则来，上层其实并不真正在乎结果。”

他用力将撬棍砸向冰块的中心，布洛赫听到一声响亮的裂开声。

她用手电筒照向里面。

莱克用撬棍撬起了一块重约 18 公斤的冰块。

这样一来，他们就能接触到尸袋中央的拉链了。布洛赫从靴子中抽出一把弹簧刀，小心翼翼地沿着冰洞可及的范围，割开了尸袋，口子大约有 25 厘米长。

布洛赫拿着手电筒，莱克则将尸袋撑开。

布洛赫的手电筒掉在了冰柜里，她感到一阵眩晕。接着她抓住冰柜的边缘稳住自己，然后俯下身去。

她努力想要平复自己的呼吸。

布洛赫已经很久没有哭过了。她感受到了那熟悉的内啡肽浪潮、胃部的抽搐，以及喉咙后部那种黏腻的感觉。

她紧闭双眼，与想要崩溃大哭的每一丝本能抗争着。

布洛赫挺直身子，掏出手机，按下拨号键，打给了艾迪・弗林。

00:43

艾迪

怀特对那位沾满墨迹的 DNA 专家没有更多的问题了。

当你的证人在证人席上突然崩溃时，有两种应对方式：一是试图弥补损害；二是尽快让其离开，并让一个新的证人出现在陪审团面前。检察官选择了后者。这需要是一个绝佳的证人，一个几乎不可动摇的证人。

“检方传唤黛西·博德夫人出庭。”

完美。

一位头发花白、身穿整洁灰色套装和蓝白条纹衬衫的小个子女士沿着过道自信地走来，她的动作如此矫健，让我想起了那些恶作剧电视节目：特技演员们被化装成老人，以假乱真，直到他们踏上滑板开始做出令人难以置信的特技。博德夫人可能就是一个伪装成老妇人的特技演员，她干瘦的皮肤松弛地挂在骨头上，仿佛所有的肌肉都被抽走了。关节炎使她的双手变形，岁月在她的皮肤上写下了故事，细小的皱纹几乎遍布全身，手腕背面和额头上都有老年斑。

怀特看准机会，从座位上站起来，绕过桌子，以便能为博德夫人伸出一只手臂。他打算在她步入证人席时扶她一把。

她挥手让他走开。博德夫人不需要任何帮助，这让怀特显得有点愚蠢，但他尽可能假装热情地对她微笑，然后回到检察官桌后。博德夫人手按《圣经》宣誓，承诺要说出真相，全部的真相，且只有真相，愿上帝帮助她。我已经记不清看过多少人这样宣誓了，大多数人都很紧张，不知道该把哪只手放在《圣经》上，即使书记员在旁边提示他们背诵誓言，他们也往往满头大汗、结结巴巴。其实，他们只需要重复书记员的话即可。有些人对此很认真，或者至少假装如此——试图表现出一种真诚感，但实际上他们所展现的只是自己有多虚伪。

然而，博德夫人是认真的。她大声重复书记员说的每一个字，就像她是真心实意地说出来的一样，就像世界职业棒球大赛首场比赛中，她正在洋基体育场投手丘上背诵效忠誓言一样。当完成宣誓，法官请她坐下时，她像对待一个愚蠢却深受喜爱的孙子那样感谢了他。

“博德夫人，”怀特开口道，“您还记得去年 6 月 10 日晚上您在哪儿吗？”

她点点头，说：“年轻人，我确切地知道自己那天晚上在哪里、在做什么，以及那晚发生了什么。”

怀特微笑着向我瞥了一眼，意思是这位证人不会接受我的任何质疑。我不需要他告诉我这个，博德夫人将会是个棘手的问题。有些证人你是无法撼动的，他们坚不可摧。凯特需要我，需要哈利，需要布洛赫。

“听着就好，”哈利低声说，“总会有突破口的，等着就行。”

“博德夫人，不妨告诉我们您那天晚上在哪里、看到了什么。”

“我当时在看电影，《铁血战士》[①]，阿诺德・施瓦辛格主演的。看到一半，正好演到霍金斯遇害的情节，我碰巧朝窗外看了一眼，看到街对面有一对男女。他们正经过尼尔森家，但一点也不着急。”

“您说的‘一点也不着急’是什么意思？”

“他们走得很慢，看起来不像要去哪里，这就是他们引起我注意的原因。在纽约，每个人都有目的地，但这两个人没有。”

“然后发生了什么？”

“嗯，我起初没多想，继续看我的电影。大概 5 分钟后，他们又回来了，再次走过那栋房子。接着他们停下来，转身站在人行道上，就这么看着那里。”

“他们在那儿站了多久？”

① 一部经典的科幻动作电影，由约翰・麦克蒂尔南执导，阿诺德・施瓦辛格主演，于 1987 年上映。这部电影讲述了一支精英特种部队在拉丁美洲丛林中遭遇外星猎人的故事。

“5 到 10 分钟吧。”

“您认出来这对夫妇了吗？”

“一开始没有，我不认识他们。在这个城市里，你会见到各种奇怪的事情，但这两个人给我一种感觉，很难描述。听起来可能有点奇怪，但看着他们我就有种不好的预感。我开始密切关注，好好看了看他们的脸。”

“博德夫人，您什么时候跟警察说的这些？”

“第二天，我看到尼尔森家外面停着警车，还有医护人员。他们封锁了整个街区，我没法出门去上课。但我下楼找了一个警察，告诉他前一天晚上我看到的情况。”

“他说了什么？”

“他说他们不是在找一对夫妇，而是一个人，独自行动的。”

我能感觉到，怀特想迅速从警察的错误中转移话题，但他停顿了一下。他认为更重要的是让陪审团知道，博德夫人是在丹尼尔·米勒的脸出现在全国每个新闻频道、新闻网站和报纸之前，就已经跟警方谈过。

“接下来发生了什么，博德夫人？”

“嗯，那之后过了几天，整个社区都震惊了。我们认识那家人，每天都能看到两个孩子在他们家门口玩耍，放学回家，去商店。哎，太令人震惊了。不记得之后过了多久，我在新闻上再次看到了那个男人的脸。我打电话给警察分局，等到警察来到我的公寓时，新闻上出现了另一张脸。那是我见过的那个女人，当时我不知道他们是谁。但当我看到他们的照片时，我立刻就知道了是他们。”

我的夹克口袋里的手机振动了起来。

是丹尼斯发来的邮件，还带了附件。

我点击打开，并阅读了内容。

“博德夫人，我注意到您没戴眼镜。您的视力怎么样？”怀特问道。

“我是远视，看书需要戴眼镜，但是看电视或阅读远处的标志没问题。”

“博德夫人，最后一个问题：您有多确定，案发当晚您看到的在尼尔森家外徘徊的那对夫妇，就是被告凯莉·米勒和她的丈夫丹尼尔·米勒？”

起初，博德夫人没有回答。她环顾四周，似乎对这个问题感到惊讶。

“我这辈子从来没有这么确定过，就是他们。那天晚上我清楚地看到了他们，不可能是其他人。”

“谢谢您，博德夫人。我知道在过去一两天里，您在一个安全的地方受到了严密保护，这对任何人来说都不容易。我要感谢您今天在这里为陪审团提供的证词。请留在座位上，弗林先生可能有一些问题要问您。”

怀特坐下来，对自己很满意。

我看了看陪审团。

有时候读懂别人很难。大多数人甚至连一个人都读不懂，更不用说十二个人了。但我并不需要十二个人全站在我这边，我只需要一个人，委托人就可以获得无罪释放。望着房间里陪审员们的面孔，我没有看到任何准备交流的表情，甚至没有一个看起来略带怀疑的表情。博德夫人传达的信息，如同福音一般被接受了。

庭审就像坐过山车——前一分钟你还在冲向高处，下一分钟就感觉自己像在死亡螺旋中冲向地面。有几个陪审员回头看了看我，他们的表情要么是在说，来吧，朋友——尽管试试看——博德夫人说的是事实；要么他们似乎真的很好奇，想知道我是否能动摇这位令人敬畏的博德夫人。

我自己也很好奇。

除了尝试之外，别无他法。

哈利把手搭在我的前臂上，说："尽你所能去做。发言尽量紧凑简短。我们不想和博德夫人展开较量，她还能再活九十年呢。"

我点了点头，起身，扣上了夹克的纽扣。

目击证人的证词就像一辆老旧的底特律肌肉车：看起来和听起来都很惊人，但跑一会儿你就会发现，它可能和 20 美金的劳力士一样"可靠"。辩护律师唯一能做的，就是尽量阻止陪审团被其外观和 V8 发动机[①]的声音所迷惑。我必须确保，他们不是踢踢轮胎就跳进去，而是得掀起发动机盖，看看里面的故障线路，钻到车底，感受锈蚀，真正去倾听，以便能听到排气管那个破洞的所在。有些人会看透美好事物的表象，有些人则不会。我所能做的就是打开发动机盖，点亮手电筒。

我知道这位证人对我们造成了伤害。陪审团不仅仅相信博德夫人，而且愿意相信她。

"下午好，博德夫人，我是艾迪·弗林。听说这个案子给您带来了一些麻烦，我非常抱歉，那一定很可怕。"

"这让我想起了很久以前的日子，但没那么糟糕。我现在是个老妇人了，弗林先生，我不怕这个睡魔。"

我点头，向前迈了一步。

① 一种常见的高性能汽车发动机类型，其特点是拥有八个汽缸，这些汽缸分成两组，每组四个，呈"V"字形排列。V8 发动机因卓越的性能和平顺性，在高性能汽车、豪华轿车、跑车、卡车以及某些赛车中被广泛应用。

“我钦佩您的勇气，博德夫人。让我们谈谈那晚您所看到的……”

在交互诘问中，关于目击证词有三个攻击点——距离、光线和时间。此外还有其他一些弱点，我至少还需要找到一个。现在，我回到了基本点上——距离。

“您公寓的窗户离街对面的尼尔森家有多远呢？”

“哦，我不是很清楚具体数字。”

“我来帮您估算一下，您的公寓在第几层？”

“第三层。”

“所以，您在 9 米或 12 米高的位置，对吗？”

“我想大约是 9 米。”

“好的，您住在东 12 街，位于第三大道和第二大道之间，对吧？”

“没错。”

“纽约的主要街道宽度是 30 米。这条街不是主干道，所以大约只有 21 米宽，对吗？”

“是的，差不多就这样。”

“考虑到您的位置很高，那天晚上您离尼尔森家外面的人行道大约有 21 米远？”

“对。”博德夫人点点头说。

距离已确认。

接下来是光线。

“那晚您的电影是几点开始的？”

“哦，我想大概是 10 点。”

“您认为您是什么时候看到那对夫妇的？”

“可能是 10 点 45 分，或是 11 点左右。大概那个时间。”

“外面天黑了，对吧？”

“对。但是有路灯。”她说。

在这个时候，证人往往会意识到自己正被引导至何处。他们会试图反抗，抢占先机。唯一的处理方式，就是让他们知道，我才是掌控局面的人。

“博德夫人，我没问您路灯的事。我问的是，外面是不是天黑了，我们稍后会说到路灯的。再来一遍：那是夜晚，外面是黑的，对不对？”

她把手指交织在一起，点了点头，说：“是的，天黑了。”

“您刚才急于告诉我们的那盏路灯，您觉得它离尼尔森家有多远？”

博德夫人在估计距离时显得有些吃力。很多人有同样的问题，他们不习惯用米或厘米来思考，他们就是无法想象这个距离。我的任务，就是要让博德夫人尽可能地感到不舒服。

“哦，我真的不清楚。我不擅长这样思考，但它很近。”

“有多近？”

“我不知道，3 米左右？”

“让我们确认一下。路灯是在您所在的街边，还是在对面的街边？”

“我这边。”

“它正好在您公寓外面吗？”

“不，它在下面一点。”

“我们已经确定，您的公寓距离尼尔森家外面的人行道有 21 米。这意味着，这盏路灯离尼尔森家并不是 3 米远，对吗，博德夫人？”

她抿紧嘴唇，举起手，以人们在不知道该说什么或做什么时的那种方式，耸了耸肩。

“我看得出您不确定，那么让我来帮您。路灯并不正好在您的建筑外面，而是在您的公寓与第三大道之间，对吗？”

她闭上眼睛，试图构想街道的样子：“对，如果你正对着我的公寓站着，它就在左边。”

“我明白了。问题是往左多远？”

“还是那句话，我不确定。但肯定不远。”

“试试下面这么操作，看是否有帮助。假设您现在正站在那栋建筑外面，使用法庭内的参照物来指示路灯的位置——不是我现在站的这个地方——它会一直延伸到法庭的后面吗？”

她凝视着房间的另一边，说：“不，没那么远。大概有一半？”

我转过身，尽可能缓慢地走着，尽可能在走过辩护桌以及观众席第一排、第二排、第三排、第四排、第五排时，让我的脚步声在房间里回荡。当我走到第十排，也就是大约一半的位置时，我的脚步变得更慢了。

我转身面向博德夫人，低声说：“大约这里吗？”

博德夫人侧耳朝我这边听，说：“对不起，我听不见。”

这次我大声喊了出来。

“抱歉，因为我离得太远了。这是您公寓和路灯之间的大致距离吗？”

她点头。

我开始往回走，慢慢地走，让陪审团感受到这段距离，让他们觉得这段距离比实际更远。接着，我在辩护桌前停了下来。

“我估计那大约是 13 米？”

“我想是的，对。”

“而如我们已确定的那样：您的公寓距离那里有 18 米？”

她再次点头。

“我需要您明确回答，以便记录，博德夫人。”

“是的。”她简短地答道。

“您之前急于告诉我们的那盏路灯，距离超过 30 米，对吗？”

她倾身向前，张开嘴，然后又迅速合上。过了一会儿，她说：“我……嗯，也许是这样，但我还是能看到他们。”

“怀特先生早些时候询问时，您说那对夫妇慢慢走过房子，然后回来，回来后他们站在那里，观察了那个地方大约 5 分钟，也许 10 分钟。听起来您不太确定他们站在那里多久，这么说对吗？”

“不，我看到了他们，而且他们在那里站了一段时间。”

“一段时间，”我重复道，“博德夫人……”

我停顿了一下，在心里数到了 10。

不着急，慢慢数，1、2、3……

博德夫人耐心等待着，想知道我接下来会问她什么。

“我刚刚停顿了 10 秒钟。感觉时间很长，不是吗？”

“我……嗯，其实并没有。”

“感觉比 10 秒长得多。”

沉默，尤其是那种特别期待又焦虑的沉默，能让一秒感觉像一分钟。时间是主观的。

“也许吧，感觉有点尴尬。”

“好吧。博德夫人，您是真的一直在观察那对夫妇，还是一边看着外面的街道一边看电影？您刚才说是哪部电影来着？《铁血战士》对吧？”

“没错，是阿诺德·施瓦辛格演的。”她微笑着说。

“您喜欢阿诺德吗？”

“谁不喜欢呢？”

“那是一部好电影，我承认。”

“是我的最爱之一。”

“所以，我猜对了？您应该一边看电影一边向外看？”

“我想是的，但我确实看到他们站在那里。”

“这样说是否更公正一些：您不确定他们确切站了多久，可能是一分钟，或者更短？”

“可能更久一些。”她说。

最后一个主题——视角。

“我想您坐在扶手椅上就能看到街道吧？不必起身去看窗外对吧？”

“是的，我可以从椅子上看到。”

“公寓里的灯开着吗？”

“开着，电视机旁边的台灯。”

现在我面临一个选择，而且有几种方式可以进行下去。布洛赫曾告诉我，博德夫人并不能无障碍地看到街道，因为有一根树枝挡住了她的视线。如果我问公寓外的树叶是否遮挡了她的视线，她很可能会说没有。更好的做法是，把焦点放在椅子上，而不是树上。

“您是否需要在椅子上移动，以便透过建筑外的树叶和树枝看到外面的情况？”

“有一点，我只需要稍往前倾就行。”

是时候收尾了。

“博德夫人，您在凶杀案发生的第二天与一名警察交谈，并告诉他，前一天晚上看到一对夫妇站在房子外面，但那名警察认为这无关紧要，因为他们当时在寻找一个人，即睡魔，对吗？”

“是的，我就是这样告诉怀特先生的。”

“凶杀案发生三天后，纽约警察局和联邦调查局向媒体发布了睡魔的照片，并开始了搜捕行动。您还记得看到那则消息时的情形吗？”

“我想是的，我不记得看到的确切时间了，我是先看到了他的照片。”

“两周后，就在大陪审团对凯莉·米勒提起公诉后不久，她的照片，连同她丈夫的照片一起，被印在了《纽约时报》的封面上——那时您再次联系了警方，对吗？”

“没错。”

“但您刚刚告诉陪审团，认出了他们。您是说，在街对面凶杀案发生 72 小时后，当您在电视上看到丹尼尔·米勒的照片时，没有认出他？”

“他们告诉我，他们在找一个男人，而不是一对夫妇。”

“但您在新闻上看到了他的脸，却没有告诉警方。”

“不，我想我有，我不太确定。我以为他们对和我谈话不感兴趣。”

我深吸一口气，然后呼出去。

是时候把这些线索拧成一团了。我对博德夫人感到同情，但凯特危在旦夕。我必须怀抱希望，这意味着我不能有所保留。

“博德夫人，那晚，您从光线充足的公寓里，透过树的枝叶，短暂地看到了街对面黑暗中 21 米外的一对夫妇。几周后，当您在报纸或电视上看到凯莉·米勒和丹尼尔·米勒的照片时，您知道丹尼尔·米勒已被确认为尼尔森谋杀案的凶手，便将两者联系起来，自行拼凑了情景，告诉警方那晚在街上看到的是米勒夫妇，这才是事情的真实经过，不是吗？”

她深吸了一口气，然后结结巴巴地说道：“我不同意这种说法。”

我没有给她详细说明的机会，怀特也不会这么做。如果他深入细节，情况可能会变得更糟。永远不要去问一个你不知道答案的问题，因此他站了起来，说："法官大人，不需要重新审查。不过，现在有一个令人极为不安的问题，我需要立即解决。"

00:44

艾迪

"法官大人，"怀特说道，"检方的两名目击证人就在几天前被谋杀了，我相信法庭没有忽视这一点。"

"法官大人，我们是不是应该让陪审团回避这件事？"在怀特进一步影响左侧的十二位陪审员之前，我提出了疑问。

斯托克双手合十，肘部支在桌上，说道："我不确定怀特先生想让我怎么做，或许把陪审团送回家会更安全一些，现在刚过 4 点。"

怀特说："我们希望陪审团能够阅读那些已故证人的证词。"

这一招还是来了。严格来说，他并没有对陪审团产生偏见，因为他没有暗示那些证词的内容，但陪审团肯定会带着这样的想法离开：睡魔为了妻子的案件清除了两个关键证人，而这肯定不是好事。至少我已经让丹尼斯帮我做好了准备，现在我别无选择，只能出手了。

"法官大人，我们反对这样的做法。所谓目击者之一的切斯特·莫里斯，一年前有一项袭击和殴打的逮捕记录，至今未见起诉迹象。换句话说，他为了保住自己门卫的工作，以在此案中做证做了交易。特蕾莎·瓦斯奎兹同意做证，条件是她的母亲能获得绿卡，并快速通过美国公民身份审核。今天，我办公室的代表才与特蕾莎·瓦斯奎兹的母亲交谈过。我们现在已经无法就这些情况对这些证人进行交互诘问，所以我们强烈反对陪审团考虑他们的证词笔录。”

尽管斯托克让人感到厌恶，但他是个聪明的家伙。对于这些证人说的话，我很确定他们在撒谎。

“你们都听到了弗林先生的话，恐怕这是一个完全有效的观点，我们将休庭至明天上午9点。怀特先生，请在此之前准备好你的下一位证人。”

陪审团站起来，在陪审员监督员的陪同下返回他们的房间拿外套和包。斯托克起身，我们都跟着起立。今天的战斗结束了。

哈利靠过来，说:“你做得很好。”

我摇了摇头:“也许有一两个陪审员会觉得博德夫人的证词有问题，也许不会。你怎么看？”

哈利开始收拾他的记事本和笔，把它们通通装进一个皮质公文包里，假装没听见我的话。

“哈利，你怎么看？”

“你已经提出了疑问，你只能做这么多。”

我靠得很近，确保没有人能听到我们的对话。

“我告诉你我的想法，哈利。我们必须为凯特赢得这个案子，我会尽一切努力确保赢。但是，我们的客户在逃，受害者的血迹在我们客户的衬衫上。或许切斯特·莫里斯和特蕾莎·瓦斯奎兹是为了得到他们想要的东西而在糊弄检察官，也或许他们真的看到了什么，但我并不买账。博德夫人……嗯，我虽然取得了一些进展，但该死的，哈利，那个女人说的是实话。尼尔森一家被谋杀的那晚，丹尼尔和凯莉就在尼尔森家外面。”

他僵住了，手还停留在公文包里，眼睛紧闭。

“我知道，我也曾相信过凯莉。但现在，和你一样，我不那么确定了。我知道，我们还没有从客户那里得到全部信息，但我们也没有选择。我们必须赢得这场官司，为了凯特。那栋房子里有两个小孩……”我说，但我无法继续往下说，也不愿去想。有些真相太难以面对。

“那你是什么意思？我们要退出这个案子吗？如果凯特还没死，就把她留给睡魔吗？”

“不，当然不是，但这不代表我对这一切视而不见。凯莉在隐藏些什么，或者说背负着某种内疚，你可以从她身上感受到。也许她没有积极参与谋杀，但她知道。我敢肯定，她知道。这是唯一能解释得通的。”

我想再说些什么，但看到怀特拿着一个大棕色信封向我们走来。

“按照命令，”他说，“这是监听电话的通话记录。我们从这次监听中获取的所有信息，都不会用于这次刑事诉讼。”

我接过信封，撕开封口，抽出五六页的通话记录。通话、号码、时间、通话时长——所有信息都被列在了表格中。我的、布洛赫的、凯特的，以及哈利的通话记录被分别记录，只有一页长。他们确实很快找到了我们，但可以肯定的是，他们没有获得任何有用的信息。事实上，我反而觉得这些记录对我们有帮助。

我知道怀特拥有这些记录，但他之前并未披露，这意味着在任何通话中都没有犯罪的证据。奥托的电话只有五页通话记录，都列出了电话号码。我需要坐下来仔细检查这些号码，但没有通话内容的抄本。怀特正要出门时，我把他叫了回来。

“通话内容的抄本在哪里？”我问。

“没有抄本。”

“什么意思？”

“我们的搜查令允许我们监控所有通话，但我们只被允许抄录并展示有罪的通话内容。结果是，我们什么也没得到。而且，她从未与她的律师通过话。”

“我不相信你。”我说。

“如果我掌握了凯莉·米勒的什么把柄，你觉得我会隐瞒吗？弗林，我会把它摆在你面前炫耀的。抱歉，什么也没有。这真是最浪费时间的事情了。”说完，他和他的助手们一起离开了。

当前的情形总感觉哪里不对劲，还有这份通话记录也是，我能感觉到，但还看不出来。我不信任怀特，如果能藏一手好牌，等待在最佳时机打出，他是绝对不会犹豫的。

我看了一眼手机，15 分钟前，布洛赫给我打了两个电话。此时，法庭里只剩下我和哈利。我回拨了她的电话。

“发生什么事了？”我问。

“不是凯特。”她说。

我闭上眼睛，默默祈祷了一声。

又一个睡魔的受害者，但会是谁呢……

有时，当你认真审视这个世界，会觉得一切都好像不太对劲，有这里或那里不对了、失衡了，总之就是不对。你能感觉到问题所在，但就是很难找到解决办法。

有时，解决问题的办法来自另一个问题。这感觉就像是我的潜意识连续好几天一直在默默地工作，而我却全然不知。然后，突然间，最后一块拼图落下。砰！一切都清晰起来。

就像魔法一样。

“跟我说说这个受害者。”我说。

“他被砍成了几块，以便放进冰柜。目前我们只能说这么多了，因为还是看不到他的脸……”

“有没有缺失的部分？”我问。

停顿，电话那头一阵沉寂。

然后布洛赫说：“你怎么知道的？”

我们聊了10分钟，达成了一个计划。

“发生了什么事？”哈利问。

“是时候给那位记者独家新闻了。”我说。

00:45

凯特

起初，是疼痛。

随后，是一片黑暗。

她的头部和颈部仿佛在剧烈燃烧，这是她此生感受过的最强烈的痛楚，仿佛有人拿着乙炔焊炬对准她的大脑炙烤，直至它成为一个滚烫的、沸腾的粉红色组织球。

她还感觉胸口有压力，后来意识到那是来自下巴的压迫。她试探着抬头，但剧痛如鞭子般抽过颈部的肌肉。由于长时间昏迷，头部保持着前倾的姿势，那些肌肉已经被拉扯到了极限。她必须克服这种痛苦，必须抬起头来。她又试图举起双臂，以帮助自己抬起下巴，但她发现自己的双手被绑在了身后。

这时，她意识到自己正端坐在一张椅子上，捆绑在手腕上的紧束绳也固定在椅背上。

她的眼睛睁开了，眨了眨，但周围依旧只有黑暗，一丝光亮也没有。

她吞咽时，喉咙像火烧一般生疼。她快速吸了两口气，咬紧牙关，用力抬起头，让脖子伸直。当头痛似乎不允许任何颈部活动时，那些肌肉的疼痛迅速减轻了。疼痛之剧烈让她失声叫了出来，咸咸的泪水滚落到唇边，刺痛了嘴唇。她的嘴巴异常干燥，嘴唇就像被太阳晒干了一样，裂开了。当她试着湿润嘴唇时，却尝到了血的味道。

她呜咽着，思绪几乎被脑袋里的轰鸣声淹没了。

凯特靠在椅背上，让肩膀放松，集中精力调整呼吸。她知道，如果不这样做，她会恶心，然后就会恐慌，而那会让一切变得更糟。

疼痛逐渐转变为困惑——她为什么会在这里？这是梦吗？

困惑使记忆回归大脑。

捂在她嘴上的那只手。

颈后的呼吸声。

针尖的刺痛。

那首歌，那首该死的歌。

然后到了这儿。

但这是哪里？

思考让她冷静下来。

她的父亲曾是一名纽约市警察，干了二十年才卸下警徽退休。她记得他的那些故事——那些紧要关头——他就是这么称呼它们的，紧要关头。不是某个帮派分子用 Mac 10 冲锋枪将车打得千疮百孔，而他躲在巡警车后面的时候；不是一个吸毒过量的父亲误杀了自己的孩子，而他要在十层楼的楼顶劝阻这名自杀者的时候；也不是他的搭档在一个错误的街区敲错门，被猎枪轰中，而他恰好目睹这一切的时候。

紧要关头。

父亲告诉她，人们能活下来或丧命，全在于他们能否冷静思考并做出正确的决定。这是生存的关键——做出正确的选择。你总得做点什么，或许那会让情况变糟，但也可能会变得更好。

凯特的眼睛慢慢适应了浓厚的黑暗。

她的呼吸渐渐平缓下来。

她开始能够听到，闻到，并看到。

其实，周围没什么可看的。在黑暗中，除了头顶上方她认为可能是天花板的东西外，她分辨不出任何形状。至于这天花板有多高，她无法确切判断，但比应有的高度要近得多。她猜测自己坐的椅子被放在了一张桌子上，因为她有种感觉，如果站到椅子上，她的头可能会撞到天花板。

尽管现在她的呼吸已经得到了控制，但听起来依然很响亮。她轻轻地发出了一声“呜”，然后聆听着。声音几乎是立刻反弹回来，既密集又沉闷。她猜测自己在一个非常狭小的房间里，四周是混凝土墙——可能是一个掩体的前室。

她赤裸的双脚在冰冷的地面上移动，绝对是混凝土，地面平整、坚固且光滑。脚下还有别的东西，这东西让她的脚底滑动，不是沙砾。

是沙子。

一瞬间，恐惧再次袭来，而且加倍了。但她抑制住了这股情绪的涌动，通过呼吸调节，控制住了自己的神经系统。

周围的气味既熟悉又强烈。

润滑油、机油，还有工具发出的金属味。

这里闻起来像一个车库，但与她周围环境的昏暗轮廓一点也不相符。她的身上还仅穿着睡衣，冰冷的空气刺痛着她的皮肤，她开始颤抖。这阵颤抖像一台启动的发动机，又点燃了她头部的痛楚。那疼痛比之刚才虽然有所减轻，但寒冷、恐惧和颤抖又让它复仇般地卷土重来。就像一个摆动的大铁球替换了她的大脑，哪怕是最轻微的动作也会让其在她的颅骨内猛撞，反复碰撞骨头，试图爆裂而出。

伴随着疼痛，恶心也接踵而至。她闭上眼睛，努力保持不动。

思考。

她还活着，而她不知道为什么。睡魔不会把活着的受害者当作人质，这可能有两个原因。

其一是她可能是“赎金”，是用来威胁警方或艾迪的东西，是某种可以讨价还价的筹码。这种解释的可能性似乎最高。

还有另一个原因，一个她不愿去想但又不由自主浮现在脑海中的原因，这个原因像那股挥之不去的气味，始终存在：他抓走她，是为了有足够的时间慢慢折磨并杀害她。

在那一刻，凯特决定，她必须逃出去。她听不到任何声，看不到任何人，睡魔不在这个奇怪的房间里。她有时间，虽然不知道有多少。

她必须思考。

必须制定计划。

必须逃脱。

通过移动身体来感知负重，她猜测自己坐在一把木质的餐椅上。如果她向后倚靠，椅子会吱吱作响，就像老白蜡木或松木摩擦其他木材时发出的声音。她的双手被绑在身后，手腕被紧束绳绑在一起；通过手指的摸索，她感觉手腕的中间似乎还有一个扎带，向下连接在某个东西上，应该是一个中央横梁，用来限制手腕的活动。

她用右腿向下压，将所有重量转移到左侧，然后双腿移到右边，并高高抬起。正当她觉得自己可能会翻倒时，她突然向右侧倾斜。椅子右侧的腿重重落地，她身体借势向上，直到左侧的椅腿离地，然后全力向那个方向甩动身体。

这种摇晃的动作使椅子腿发出吱吱嘎嘎的响声并出现裂痕，她用胳膊向上拉，任由紧束绳深深嵌入肉中。

随着椅腿的剧烈晃动，固定它们的螺丝也随之脱落，中央横梁很快就松动了。

凯特拉扯、扭动着，感觉到紧束绳松动了。

这花费了很大的力气，她已经气喘吁吁，但当她能够直起身子，从那该死的椅子上解脱出来时，她几乎笑了。她挺直腰背时，背部肌肉一阵酸痛。她花了一点时间放松，然后弯下腰，双手从臀部滑到大腿背面。她蹲下身子，让自己坐在地上，然后将手臂向前拉，逐一将脚和腿从手臂中穿过。

现在，她的双手虽然仍被绑着，但已在身前。这样，她就能够站起来了。

经过刚刚的这一番努力，凯特累得满头大汗，现在的她除了双脚之外，浑身上下不再感到寒冷，牙齿也不再打战。

牙齿？！

她将手腕抬到面前，歪着头，用下排前牙咬住紧束绳的边缘，用力切咬起来。

塑料紧束绳割破了下唇，她能尝到血的味道。她的眼泪顺着脸颊流下，刺激着嘴唇上的伤口；手腕也磨出血来；而且全身都在颤抖。

紧束绳终于断了。

绳子掉落在地时，她的目光本能地随之而动。就在那时，她看到了地板上的一道细光。光线并非直接从地板透过来，而是反射光。她抬头看去，发现了天花板上的一条小缝隙。起初，她无法猜出自己身处何种场所。这里很狭窄，她确信这一点，可能只有 1.5 米宽，3 米长。天花板很低，正如她所料，非常低。凯特个子不算高，但她可以轻松触碰到天花板。当她听到拳头敲击天花板发出如敲击金属时的“叮”声时，她感到很惊讶。

这个地方好像是用一个巨大的金属板作为屋顶，她将手掌平贴上去，用力推——纹丝不动。她向前移动，来到这个狭窄房间的尽头，站在那条细缝之下。缝隙宽到足以滑过一张纸巾，但不能再宽了，她甚至连指甲都伸不进去。她再次试图移动那块金属板，但实在太重了。

现在她意识到自己在哪里了。

机油的气味、地板上的沙子、空间的形状和尺寸，让她心里有了数。她沿着矩形狭窄的一端向前摸索着，触碰着，发现墙壁渐渐由混凝土过渡到了木头，但并非全部都是木头。就好像混凝土中切出了一个缺口，然后放置了旧的桃花心木。

她在一个检查坑里。

无论这个地方是什么，曾经都是一个旧车库，可能专门用于修理公交车、卡车或其他大型重型车辆。墙体的木质部分实际上是一个塞子，如果将其移除，就会露出通往坑外的混凝土台阶。这是特别设计的，以便在检查坑不使用时盖住这些台阶。而在使用时，工人会走到坑内，车辆则会被开到上面，这样工人们就能在没有足够强大的液压系统抬起这些车辆的时候，以舒适的姿势对卡车或公交车进行维修。

那块金属板，其实就是块钢板，封住了坑口，如果她能找到办法移动它，就能逃脱出去。

她听到了一阵噼噼啪啪、嘎吱嘎吱的声响，接着，不管是什么东西发出的声音，那个声音突然变了，她听到了岩鸽咕咕的叫声和翅膀拍动的声音。

不过是一只鸟。

不过是一只他妈的鸟。

凯特暂停了一下，集中思想。她必须尽快离开这个地方。

可是，她完全没有头绪该怎么做。

00:46

摘自凯莉·米勒的日记

6月5日

我只想到一个我认为可以信任的人。

我的父母都去世了，家里也没有兄弟姐妹。自从和丹尼尔在一起后，我见到朋友的机会越来越少。他总是鼓励我去拜访她们——他称之为“闺密之夜”，但这样的聚会渐渐减少了。克莱尔、凡妮莎、苏珊娜，她们都还在纽约，住着同样的破旧公寓，做着同样不如意的工作。当我开着特斯拉出现时，我能看出她们心灰意冷的样子。当我付晚餐钱或者酒吧账单时，我能察觉到这些行为在一点点“侵蚀”着她们。她们从没说什么，但那份疏远藏在她们勉强的笑容和客套的感谢中。我们之间有了隔阂。金钱没有改变我，但改变了很多事。没过多久，她们就不再给我打电话了。我不想让她们感到不适，便尝试通过沟通解决这个问题，尤其是和克莱尔谈。她说，没什么不一样，事实上，她为我感到高兴。但我看到的不是这样，我感觉到的也不是这样。

丹尼尔并没有真正的社交圈，我们参加电影首映式、慈善舞会、鸡尾酒会、社交俱乐部的晚宴——这些都是我曾经只能梦想或在电视上看到的派对、场所和人群，但他们中没有一个是我们的朋友。人们参加这些活动是为了露面，为了与他们认为有权势的人闲聊。

在这里，我没有能打电话联系的人，至少没有朋友可以联系。

于是，我打电话给了一个我知道能保守秘密的人，一个告诉我随时可以联系的人，一个因为职业要求必须保密的人。

奥托的事务所看起来更像是高端艺术品商店，等候室里的家具古色古香，非常精美。没等多久，他的接待员就领我进了他的办公室。办公室的墙上镶着橡木板，摆着古董书架，房间各处放着绿色的银行家台灯，而他的办公桌上则放着一个精美的胡桃木盒子，里面装满了上好的雪茄。

起初，奥托对没有我丈夫丹尼尔在场的情况下与我交谈持谨慎态度。他说了一些关于利益冲突的话，因为丹尼尔也是他的客户。我告诉他，让他了解丹尼尔的这些事情同样重要。我告诉他，我必须告诉某个人——我不能再把这个秘密憋在心里了。

或许是我说话时嗓音的颤抖，或许是恳求的语气，抑或是我脸上的表情，反正不管是什么触动了奥托，总之他放下了律师的面具，伸出双手越过办公桌，握住了我的手。

他问我，丹尼尔是否对我施暴了。他可能从客户那里听过太多的故事，处理过太多的案件，以至于几乎瞬间就能洞察人们隐藏的秘密。

然后，我向他坦白了一切：深夜未归，警察上门，丹尼尔对警察撒谎，然后让我也一起撒谎，那辆我甚至都不知道的面包车，半夜洗的澡，他送给我的耳环，以及我看到玛格丽特·夏普佩戴着相同耳环的照片，两枚戒指，还有他在凌晨3点第一次洗衣服的情景。

他张开了嘴，却说不出话来。我能从他的脸上看到各种可能的反应，就像老虎机的滚轮一样翻滚，只要他还拿不准该说什么，或者该怎么说，他的下巴就会一直保持着松弛的状态。当老虎机的滚轮缓缓停下时，他舔了舔嘴唇。

我能看出我的话对他产生了冲击，非常大的冲击，但这些还没有完全被接受。因为他告诉我，他不相信丹尼尔是个杀手。我告诉他，一个月前我也不会相信，但现在有太多的事情不容忽视。我告诉他，我可能和一个杀手生活在一起。

我拿出这本日记，给奥托看，并告诉他，每次丹尼尔彻夜未归后送我珠宝的日期，都是在睡魔杀害其他人之后的第二天。这让奥托再次陷入了沉思。

他问我是否想要报警，我问他对此怎么看——我来这里就是为了寻求他的建议。他说他不知道该怎么办——因为我的婚前协议。婚前协议的一部分是相互尊重条款，基本上，如果我无端指责我的丈夫，我将失去分割婚姻共同财产的权利。

我告诉奥托我很害怕，不知道该怎么办。我睡不着，脑子里除了这件事什么都想不了，这快要把我逼疯了。

他站起来，绕过桌子，把手放在我的肩上，尽力安慰我，轻柔地低语并轻轻按摩我的上臂。他背后有一把古董桃花心木椅子，他拿过来，放在我的椅子旁边，坐下。

他试图让我平静下来。我感到自己很愚蠢——愚蠢、害怕且自私。我从口袋里抽出一张面巾纸，擦去新涌出的眼泪。我说，我现在看着我的丈夫，问自己他是否杀了那么多人，但我不知道答案，我真的不知道，我无法这样生活下去。

我记得，我凝视着奥托的脸，这个可怜的家伙。他通常是和那些富有而和善的人打交道，他们唯一的问题，是确保自己不必给税务局交太多的钱。他本不需要面对这些，不需要我走进办公室，在他的办公桌上哭泣，表现得愚蠢且歇斯底里。他看起来真的很担心，我能看出他想帮忙，但他不知道该如何安慰我。

他说他有一位私家侦探可以秘密调查此事，如果发现了什么，他会陪我一起去警察局。当我告诉他我对警察撒了谎时，他表现出了担忧。他不断回到这个问题上，追问为何我会那样说。我只是告诉他，我当时并不知道是怎么回事，而且那时候，我根本没想到丹尼尔会有违规停车这样的违法行为，更不用说怀疑他是连环杀手了。

他起身走向角落里的一个钢质文件柜，那是一个庞大且有防火功能的重型家伙，看起来重达 1 吨，可能是用于存放房产契据或其他重要文件原件的。他从马甲的链子上取下一把钥匙，打开文件柜，拉开第二个抽屉，拿出一件我以为是嫩黄色玩具枪的东西。

他说他讨厌枪支，但为了保险起见，他们坚持他得拥有一些个人防护装备，所以他就有了这个——一把电击枪。他说想让我带着它，也许能让我感觉好些。他还说，如果我带着它，他也会觉得安心些。我接过电击枪，感受了一下它的重量——出乎意料的沉。

我向他表达了感谢。

他说他会联系我的。我离开了奥托的办公室，心中感激自己迈出了这一步。至少现在有其他人知道了，至少，如果我发生什么不测，奥托会知道我说的是实话。

有人会知道真相。

00:47

凯特

黑暗中，她坐在地上，喘息着。天很冷，她只穿着睡衣，没穿鞋子，甚至连袜子都没有，但这一切都不重要了。她的脚因冰凉的地面而变得麻木，她甚至已经感觉不到它们的存在了。

然而，她仍在出汗。

几个小时以来，她一直在尝试移动盖在坑上的钢板。

但是，钢板纹丝不动。从中间抬起来是不可能的，因为那意味着要承受其大部分的重量。于是，凯特尽可能地往前挪，背靠着墙，用背向上顶——她的手臂无法完成这个动作。

然后，她试着定住肘部，弯曲膝盖，用腿来顶。

还是不行，而且她的手腕开始剧痛，她担心它们可能会断掉。现在看来，似乎没有任何方法可以奏效。无论是持续地推，还是用腿快速有力地顶，都没有效果。当一股剧痛穿过前臂时，她忍住尖叫，瘫倒在地。

母亲去世时，凯特的情绪降到了低谷，前所未有的低谷。她的父母供她读完了大学，然后是法学院。凯特当时不知道的是，她的母亲隐瞒了癌症诊断结果，没有告诉身为女儿的她。母亲不想让女儿在那些年里因为担忧、悲伤以及最终时刻的痛苦而虚度时光，同时，她也不想让凯特知道她所做出的选择。保险并不能覆盖所有的医疗费用，因此，要么拿剩下的钱支付凯特的学费，要么支付延长生命的药物、治疗费。在母亲看来，这根本不是一个选择。她有自己的人生，而她的人生就是凯特。最后，她的父亲理解并支持了母亲的决定。而凯特从事法律工作的日子，就是在偿还对母亲的那份债务——她为受害者赢得的每一个案子，穿上制服的每个早晨，给父亲打的每一次电话，都是在还债。那份债务本应逐渐减少，那份愧疚本应逐渐减轻。

然而并没有。

一点也没有。

现在，她被一个怪物困在了一个坑里。

难道这就是她母亲牺牲那些年所换来的吗？那本可以是很美好的几年，最好的几年。因为，当时间变得宝贵时，每一刻、每一个微笑、每一个拥抱、每一个吻都至关重要。

凯特擦了擦脸，双手穿过被汗水浸湿的头发。她咬紧牙关，忍受着腿部、手臂和背部的疼痛，站了起来。

如果她无法从中心或一侧移动钢板，那就尝试从一个角落移动。她提起椅子，放在坑的右角，方形的座位几乎完美地卡进直角处。

这次，凯特站在椅子上，膝盖弯曲。开始挺直身体时，她意识到头部很快就碰到了钢板，腿部呈 45 度弯曲。她将下巴含进胸口，肩膀撑在钢板上，双手放在膝盖上。

她深吸了三口气。

低声向她妈妈祈祷。

然后，她用力推。

钢板动了。

她再次放下钢板，吸入更多空气。虽然钢板动了，但几乎微不足道。她需要别的东西，某种可以帮助支撑的东西，这样就可以让钢板倾斜得更厉害。她抓住椅子靠背的那根木条，另一只手扶着立柱，努力把它弄松。

她正挣扎着努力离开这里。

但突然僵住了。

金属门开了，又猛地关上。她听见了地板上的脚步声。

他来了。

00:48

睡魔

睡魔打开了锁在康尼岛旧公交总站双扇门上的挂锁，这个挂锁重达 2 公斤，被固定在一条 14 公斤重的铁链上。在 1955 年公交线路出现之前，康尼岛大道线是由有轨电车运送乘客的，而这些电车需要大量的维护。当有轨电车被公交车取代后，公交车同样也需要维修——或许比有轨电车更频繁。

随着公交车现代化，维护制度和操作也必须随之现代化。这个车站并不是康尼岛旧大都会交通局场地的一部分，而是曾属于一家私营公司。他通过一家空壳公司，以购买土地进行开发为借口，买下了这个旧车站。但实际上，这家公司并未开发这片土地，而是一直拖着，坐等房地产价格上涨。在等待期间，睡魔就有了一个完全属于他自己的地方，一个私人领地。在这里，无论发出什么样的声响，无论谁进来或出去，都没人在意。这一片区域没有房屋，也没有居民，只有工业建筑和供应公司。晚上 5 点以后，直到第二天早上 5 点，街上都没有汽车或卡车。

他走进去，关上了身后的门。车站内的空间足以容纳四辆公交车，以及四个检修坑。正前方左侧的第一个检修坑上覆盖着一块钢板，钢板上方正中央还放着一辆铁质手推车，用以增加重量。这个车站建于19 世纪 80 年代，那时木材比钢材便宜。车站的屋顶有巨大的横木交错分布，其中一些因为腐烂，已经掉落了。这种情况大多发生在车站的右侧，靠近那一端的双扇卷帘门附近。其实木头并没有腐烂，是虫害造成的损伤。

屋梁因“死亡守望甲虫”的侵袭几乎毁坏殆尽。他能看见它们，尤其是在夜晚，如同小黑雨滴般爬过古老的橡木——它们有成千上万只。

他走近那被盖住的坑，用靴尖敲了敲那块钢板。

倾听。

他能听见她在下面的声音，急促的呼吸，伴随着恐惧。还有别的，她的脚，在动。

她已经从椅子上挣脱了。对此，他早有预料。

他从包里拿出一瓶水、一份熏牛肉三明治和几块糖果。现在，她应该又饿又渴。

他压低嗓音，降了一个八度。工作时，这样说话很有帮助，人们会对命令式语气有所回应。

“我给你拿了食物和水。如果你试图爬出来，我会伤害你。你明白吗，凯特？”

短暂的停顿后，他听到了她的声音，那声音在封闭的水泥墙和坑上的钢板之间显得有些扭曲，产生了奇怪的回响。

“明白。”

他在坑的边缘和钢板之间留了一个缝隙，非常细小，可能只有 3 毫米宽。这个缝隙足够空气流通，但不足以让人哪怕从坑里伸出个小指头。首先要做的，是挪开手推车。他踏上钢板，费了点劲，把沉重的铁质手推车推到了地板上。一旦动起来，手推车就很容易推了，但启动那一刻却颇费力气。在移动时，手推车的四个轮子发出了一连串锈蚀的吱吱嘎嘎声，仿佛一首独特的交响乐。

地上放着一根末端带有钩子的长钢条，他捡起来，将扁平的一端插入缝隙中，开始前后摇晃。一旦缝隙足够宽，他就将钢条更深地插入缝隙，然后利用它作为杠杆，把钢条向下压。钢板向后滑动了几厘米，与混凝土摩擦，发出了刺耳的刮擦声。

之后，他将钢条倚靠在一根柱子上，将水、三明治和糖果扔进黑暗的坑里。他看不见里面的情况，她可能躲在了对面的角落里。用逃跑的想法引诱她没有任何意义。他拿起钢条旋转，使钩子指向地面，并设法将其固定在嵌入钢板的锁扣上。然后，他只需后退着走，用力猛拉就可以使钢板移动，然后一直拉到它完全覆盖住坑洞。

他放下钢条，走到手推车旁，把它重新推回到钢板中央。

现在，任何人都不可能从那里逃出来了，尤其是在上面加了额外重量的情况下。

他留下的缝隙比之前稍宽，大约有 2.5 厘米。

睡魔蹲下身，用脚尖保持着身体平衡，双肘撑在膝盖上，手指紧扣在一起。

“我告诉弗林，如果他能让凯莉的指控被撤销，我就放你走。”

没有回应。

“据各方面消息，今天进展顺利。弗林很厉害，非常厉害，他只是需要正确的激励。案子应该在明天就能结束。”

沉默。

“案子结束后，凯莉应该会从躲藏中出来，你不觉得吗？毕竟，她需要我。”

这一次，他等待着回答，但还是没有得到回应。

“你害怕吗？”他问道。

凯特没有说话，但他听到了她的声音，轻微的呜咽声，然后……

“我害怕。凯莉也很害怕，她害怕你。”凯特的声音在坑里回荡，空间和钢铁屋顶放大了声音。

睡魔从后腰皮套中抽出刀。

“我知道我告诉过弗林，如果他赢了，我就放你走……”

他转动手腕，将刀抛起，使刀在空中翻转，然后熟练地接住。

“我是认真的。如果他赢得了凯莉的案子，我就放你走。至于你是否能两只眼睛完好地走出这里，就看你自己的选择了。”

他站起来，转身走向门口。入口旁边，堆放着一摞齐肩高的麻袋。

他收起刀，抓起最上面的袋子，扛到了肩上。袋子里面是 18 公斤细沙。

他准备搬往新居所。

他锁好身后的建筑物，用链条绑上门，再用挂锁固定。沙子被他放进了面包车后部，然后驾车离开街道，朝市区方向驶去。

接近 6 点时，他在一处露天停车场找到了停车位，这里一年前还矗立着一座建筑。由于新冠疫情，纽约的建设曾长时间停滞，但停车场围栏上的牌子写着：下周将永久关闭。生机已回到城市，一切正慢慢恢复正常。

他路过一个报摊，有东西吸引了他的注意，让他如同双脚踩到了强力胶，整个人骤然停在人行道上。

新闻版面，每一个头条都是关于这个案件的。

他掏出手机，发现有数十条关于案件新闻的提醒和邮件。

推特上，“艾迪·弗林”正在成为热门话题。

他点击了《纽约时报》网站上的最新消息，标题让他感到困惑。

《艾迪·弗林呼吁凯莉·米勒揭露其丈夫》。

《纽约时报》发布了弗林的一份声明。一位名叫贝蒂·克拉克的记者在《哨兵报》进行了独家报道，并将这一故事向所有新闻渠道——纸质媒体、网络和电视——进行了同步发布。

《哨兵报》记者贝蒂·克拉克获得了睡魔妻子凯莉·米勒审判案中核心辩护律师的独家报道。尽管被告缺席，审判仍于今日进行。尽管被告缺席极为不利，面对法医证据，凯莉·米勒的辩护律师艾迪·弗林在逆境中为其当事人进行了激烈的辩护，并对法医证据进行了质疑。在今天的庭审结束时，弗林发表了以下声明——

众所周知，我的当事人今天并没有出庭，她没有履行保释要求。她逃跑，是因为她很恐惧。我的当事人感到恐惧，因为她是睡魔案件的又一个受害者。真正的凶手至今仍逍遥法外，继续残害无辜。现在，是纽约警察局和联邦调查局停止因她丈夫的罪行而迫害我当事人的时候了。司法系统和媒体总是干出这样的事情——每当发生针对女性的暴力事件时，不知为何，女性总是成为被责难的对象。

这种状况必须终止，而且将在现在，由我终止。这里有一条给凯莉的信息：我知道你很害怕，也知道为什么，但你需要信任某个人。考虑到你所经历的一切，我知道这很难，但你可以信任我。除非你现身，否则我无法帮助你。我们会共同面对一切，同舟共济。今晚给我办公室打个电话，要么你自己打给我，要么明早我将不在这个案件中代表你进行辩护。那样一来，你将没有任何胜算。无论有没有你或我参与，审判会照常进行，而你将会被定罪。

你只有今晚的机会，这是你唯一的机会。不要浪费它，因为我可以向你保证一件事——我知道你是受害者，只要你信任我，无论发生什么，我都将为你抗争到底，但我不能独自完成这一切。

睡魔按下了手机侧面的按钮，屏幕变暗进入了待机模式。给凯莉的信息很巧妙，她会给他打电话的，睡魔对此深信不疑。弗林这家伙是个聪明的浑蛋。他转身朝面包车走去。

一旦看到凯莉和艾迪在一起，他就会杀了那个律师然后带走她。

和凯莉的新生活正等待着他们，在某个遥远的地方等待着，而他已经做好了准备。当一切尘埃落定时，他们会安全无虞。他们可以在乡村小路上悠闲地散步，对着真实的壁炉享受慵懒的晚餐，彻夜长谈，就像他们初次相遇时那样，然后相拥而眠，直到日上三竿。

睡眠。

这是他渴望的。虽然不易获得，但拥抱着她，哪怕仅仅是让她在身边，也会给他带来一种满足感，抚平黑暗中啃噬他大脑的利齿。一切都会变得完美，只要她安全。

事实上，如果必要的话，他知道自己会为她而死。

但首先，他想再次活过来。

现在他所需要的一切，就是他深爱的那个女人。

00:49

艾迪

接待用的电话听筒放在了我的桌子上。

所有打给公司的电话，都会打到这个电话上。丹尼斯、哈利和布洛赫都懒散地坐在我办公室的椅子上，只有莱克没有表现出懒散的样子。

恰恰相反，他坐在椅子上，弯着腰，肘部撑在膝盖上，右脚不时地抖着。偶尔，抖脚会停下来，而他则利用这段时间啃咬指甲周围的皮肤。然后，抖脚又会继续。

这让我感到很厌烦，而且其他人也一样感到厌烦，除了布洛赫——她太疲惫了，所以没注意到，也不在乎。她正与自己的眼睑进行着一场斗争，而且输得很惨。她时不时地会陷入睡眠，但只有一两秒钟。只要她的头一开始下垂，眼睛就会猛地睁开，这场斗争便重新开始。

“莱克先生，您想喝点咖啡吗？”丹尼斯问道。

“有柠檬吗？我真的很想喝点热柠檬水。”

“我们不买柠檬，”丹尼斯说，“因为放不进咖啡机里，我们只有咖啡。”

“是什么种类的咖啡？”他问。

丹尼斯以前从未被问过这个问题。她知道法庭文件上必须显示的所有刑事和民事诉讼的归档代码，了解全部的刑事和民事诉讼程序规则，她基本上是曼哈顿最有资历的秘书。她无所不知，唯独不知道我们用的是什么种类的咖啡。

“是研磨咖啡。”她说。

“对，但是不是有机的？”

“它装在一个塑料袋里。”

“那些咖啡豆是在哪里长出来的？”

“咖啡树上。”

“好吧，但，比如，这咖啡来源是否合乎道德？咖啡树是在哪里种植的？哥伦比亚、巴西、印度尼西亚——”

“我想它是从我屁股里长出来的。”

“丹尼斯……”我说。

“莱克先生，您到底要不要咖啡？我是用零钱在塔吉特超市买的。”

“不用了，谢谢。”莱克说。

“我想喝点咖啡，谢谢你，丹尼斯。”哈利说，然后他挺直了身子。克拉伦斯坐在他的脚边，抬头看着他。他抚摸着克拉伦斯，笑了。

电话里响起了一阵电子铃声。那声音如电流一般，霎时充满了整个房间，每个人都坐直了身子，朝电话倾去。丹尼斯一把抓起了桌上的电话。

“弗林与布鲁克斯律师事务所。”她说着，脸上满是希望和期待。

当她的肩膀耷拉下来时，那份希望也随之消失。她翻了个白眼，把电话递给我，说道：“是佩尔蒂埃先生。”

我接过听筒。

“艾迪，我在楼下，一直在按你办公室的门铃。她打电话来了吗？”

“谁去开门让奥托进来。”我抬头看向大家，然后又对着电话说：“现在就给你开门，抱歉，我们正坐在我的办公室等她的电话。”

丹尼斯站起来离开了。几秒钟后，我听到门铃响了，接着是开门的声音。随后，奥托那价值上千美金的西装出现了，古龙香水味充满了整个房间。

“对不起，我不是故意占用电话线的。我根本不想在电话上说话，特别是在被联邦调查局监听之后。”他说。

“没关系，拉把椅子过来坐吧。”

“不了，我一会儿就走。我知道，作为检方证人，我其实不应该出现在这里。”

“没事的，”哈利说，“就像我们之前说的，只要我们不讨论你的证词就没有问题。你怎么样了？”

直到这时，我才注意到奥托的黑眼圈。像这样的案子，代理这么久，不可能不产生个人情感的牵连。律师们，即使是那些愤世嫉俗的人，在涉及他人生命的时候，也会情不自禁地投入进去，这就是我对奥托的看法。当然，想到可能会失去 100 万美金的律师费，肯定也有影响。毕竟如果凯莉逃跑了，就无法支付费用了。

“我还好，我只是想知道发生了什么。这个案子是我选了你们，我需要知道有人在为她辩护。她曾经信任过我一次，我不想让她失望。”

我说：“我们正在努力帮助她，真的。但是，如果她继续躲藏起来，我们就无能为力了，她必须站出来面对这一切。奥托，我们需要她。我们承担的风险比你想象的要大得多，这不仅仅关系到凯莉的生命。”

“我不太明白。”他说。

“别担心这个，我们能处理好的。她会打电话来的，然后我会去见她，并把她带回来。一切都会解决的。”

“这提醒了我。如果你今晚去见她，要小心。联邦调查局的车就停在离你办公室几个街区远的地方。”

“是开着带标志的车吗？”布洛赫问。

“不是，那是一个监视小组。街对面的面馆外面有一辆深色的面包车，我一直在留意他们。至少我认为是他们，那次窃听让我疑神疑鬼的。”

布洛赫、莱克和我起身走向窗户。果然，在三个街区之外，一辆深色面包车停在何氏面馆的外面。街上可能还有其他车辆，准备执行三车跟踪，但每次行动都将由在货车后部盯着屏幕的两三个探员协调。

在黑暗中，尤其是在这个距离，很难辨认清楚，但我隐约觉得能在货车驾驶室里看到一个人影。方向盘后面，还有一个更暗的轮廓。

“如果她打电话来，你确保记下号码，然后用你的抛弃式手机回拨给她。”莱克说，“他们可能在那辆货车的后车厢里监听你的座机。”

我听到丹尼斯带着咖啡进门的声音，同时电话响了。

一瞬间，我们都转过身，盯着听筒上闪烁的屏幕。我拿起电话，按下了接听键。

“喂？”我问道。

电话那头是一位女性，我能从声音辨别出来。没有言语，只有沙哑喉咙里的喘息声、努力克制哭泣的声音，以及电话另一端那堵厚重的焦虑之墙。

“我真的可以信任你吗？”凯莉·米勒问道。这不是某个浑蛋打到办公室开玩笑的电话，今天早些时候，我们已经接到过两个那样的电话了。

“你真的可以信任我。我要确保我们的通话是私密的，只有你和我。所以，我会从一个安全的线路给你打电话。我已经在屏幕上看到了你的号码，请守在电话旁，我现在挂断，然后马上给你回拨过去。”

挂断电话的同时，我将号码输入了抛弃式手机中。

我按下拨号键，房间里的所有人都在看着我。我瞥向窗外的那辆面包车，没有动静，没有亮灯，只是静静地停在那里。这个点，对于任何送货的人来说都太晚了。

凯莉接听了电话。

“计划是这样的，我们需要见面详谈。之后，我会安排你明天向纽约警察局自首。你会被逮捕并羁押，但你会出席听证会。你会和我在一起，并且是安全的，我保证。但是，我不能保证你能赢得这个案件。赢不赢取决于你，但我认为我知道怎么做。完成审判可能需要一天，或者一天半的时间，不会再久了。从现在起的48小时内，这一切都会结束，只要你今晚来见我。”

在等待回答的时候，我一直留意着那辆面包车。

“我没杀那些人。”她说。

“我知道你没有，但我们要谈的不仅仅是这个案件。1小时后，在DUMBO[①]的河边公园见我。”

“我会到的。”

我挂断电话，又拨打了另一个号码，电话几乎瞬间就被接通了。

“艾迪·弗林。”“帽子哥”吉米·费里尼的声音传来。吉米和我一起长大，我们小时候有很多共同点。我父亲是个冒充普通人的骗子，而吉米的父亲老费里尼是国内最大的意大利犯罪团伙头目。唯一的不同是，他父亲从不假装自己是正经人。我们都热爱拳击，夏天和大部分冬天的夜晚，我们都会在米奇健身房里重击沙袋，在水泥地上做俯卧撑，在拳击场上互相追逐。我们都追随了各自父亲的脚步，至少从我这边看，追寻了一段时间。我们一直都在为彼此守候，尽管最近都是我在请求吉米帮忙，但我知道他非常乐意伸出援手，事情就是这样。如果他将来需要我做任何事，我会毫不犹豫地帮助他，没有任何疑问。

---

① 是 Down Under the Manhattan Bridge Overpass 的缩写，译为曼哈顿桥下。布鲁克林的必游区域之一，涵盖了不少网红热门打卡景点以及美食。DUMBO 区域距离曼哈顿只有一个桥的距离，因此受到了许多旅客的青睐。

“你好吗？”我问道。

“我很好，很忙。看来你也很忙，需要帮忙吗？”

“我在找私人雇佣团队，但时间紧迫。”

“多紧？”

“大概 30 分钟。”

“可以，取决于你具体需要什么。”

“四名司机开着自己的车来我办公室，我需要一个之前彼此合作过的团队，知道如何执行‘威尼斯舞蹈’式行动。”

“你要去抢珠宝店？”

“坦白讲，如果真干那一行，我的生活可能会轻松许多。不，我需要去个地方，而且到了那儿之后不想有联邦调查局的人追着我。你那儿最好的司机是谁？”

“温斯还是最棒的。”

“他现在多大年纪了？”

“没人知道，也没人敢问。我是老大，连我都没胆量问他。”

“好吧。最多 30 分钟的工作，每辆车的费用 1500 美金，另外给你 2000 美金，这样行吗？”

“那 2000 美金就算了，兄弟。他们会每人交给我 500 美金，我很满意了。他们半小时后到你楼前。保重，兄弟。”

“谢谢，吉米。”

00:50

艾迪

29 分钟后，我挥手让奥托上了他的奔驰车。他看起来比刚来时好多了，现在这样更安全。整件事超出了奥托的能力范围，他一个人应付不来。我一直站在街上，眼睛就没离开过那辆面包车。车里确实有人，但我看不清脸。我越看那辆面包车，就越怀疑后座上坐的是不是联邦调查局的人，还是只有前面的那个司机。也许奥托是对的，他只是被吓到了。

最好不要冒险。

如果有时间，我会让布洛赫走过去看看司机。但时间紧迫，而且其实也没那么重要。只要我们一出发，那辆面包车肯定会跟上来，对此我深信不疑。

布洛赫、哈利、莱克和我站在人行道上。

“为什么我不能开车？”布洛赫问。

“因为你虽然擅长开快车，但不懂怎么执行‘威尼斯舞蹈’式行动。”

“‘威尼斯舞蹈’式是什么鬼东西？”她问。

“你可能不想知道。”哈利说。

一排汽车以车队的形式经过何氏面馆，领头的是一辆电光蓝色的新款野马，紧跟其后的是另一款福特车，福克斯 RS，再后面是一辆道奇地狱猫和另一辆福克斯。这些车外观如何，或者原厂配备了什么样的发动机都不重要，因为每一辆车都按照驾驶员的需求进行了改装，这就是车手们的作风。他们中的大多数都有自己的店铺，或者认识足够友好的修车厂，允许他们日夜不停地改装汽车。

汽车在办公室外停了下来，哈利上了福克斯 RS，布洛赫进了另一辆福克斯，莱克坐上了野马，我则钻进了地狱猫。我认识开地狱猫的这位司机，一个大块头，他的座位被特别加宽，以适应他的肚子。他的头发像拖把一样乱糟糟的，一件皮夹克紧绷在他身上，就像超级英雄的战衣。

他名叫安东尼·伦巴第，是吉米的表亲。这几个车主似乎都是吉米的亲戚。我只知道他的绰号——托尼二傻子。

“艾迪·他妈的·弗林，嘿，你他妈的怎么样了？”

无论托尼说什么，每个句子至少有两个“他妈的”，不管句子多短。他甚至能在买包烟、点个芝士汉堡或是取干洗衣服时，都带上两个“他妈的”。即便他在长篇大论时，你以为开头那个“他妈的”就是全部了，但不出意外，总会在你最不期望的时候又蹦出一个意外的“他妈的”。

“托尼，我很好。准备好了吗？”

“他妈的好了，你他妈的。”他猛踩油门。

我们几个人分别朝不同的方向疾驰而去。我几乎能想象到联邦调查局监视小组在他们的无线电里说话的样子，他们在频道里说“他妈的”这几个字的数量或许可以和托尼一较高下。

威尼斯舞蹈是一种传统的意大利民间舞蹈，在舞蹈开始时，情侣们分开，男女分成小组，聚在一起旋转。但这种舞蹈有一个特别之处——在舞蹈结束前，他们会交换舞伴。

“好啦，所以我们身后有辆他妈的维多利亚皇冠和一辆他妈的面包车，这群浑蛋。”

我检查了一下后视镜，托尼说得没错。此外，还有另外两辆追踪车——一辆雪佛兰轿车和一辆本田皮卡。雪佛兰追着哈利去了；而皮卡还在掉头，毫无疑问，它是冲着布洛赫去的；莱克没人追，正如我预料的那样——他们会把注意力集中在核心法律团队上。

地狱猫仪表板上的电脑控制台显示着四人在通话，以便司机们可以协调行动。

“温斯，我30秒后就要从他妈的哈德逊大道上到坚尼街了。”

“我已经到沃茨街了，等着你呢。”那边回复道。

托尼催动着地狱猫，不管他曾在发动机盖下做了什么调整，扭力之大都让转向有些失控——车子开始甩尾。他轻点油门，一秒之内就控制住了车，然后随着我们加速，我的头和背像是被焊在了座椅上。

“你对这车做了什么？”我问。

“啥也没做，他妈的出厂就是一头野兽。”

沃茨街连接着坚尼街，坚尼街是双向交通的主要交叉路口，而哈德逊街则在沃茨街之前交汇。托尼左转进入坚尼街，朝着荷兰隧道驶去。“他妈的，我们现在正冲上坚尼街。你们他妈的到底在哪儿？”

一辆蓝色野马从沃茨街右转，停在了坚尼街中央的隔离带上。托尼猛踩刹车，停在了野马车旁。两辆车面对面停着。

托尼还没完全刹住车，我已经打开了车门，跳出了车，直接进了野马的前座。莱克则弹射般进入了地狱猫的副驾驶座。我听见托尼一边咒骂着他妈的，一边催促莱克他妈的动作快点。托尼随即加速离去，接着我听到莱克关上了车门。我保持低姿态，关上门，这时我听到有两辆车呼啸着追向了已驶向隧道路上的托尼。

“那辆皇冠和面包车正紧紧咬着托尼他妈的车屁股呢。”温斯边说边缓缓启动车子，朝反方向驶去，身后没有跟随任何车辆。

这就是“威尼斯舞蹈”式行动。联邦调查局的人没有发现换人的动作，对他们来说，他们整晚都跟在我和托尼后面，并不知道副驾驶上其实是莱克。温斯和托尼执行得非常完美，他们有过练习。多年来，联邦调查局一直在追查“帽子哥”吉米。如果他需要私下会见某人，“威尼斯舞蹈”式换乘是最简单的方法。

“那我们现在去哪儿？”温斯问。

“布鲁克林公园。”

“没问题。”

温斯比我和吉米年长许多。在我们还是小孩子的时候，他总是照顾着我们。他和吉米一个社区，每当我去拜访时，他总会确保没人来打扰我。作为吉米那个纯意大利裔社区里唯一的爱尔兰孩子，那种环境确实会让我感到畏惧。因为吉米的父亲，没人敢惹吉米，但有很多孩子却总想找我这个“爱尔兰佬”打架。当然，有温斯在场就另当别论了。那时候，温斯总是带着被打的黑眼圈，或是脸上、胳膊上的大片紫色瘀伤。我原以为那是和敌对帮派打架时留下的，结果却发现，那些伤痕其实是他父亲的拳头所致。

那时大家都叫他汤米。当他的父亲把母亲从二楼公寓的窗户推下去时，汤米跟着跳了出去，在半空中接住了她，并用自己的背承受了落地的冲击，从此，人们开始叫他“翅膀哥”温斯。他妈妈说，他像是飞出了那扇窗户，抓住了她，然后她落在了他的身上。那天，由于脊椎受伤，医生不确定汤米是否还能再走路。据说，那天晚上，吉米的父亲和汤米的父亲有过一次交谈，而且结果并不好——汤米的父亲从楼顶摔下去后没能生还。汤米不仅康复了，而且还得到了费里尼家族的庇护，并开始替这个家族工作——为其中一个拆车厂改车。他在这方面变得非常擅长，特别是驾驶技术。

论开车速度，没有人能比得上温斯。

我们提前到达了布鲁克林公园。

“你想要我陪你一起去吗？”

“不用，我自己应该没问题。你在这里等我结束可以吗？”

“当然，孩子。我会留意你的。”

我下车后，裹紧大衣，朝布鲁克林公园的河岸边走去。DUMBO的这一部分得到了很好的维护和发展，自从东河渡轮开始运送往返城市的乘客以来，尤其如此。夜晚这个时候，公园里人不多，偶尔会有慢跑者或是遛狗的老人。公园紧邻东河，栏杆外就是河水。曼哈顿摩天大楼的灯光在河面上闪烁，波光粼粼。

我背倚栏杆，双手插进大衣口袋里取暖，同时注视着通往这里的路。一对牵着一只小狗的老夫妇从我左边走来，在可以远眺水面的观景器前停下，老爷爷在口袋里摸索零钱，最后放弃并从我身边走过。

超出凯莉约定到达的时间很久了，我仍在等待，可随着时间一分一秒地流逝，我的焦虑和恐惧不断增加。我感到寒冷，害怕自己的赌注没有得到回报。我掏出抛弃式手机，拨打了上一个号码，等待接听。

凯莉接起了电话。

“我很抱歉，”她说，“我还不确定自己能否信任你。”

“如果不给我机会，就没有别的办法确定了。来找我吧，我还在这儿，还在等待。”

“你不知道我做了什么。”她说。

有那么一瞬间，我不知该说些什么。我需要她，而我通常能够说服别人信任我。凯莉之所以不确定是否能信任我，是有原因的。原因就在于，我并不知道全部的事实。我猜测她一直对我有所保留，但现在我确信无疑了。而且，我对她隐藏的秘密有了相当准确的猜想。

“我知道的比你想象的要多，但我仍在给你打电话，仍在这里帮助你。因为不管发生了什么，我不认为你是一个坏人，凯莉。人们会犯可怕的错误，但在内心深处他们仍然是好人。一个错误不应该定义一个人的一生。”

“好吧，”她说，“你能看到那个观景器吗？”

我环顾四周，查看是否有人在监视我。我没有看见凯莉，但我猜她已经来过这里了。接着，我把注意力转向了观景器。

“看到了。”

“在底部有一个环绕它的栏杆，你会在观景器底座后面找到一样东西。”

我走过去。果然，在底座后面，我发现了一本小黑书。

“一本书？”

“是我的日记，剩下的那部分。读一读，如果你读完之后仍然愿意帮我，那我就会信任你。”

她挂断了电话。

我打开日记本，边走回车子边读了起来。等走到野马车旁时，我已经明白了凯莉为什么要逃跑。

那些我不确定的故事片段突然变得合理起来，空白被填补上了。我第一次知道了真实的故事，或者说其中的大部分。至于剩下的部分，我可以自己拼凑出来。

我给凯莉打了电话。

“我明白了。我知道发生什么事了，知道你做了什么。但我依然在这里支持你，我们可以一起赢得这个案子。凯莉，实话告诉你，我需要你，睡魔抓走了凯特。”

“什么？”

“你明天必须来法院。你会因为逃避保释而被捕，但别担心，一切都会好起来的。如果你明天不来，凯特就真的会有危险。他说如果你被判有罪，他就会杀了她。他爱你。”

“哦，天哪。”

“我发誓，不会让任何坏事发生。我想我们能赢，但我需要你出庭。我能指望你吗？我的搭档命悬一线。”

“我会到的。还有，艾迪，谢谢你。”

“我只希望你能早点告诉我真相。我理解你为什么不说，但现在我们必须互相信任。”

“我相信你，我明天会去法院的。”

我结束了通话，望着外面被旋涡状光影覆盖的黑色河流。夜晚的水面总能使我平静，让一切变得更加清晰。现在，那些半真半假的话和缺失的信息碎片都汇聚到了我这里。而我当时不知道的，是我应该怎么做。现在，不容许有任何差错——凯特的命悬于一线。

我凝视着东河，让思绪在脑海中展开。

这一切都伴随着巨大的风险，尤其是对凯特来说。

我闭上眼睛，聆听着风声和水声。

再次睁开眼睛时，我已经做出了决定。

首先，我给丹尼斯打了电话。

“你在‘公司记录’这家数据库公司有认识的人，对吧？”

“经理、副经理，还有两名职员。”她说。

“你能让他们在接下来的半小时内为布洛赫开放吗？”

“你在开玩笑吗？”

“告诉经理，如果他帮我们这个忙，我们会让他觉得物有所值。”

“知道了。他是我的朋友，我想他会帮忙的。”

接着，我给布洛赫打了电话。

“我要丹尼尔·米勒用来购买仓库存放冰柜的那家公司的原始档

案。你需要查看原件。如果我没猜错，你会找到一条线索的起点，顺着这条线索查下去。另外，带上莱克一起去。”

我花了 5 分钟，告诉了布洛赫，凯莉·米勒在她的日记里写了些什么。

布洛赫没有说话，而我则等着。

“狗娘养的！”她终于开口了。

“告诉我你能做到。”

“我能。”

还有两个电话要打，而下一个电话将违反律师职业行为和伦理规范。这并非首次，也不会是最后一次。

奥托立刻接起了电话。

“凯莉明天会出庭。如果有你的帮助，我们将赢得这个案子。我知道，不应该和你谈论你的证词。和检方证人交流可能会让我们俩都被取消律师资格，甚至遭到起诉。没有别的办法了，奥托，我需要你明天在庭上反击德鲁·怀特。”

他沉默了一会儿，在脑海里权衡这件事，然后说：“如果我否认我已经告诉怀特的内容，他可以让斯托克法官宣布我为恶意证人。然后他就可以对我进行交互诘问，从而诋毁我。我将失去我毕生建立的一切，我的整个职业生涯将被摧毁。而且这是为了什么呢？一旦我被宣布为恶意证人，陪审团便再也不会相信我说的每一句话。所以，我必须坚持我已对地方检察官说过的话。”

“也许如此，但你可以给它一个有利的解释。她并不知道她丈夫是个杀手，至少不确定。她有所怀疑，但没有证据。她也是受害者，奥托。来吧，你可以做到的，我真的很需要你的帮助。”

“我真的很同情凯莉，但我不能因为一个案子就毁掉我的职业生涯——”

“你不必如此。尽力而为，好吗？”

“好的。”他说。

晚上的最后一个电话是最难打的。比尔·宋听起来很生气，我也能从他的语气中听出来，即便是在汽车的噪声中。

“你不会碰巧跟在一辆红色道奇地狱猫后面吧？”我问。

“是啊，有个叫艾迪·弗林的浑蛋在新泽西州横冲直撞。直接告诉我，你们约在哪里见面吧，这样会让事情简单很多。”

“我不在车里，是莱克坐在副驾驶位上，我已经换过车了。”

“你个狗——”

“在你说出可能会后悔的话之前，先听我说，我明天会把睡魔带进来。”

我能听到的，只有发动机的轰鸣声和轮胎在转弯处的尖叫声。控制住自己的情绪后，他说：“再说一遍。”

“我会把睡魔交给你，但有个条件。”

“不一直是这样吗？你想要什么？”

“两件事，而且没得商量。第一，你不能逮捕他。”

“你说什么？”

“你听见了。睡魔很狡猾，媒体也在密切关注这件事。另外，不能再有另一次审判了。没有证人证词的争论，没有取证的争议——你要抓他个现行。我这是要把这家伙打包送给你，如果你想，就得等我点头，你才能逮捕他。”

“老天。艾迪，第二件事是什么？”

我们又聊了一会儿，挂断电话时，我已经很满意了——比尔会信守承诺。明天有许多事情必须顺利进行，而我依赖的人又如此之多，以至于他们中的任何一个人哪怕出现一丁点差错，都可能导致整个计划土崩瓦解。在以前的职业生涯中，我见过不少任务因为这样的原因失败。作为一名欺诈师，进行团队合作的时候，有时哪怕是给目标一个错误的眼神，都足以让整个行动功亏一篑。

我习惯了在刀刃上行走的日子。但当我在乎之人的喉咙贴在刀刃的末端时，这种感觉截然不同。

我朝冻僵的手上哈气，走回车边，坐进了副驾驶座。

“你还好吗，孩子？”温斯问道。

“不太好，但我想明天这个时候我就会好了。想不想赚 10000 美金？”

“听起来不错。”

“你有没有跟这辆不一样，但是一样快或者更快的车？”

“我有一辆更快的，全新的雪佛兰科迈罗。那车可能无法在 10 秒内跑完 400 米的直线加速赛，但其转弯速度和灵活性足以超过大多数车。”

“明天开来，我们会用到的。”

“有人在给你施压？需要我做点什么吗？”

“没事的，温斯。你听说过布洛赫吗？她已经掌控了局面。”

他的眼睛睁大了，说道：“那可是个狠角色。别担心，孩子。不管她追查的是谁，对方才是那个该担心的人。”

00:51

睡魔

睡魔通过荷兰隧道追踪那辆车，最终在泽西市失去了它的踪迹。关键是他要保持距离，因为联邦调查局也在后面跟着，他不想让他们发现自己也在跟着。这种可能性很小，当然，他已经计算过了。在追捕中，联邦调查局探员只关注目标车辆，而不是尾随者，他们的所有注意力都集中在前方。只要他保持距离，同时保证联邦调查局的车在视野内，他就有机会。

目标车辆——一辆道奇地狱猫，开始绕圈行驶。联邦调查局紧紧跟随，而它似乎并不打算摆脱他们。睡魔停下车，熄灭了发动机。他坐在那里，使劲拍打着方向盘——他早该知道弗林会玩些偷梁换柱的把戏。凯莉绝不可能躲在新泽西州，这辆车是个诱饵。在某个地方，弗林肯定已经换了车。

他之前太过专注于跟踪联邦调查局，以至于没有过多考虑可能的目的地。

他掉转车头，穿过城市，驶向康尼岛。在愤怒中，他弄弯了方向盘，每次转弯时都能注意到那奇怪的角度和曲线，但这丝毫没有减轻他的愤怒。有时候，愤怒就像头部的一种压力，需要释放。如果压抑得太久，他的思维就会变得模糊，理智会被怒火的压力所吞噬。

到达康尼岛时，已经很晚了，他也累了。但是，追逐的肾上腺素和因失去抓到凯莉的机会而产生的愤怒并未消退。如果说现在与刚才有什么不同的话，疲惫反而放大了他的情绪。他猛地推开旧公交总站的大门，用手电筒照亮了里面。

铁质手推车被移动了，只剩下一个轮子还停在覆盖坑洞的钢板上。他用手电筒照向那块钢板，看到一条大约 2.5 厘米宽的缝隙。围绕着这条缝隙的，是新鲜的木屑。

聪明的女孩。

“凯特，这里没有出路。”

说完他便开始聆听，能听到她沉重的呼吸声。这声音要么是出于恐惧，要么是因为努力移动那块钢板累的，而后一种可能性更大。很明显，凯特已经拆除了椅子背后的木质支撑，并一直在利用它插入那个缝隙中，凭借杠杆作用，试图撬起钢板的一角。这个方法奏效了，手推车几乎已经离开了钢板。

他转身走过沙袋，来到建筑后部的小办公室，这个地方被他当作仓库。里面有他备好的两本护照——一本给他自己，另一本给凯莉；两本都是用的假名。还有 20 万美金现金，以及价值 250 万美金的金条。这个仓库里还有一个冰箱，里面存放着他用泡菜罐保存的“战利品”——17 个罐子。

17 双眼睛。

他没有理会这些，而是提起背包，打到肩上。办公室的角落里放着四个 19 升的汽油桶，他一手一个，提出办公室，来到了坑洞旁。汽油在桶里晃荡着，被放在水泥地上时，发出了深沉但空洞的金属撞击声。

“你听到了吗？听得出这个声音吗？”

他手里握着一根钢条，将坑洞撬开了大约 30 厘米宽的口子。接着，他拧开第一个油桶的盖子，打开背包找到塑料漏斗，将其卡紧并固定在油桶口。

“闻到了吗？”他问道。

他倾倒油桶，将汽油灌入坑洞。

“现在闻到了吧？”

对他来说，最先传来的尖叫声是纯粹的快感。随着汽油咕噜噜地流入坑洞，气味充满了他的鼻腔，凯特的尖叫声充斥着他的耳朵，那一刻，他仿佛吸入了强烈的毒品，感到异常兴奋。他倒得越多，她的尖叫声就越响亮。

而他心中的那份压力也随之缓解。

没多久，油桶就空了。很快，不到一分钟的时间。他将油桶扔进坑洞，又把手伸进了背包。

这次他拿出的是一个地面照明弹，一根带有盖子的红色管状物。一旦揭开盖子，照明弹就会点燃，燃烧温度高达 2000 摄氏度。他用一只手紧紧握住照明弹，另一只手则搭在盖子上。这时，他注意到自己的胸口剧烈起伏，汗水从脸上滴落，一股纯粹的兴奋在他体内激荡。

他停顿了一下，控制住了自己。

如果他现在就把照明弹扔进坑洞，是照明弹先接触地面上的那一小片汽油，还是照明弹在空中的时候火焰就被点燃，谁也说不准。实际上，汽油本身并不易燃，甚至可能扑灭火焰。然而，汽油蒸气却极其易燃。

睡魔从未烧过任何人，更不用说活活烧死人了。他想象着此时的凯特在坑洞里，可能正站在椅子上，尽量拉开自己与汽油之间的距离，或许在想，椅子在起火前能支撑多久，然后是她的脚、她的腿，然后……

但事情并不会这样发展，至少不完全如此。

如果他先让坑洞里充满汽油蒸气，然后再投掷照明弹，那样，空气本身会在一瞬间形成一个火球爆炸开来。只要他在投掷后迅速后撤，钢板就能保护他的安全，但凯特会立刻被地狱之火吞没。她周围的空气、她口腔中的空气乃至肺部的空气，都会瞬间燃烧起来。

那个想法再次浮现——留住她的命，你可能还需要她。

他明白，现在杀死她是愚蠢的。

杀死她是一种纯粹的快乐，但也同样愚蠢。

“如果你再试图逃跑，我就把你活活烧死，明白了吗？”

他将照明弹放在地上，然后用铁棍上的钩子把钢板拖到坑洞边缘，只留下一道小小的 5 厘米间隙。他从堆得高高的沙袋上搬起一袋，扔到了钢板上，接着又扔了一袋，再加一袋，以确保她没有任何逃脱的可能。

00:52

凯特

每次头顶上方钢板的轰隆声响起，凯特的牙齿就会咯咯作响。上面有什么东西正如雨般落入坑中，但这次不是汽油。

是沙子。

他正在往钢板上扔沙袋，以增加施压的重量。

凯特在椅子上保持着平衡，她双脚踩在椅子座位上，身体弯曲，抱住膝盖，尽量远离那片汽油。她颤抖得非常厉害，有几次差点摔倒。

现在，汽油蒸气让她感到恶心。她感到眼睛刺痛、酸涩，泪水汪汪，喉咙灼热，那气味更是让她的头痛猛烈地复发。她想呕吐，却又怕呕吐时的抽搐和翻腾破坏了平衡。

泪水仿佛在灼烧她的眼睛。

这个男人真的会把她点燃，就算不是现在，也会是不久之后。而且，她毫无逃脱的可能。

沙袋落在钢板上震耳欲聋的轰响停止了，她听到了睡魔渐行渐远的脚步声。紧接着，熟悉的关门声传来，一切归于寂静。

凯特从椅子上下来，脚立刻浸湿在地板上那一小摊汽油里。她把椅子移到右边的角落，站上去，用肩膀抵住钢板，用力推。

没用。

这一次不行。

刚才她从立柱上拆下来的椅子背，就是那条简单的2.5厘米厚的硬木条，被她塞进了钢板和坑洞边缘的缝隙中。她再次用肩膀推，试图向下压木条，撬开并抬起钢板，以期扩大缝隙。

但钢板纹丝不动。

椅子背咔嚓一声断成两截，掉落在地上的油坑中。

凯特再次尖叫，哭了起来——她失去了逃出去的机会。现在钢板上压着那么多额外的重量，恐怕需要一台小型起重机才能移动。睡魔已经彻底失去了理智，就算他让她活着，也绝不会放她走。她会死在这个坑洞里，唯一的问题只是何时。他刚才并不仅仅是想用汽油吓唬她——当时没有把她点着，纯粹是运气。

她的生命如同悬在火柴头上。

她坐在椅子上，凝视着那条缝隙。月光透过缝隙再次出现时，她意识到，这可能是她此生能看到的最后一缕月光了。

00:53

艾迪

法庭里没有自然光线，这里就像一个充满失落、仇恨、背叛、谋杀、腐败和谎言的混凝土盒子，是人类展示弱点的大剧场。

哈利和我坐在辩护桌旁。

我们桌子末端的客户椅是空的。

此时刚过早晨 9 点，我已经两天没合眼了，而德鲁·怀特即将在我们的剧场里上演一场好戏。

“检方传唤奥托·佩尔蒂埃。”他宣布道。

哈利在拍纸本上翻开了新的一页，拿出钢笔坐好，准备做笔记。

陪审团对奥托的印象不错，他的西装、发型和体格无不彰显着财富和权威。总之，这个人是陪审团愿意倾听的对象。

他按住《圣经》宣誓后，经斯托克法官许可坐下。

“佩尔蒂埃先生，你是怎么认识丹尼尔·米勒的？”

“怀特先生，我所在的事务所代表精英客户处理所有涉及财富管理的事务，包括税法、信托、遗嘱及遗产规划。米勒先生曾是一位成功的对冲基金经理，也是经纪人。我们代表了许多华尔街的客户，他是通过推荐来找我的。”

“你曾一度在本案中代理凯莉·米勒，你怎么会认识她？”

他清了清嗓子说道：“丹尼尔曾介绍凯莉是他的未婚妻，由此我认识了她。他希望确保给予她经济上的保障，即分割他名下的一些财产给她。我建议他们签订婚前协议，他们俩都同意了。随后，我执行了这项协议，处理了资产分割事宜。”

“佩尔蒂埃先生，是不是发生过这样的情况：被告凯莉·米勒就其丈夫的问题寻求了你的建议？”

“是的。”他回答道。

哈利发出了啧啧声。

那是一个错失的机会。如果奥托更机敏一些，他就可以进一步阐述那个答案，将凯莉描绘成一个担忧且无辜的伴侣。我把椅子向后挪动，四个椅脚在瓷砖地面上刮擦出声响。奥托被这声音吸引，朝我的方向看过来。我瞪大眼睛，他随即转移了视线。

法庭这个地方也展现出了我们物种的一大弱点——怯懦。

“凯莉·米勒把日记留在你们办公室保管，陪审团有机会阅读了这本日记。请告诉陪审团，你对那些日记的印象如何？”

“这些日记记录了她当时的情感和思想状态。根据我的记忆，她与我交谈的内容在日记中是准确的……”

奥托想再多说点，我能看见他的目光游移到陪审团身上，舌头舔过嘴唇。他张开了嘴……

“谢谢。”怀特打断了他，不让他有机会说出任何对辩方有利的话。

“在那些日记中，她提到她丈夫深夜回家然后洗澡，提到送给她属于受害者的珠宝作为礼物——通常都是在她们被谋杀后的第二天，并且在半夜把衣服直接放入洗衣机清洗。从日记的表述来看，凯莉·米勒知道她丈夫就是睡魔，这不是很明显吗？”怀特问道。

奥托还没来得及回答，他的思路就被法庭后门开启的声音打断了，他沿着通道望去。当法官注意到进来的人是谁时，他倾身向前，仔细打量着。

凯莉·米勒看起来比几天前瘦了一些。她的妆容无法掩盖黑眼圈，也无法掩饰她的压力。布洛赫跟在她身后走进法庭，手里拿着一堆文件。她先把文件放在辩护桌上，然后在旁听席上坐下。当凯莉走向我们的桌子并坐下时，哈利和我都站了起来。法庭上的每个人都屏住了呼吸，注视着这个最重要的人物——整个故事都围绕着她展开。他们都想好好看看她，亲自对她做出判断。

“法官大人，如果可以的话，我想打断怀特先生一会儿，告知法庭，在今天的听证会结束后，我的当事人将就她违反保释条件的行为向警方自首。我已经与相关的警探沟通过，他们对此表示同意。”

“我们可以等到今天结束时再处理这个问题。怀特先生，请继续。”

怀特似乎瞬间高大了几分。他站得笔直，胸膛挺出，背部几乎呈拱形。有些检察官在其职业生涯早期就忽略了法律的真正意义，对他们而言，这份工作变成了追求定罪和积累胜绩。胜利、胜利、胜利——这是他们唯一关心的事情。

“佩尔蒂埃先生，我重复一下问题。从日记来看，凯莉·米勒注意到她丈夫表现出种种奇怪的行为，比如他经常很晚才回来，他给了她珠宝——她知道是睡魔受害者的。她来找过你，而且知道她丈夫丹尼尔·米勒就是睡魔，对吧？”

“我会说，她怀疑他了，但她没有任何真正的证据。”

“日记上不是这么说的吧？她知道真相，所以来找你寻求建议，对吧？”

奥托舔了舔干涩的嘴唇，说道：“你尽可以按自己的意愿解读那本日记，但怀疑和掌握犯罪证据是两码事。”

“在陪审团提前阅读过的最后一篇日记中，她告诉你她丈夫就是睡魔。不仅如此，她还承认，自己向警方提供了关于她丈夫的虚假的不在场证明。”

“我认为很明显，她是在压力之下才给出了那样的不在场证明。”

奥托说。

“但她并没有声称，她丈夫为了获取那个不在场证明而威胁过她，对吧？”

“没错，但是——”

“她为她丈夫对警方撒的谎提供了支持，她告诉警官，在玛格丽特·夏普被谋杀的那晚，她丈夫在家，不是吗？”

他叹了口气，回答道：“是的。”

“你告诉她婚前协议中对于提出虚假指控的惩罚后，她并没有去警察局，对吧？”

“她没有去警察局。”

“她向你出示的证据，不足以让你相信丹尼尔·米勒可能是警方的嫌疑人吗？”

“我不是这个意思。我是说，没有足够的证据证明他就是睡魔。我们调查了丹尼尔，但一无所获。如果我们有了进一步的发现，那么，我也许会建议她去警察局。”

“她有没有告诉过你，她上衣袖子上血迹的事？”

这是他证词中的一个转折点——怀特想利用奥托来描绘凯莉不诚实的形象。

“不，她没有。”

“她告诉过你，她持有属于玛格丽特·夏普的银玫瑰耳环，以及属于佩妮·琼斯和苏珊娜·艾布拉姆斯的戒指。她有没有提过从莉莲·帕克那里拿走的浮雕胸针？因为那件物品从未被找回。”

“不，她没提过那个。”

“她有没有跟你提到，她丈夫给了她从斯泰西·尼尔森那里偷来的黑珍珠项链？”

“我认为那件物品是在她的衣柜里找到的，但她从来没有告诉过我关于那件物品的事。”

“佩尔蒂埃先生，你现在清楚凯莉·米勒来找你并把那些日记给你的目的了吗？”

“我不明白你的意思。”

“你和那些日记是她的不在场证明。她知道，最终她和她丈夫会被抓到，她想描绘出一种同时发生的景象，表明她怀疑她丈夫，甚至相信他是凶手，但她从来没有确凿的证据。她在试图伪造这种叙述，以便掩饰她在丈夫罪行中的共谋行为，这不才是真正发生的事情吗？”

奥托清了清嗓子，伸手去拿了一杯水。他喝了一口，整理了一下思绪才开口说话——这是一个不好的迹象。看起来像是你在寻找一个对你有利的答案，而不是直接说出真相。

“我只能向法庭说明凯莉·米勒告诉我的内容，而她的日记准确反映了我们之间的对话。她只是怀疑她丈夫——她没有证据，也从未确定他就是那个睡魔。”

“然而，她却隐瞒了将她牵扯进谋杀案的重要信息，对吗？”

我站起身来提出异议：“法官大人，怀特先生在交互诘问他自己的证人……”

“我注意到了这些问题是如何措辞的，”斯托克法官说道，“怀特先生，你是否希望宣布这位证人为恶意证人？”

“我还有最后一个问题，法官大人。”

“好吧，那就问吧，但请重新措辞。”

“佩尔蒂埃先生，”怀特说，“凯莉·米勒是否向你隐瞒了将她牵扯进斯泰西·尼尔森和托拜厄斯·尼尔森谋杀案的信息？”

“她没有告诉我关于血迹和黑珍珠项链的事，也没有提过他给过她一枚胸针，但你必须理解，他给了她很多礼物，而且警方直到确认了睡魔的身份后，才声明那些物品是从睡魔受害者那里夺走的。她是收到了一些珠宝，但这并不意味着她参与了她丈夫犯下的任何罪行。”

怀特点点头，然后大步走回检察官桌旁坐下。

“没有更多问题了。”

审判过程中的有些时刻是关键的转折点。有时候，一瞬间，一切都变了，事情开始朝着另一个方向发展。现在就是这样一个关键点，现在就是这样一个瞬间。

我站起身，走向奥托。他的肩膀略微垂下，又喝了口面前杯子里的水。对于奥托来说，最艰难的部分已经过去了。现在，我会向他抛出一些温和的问题，而他会尝试修复对凯莉造成的部分伤害。他开始放松，觉得更安全了。

“佩尔蒂埃先生，你说过凯莉·米勒从来不确定她丈夫就是睡魔，对吗？”

“是的，没错。”他回答道。

我停顿了一下，花了几秒钟时间看了看陪审团。对于这样的证词，大多数人很警觉；有些人则看起来有些分心——他们在盯着凯莉·米勒。接下来的几秒钟将会吸引他们的注意，并将这种注意力保持在我身上。

“佩尔蒂埃先生，请你记住作为律师及法庭工作者的职业承诺，以及您刚刚宣的誓，说出真相。考虑到这一点，我将再次提问——在联邦调查局确认丹尼尔·米勒是睡魔之前，凯莉·米勒是否确实知道她丈夫就是这个杀手？”

“不，她并不知道。”

陪审团对这个答案有所预期。

但他们没有预料到下一个问题。

“佩尔蒂埃先生，你撒谎了，对吗？”

法庭里的空气似乎瞬间凝固了。

“抱歉，我不太明白。”他说道。

“很简单，凯莉·米勒在联邦调查局找到她之前就知道她丈夫就是睡魔，并且她掩盖了这一事实，这才是真实发生的情况，对吗？”

“什么？”

“请回答问题。”

我忍不住瞥了一眼怀特。他已经把椅子从桌子旁推开，伸直双腿，放下笔，交叉双臂，脸上露出了得意的笑容。在他看来，我正在替他完成工作，凯莉·米勒被判无罪的希望都已破灭。

“这指控太荒谬了。”奥托说道。

“是吗？法官大人，我想提交这份凯莉·米勒最后的日记作为辩方1号证据。”

00:54

摘自凯莉·米勒的日记

（未标日期）

这是我故事的其余部分，是直到现在我才写下来的那部分，也是至关重要的部分。

离开奥托的办公室后，有几天我没有收到他的消息。那周，丹尼尔出差在外，我发现自己开始有意忽略他的来电和短信。我不想和他说话，除非我确切知道他所谓在工作或招待客户时到底在做什么。虽然我心里有一部分感到内疚，但他不在我还是有点开心。我知道自己不应该有这样的感受，但那个念头一直盘旋在我的脑海里——我的丈夫可能是个杀人犯。

周四晚上，大概六点半，有人打来一个电话。刚开始，我只是任由手机响着，直到最后一刻我才查看了来电显示，发现那不是丹尼尔，而是奥托。他告诉我，他的调查员打电话给他，说丹尼尔表现出了些奇怪的行为。奥托还说，想让我亲自去看看。

我问他，是否需要我乘飞机去西雅图。他说丹尼尔并不在西雅图，而是从未离开过纽约。

我在皇后区一处新建公寓楼的停车场见到了奥托。如今，越来越多的人想在曼哈顿以外找个像样的地方住，所以这里的公寓被投资者们抢购一空，希望能在转手时小赚一把。奥托说，丹尼尔和一个女人进了那栋楼，去了三楼第二间公寓。我问他调查员去哪里了，奥托说他去查那间公寓里住的是谁了。看来，奥托没有告诉调查员要找什么。那一刻，我开始感到恐慌。

我告诉奥托，丹尼尔可能是去杀那个女人的。从他的表情我能看出，他也有同样的想法。奥托说我不应该报警，但我想报警，毕竟有人的生命处于危险之中，而他说警察赶来需要太长时间，我们应该先上去看看。

我爬楼梯时感到恶心，奥托一直跟在我身后。我们到了三楼，眼前是一条新刷成白色的明亮走廊。我们数了两个门，停下来，倾听。

我能听到一些声音，是一个女人的声音，听起来她似乎很痛苦。然后，我听到了……

一声尖叫。

奥托也听到了。

“他在杀她！”我说。

奥托把我推到一边，退后站定，然后猛地向前冲去，用脚踢门。门在他的三次猛踢之下终于被踹开。这次，我们清晰地听到了那个女人求生的尖叫。

我冲了进去，奥托跟在我后面。我原以为会看到墙上溅满了血迹，而丹尼尔站在另一个受害者的尸体旁。

就在这里，就在卧室里。

但我们看到的是，丹尼尔和那个女人躺在床上，两人都气喘吁吁。

两人都赤身裸体。

他并不是在杀她。

他是在搞外遇。

丹尼尔看着我，眼神中交织着尴尬和震惊。

那女人起身，穿好内衣。她的皮肤很白，脖子上戴着一件黑闪闪的东西——一条黑珍珠项链。她将上衣套过头顶，穿上了牛仔裤，然后小心翼翼地把项链垂在她的白衬衫外面。

她说这对她来说非常尴尬，但她并没有道歉，我记得很清楚。

我哭不出来，也无法思考。

我让自己成了一个彻头彻尾的傻瓜。丹尼尔并不是杀手，那些谎言、深夜不归、洗衣机里的衣物……原来，他只是和别人睡了。

他没有杀害任何人。

我仔细打量着这个女人时，她似乎一点也不尴尬，只是因为我打断了他们而显得很生气。我进来的时候，她没有问任何问题。丹尼尔叫了我的名字，而她似乎并不好奇……

她知道我是谁，她知道他已经结婚了。

我站在门口，浑身颤抖。

“让开。”她说。

我已经默默承受着那个疯狂的想法好几个星期了。我害怕与丈夫待在一起，我一遍又一遍地怀疑自己，为什么他会选择我，然后又出去杀害无辜的人。我会这样想上几个小时，然后告诉自己很愚蠢——丹尼尔是个好人。我彻底迷失了方向，对丈夫和自己的心智都产生了怀疑。

现在，我感到了背叛和伤害。

而她居然想让我给她让路？

在意识到自己做什么之前，我的手猛地挥出，打在了她的脸上。我失控了，又打了一巴掌，这次直接打在了她的嘴上。

丹尼尔尖叫着让我别碰她。

我突然间非常害怕，感觉自己失去了依靠，整个世界在我周围旋转。我的理智正在崩溃，他让我经历的一切瞬间向我袭来。我哭了起来，跑出了公寓。奥托对那个女人说了些什么，我没听清楚，但我隐约听到一个名字，然后奥托追了出来。我钻进车里，就这么开走了。奥托给我打了七次电话，但我一次都没接。我需要时间思考，让自己冷静下来。我不知道自己开了多久，只知道当我把车停在路边时，天已经黑了。直到那时，我才给他回了电话。

我感觉自己像个十足的傻瓜。

他告诉我，是我被背叛了，这不是我的错。

上帝啊，我为打了那个女人感到非常糟糕。我不是一个暴力的人，这辈子从没打过任何人。一想到这一点，我就觉得更糟糕了。

奥托说，他相信她会理解的，但这并非他确切的表达。他在言辞间有些磕绊，我有种感觉，他差点就要说出她的名字，然后又在说漏嘴之前及时收住了。接着，电话那头的他变得非常沉默。

他认识她，或者认出了她，我对此非常肯定。

至少我还能做些让自己感觉好受一点的事——我可以去道歉。是因为丹尼尔，我才打了那个女人，是这样的，虽然她和我丈夫有染，但把我推向这地狱的是丹尼尔。这不是她的错，至少不全是。我敢打赌，他在对她撒谎。

我恳求奥托告诉我那个女人是谁。

起初，他什么也没说。后来，他承认自己确实认识她。

过了几分钟，他告诉了我想要知道的事情。

他给了我斯泰西·尼尔森的住址，那儿离这里有15分钟的车程。我开车到了她家所在的街道，停好车，站在她家外面。我想和她谈谈，告诉她我很抱歉，我想也许我希望她也能和我说声对不起，毕竟，她伤害了我。总之，我们俩都不应该被丹尼尔这样的男人戏弄。我想告诉她，我们闯入那个公寓是为了救她，而不是要去质问她，因为我们以为我丈夫在伤害她。

我站在街上，她的房子就在面前。这时，我听见有人说话，问我到底在干什么。我猛地转过身，看到丹尼尔走到我身边。他说他刚送斯泰西回来，看到我的车停了下来。

我简直不敢相信，但他开始对我发牢骚。他想知道我到底在这里干什么，难道我真的要在她家人面前揭露斯泰西的婚外情吗。

她的家人？

我缓缓向前走去，丹尼尔跟在我旁边。我透过他们的前窗往里看，两个小孩蜷缩在沙发上依偎着她，她的丈夫坐在角落的大扶手椅上，一家人在看电视。

斯泰西·尼尔森看起来就像是年度最佳母亲，坐在客厅里，家人围绕身旁。

我转身走向车子。

丹尼尔说他需要和我谈谈，解释这一切。我告诫自己，不会再被谎言欺骗，于是我对他说不。我不想再和他说话，也不想再见到他。

我不想在大街上争吵。我看到丹尼尔抬头看向亮着灯的窗户，这足以分散他的注意力，让我有机会和他拉开距离。我走到车旁，上车，并锁上了门，这时他正朝副驾驶座的车窗走过来。

他看起来不一样了——车窗外的他，脸色变了。

他看起来充满了愤怒。

我把脚踩在油门上，径直开车回家。

家里感觉空空荡荡、冷冷清清。这是一个充满敌意的地方——一个我无法信任的地方，这里不再有家的感觉。我在浴室里脱下衣服，打开淋浴。正当我要把衣服扔进洗衣篮时，我发现袖子上有血迹。

天哪，我在公寓里出手打她时，一定弄破了她的嘴唇。

我洗了澡，穿上睡衣，然后上床睡觉。我很饿，却不想吃东西。同时我也无法入睡，只能躺在床上，希望自己陷入无意识中，希望这一天赶快过去。不知怎的，在那个晚上的某个时刻，我终于睡着了。

凌晨1点刚过，手机铃声将我吵醒。我查看了显示屏，接听了电话。

是奥托。

在醒来的那一瞬间，我享受着片刻的幸福，不再是那个羞辱了自己、遭受背叛、打开门踏入另一个生活并让自己内心饱受煎熬的愚蠢女人。

然后，我想起要干吗了。

我告诉他我一个人在家。

他接下来的话让我感到害怕。

“你还有我给你的电击枪吗？”

一股寒意蔓延过我的脊背。

他说他正在来我家的路上，斯泰西·尼尔森和托拜厄斯·尼尔森被谋杀了，他的调查员通过警察之中的线人得知了这一消息。奥托确信，是丹尼尔干的。

他让我在他到达之前不要开门，要我拿着电击枪，然后找个地方躲起来。

他挂断了电话。

就在这时，我听见前门被打开了。

我从床上跳起来，跑进了衣橱。我的包挂在柜门后的衣架上，我打开包，拿出了奥托给我的电击枪，关掉灯，坐在黑暗的地板上。

然后，我等待着。

地板松动的楼梯吱吱作响，他正走上楼来。

汗水让我的手滑得握不住电击枪，我不得不频繁换手。我的呼吸卡在喉咙里，枪口对着走廊的方向。我的手在颤抖，无法瞄准。

一道身影立在门口。

“凯莉，我们需要谈谈。”他说着，向我走来。

我大喊让他退后，但他继续靠近。

我扣动了扳机。

一条蓝色的电流震颤了空气，丹尼尔倒在地上。他的身体剧烈抽搐，就像发生了严重的痉挛，四肢重重地拍打着地面，有时甚至把自己整个弹离地面，血红色的泡沫从他口中喷涌而出。

我松开电击枪，抽搐停止了，他一动不动地躺着。接着，他的手平摊在地上，开始用力想要撑起自己。我躲在了壁橱里，而他就倒在门边。我拉出一个抽屉，那是一个沉重坚实的橡木抽屉。我举起抽屉时，袜子散落出来，我顺势将抽屉朝他头上砸去，他又一次倒下。我跨过他的身体，冲下楼梯。这时，奥托正从敞开的前门进来。

我告诉他，丹尼尔在楼上。

我用电击枪击中了他。

奥托让我先出去，并说暂时不要报警，让我等他回来，如果5分钟内他没回来，再叫警察。

眼泪顺着我的脸颊滑落，我的双手也颤抖不已。我走出门外，迎面而来的是刺骨的寒风。丹尼尔的车停在车道上，驾驶座的车门敞开着。我本想走过去坐进驾驶位，就待一会儿，试图让自己他妈的冷静下来。但就在那一刻，我看到了——

副驾驶座的车门口袋里放着一把刀和一把手枪。我不敢碰，也不敢靠近。后座上是一套黑色衣物，血迹在上面闪闪发光。我绕到车后，打开了后备箱，里面放着沙袋、绳子、螺丝刀和一个皮包。我用颤抖的手打开了包，里面装着女士的项链、戒指、手表。包里还有其他东西，很重，是两个罐子。一开始，我没认出来那是什么，但当我倾斜袋子时，其中一个翻了过来。

我捂住嘴，努力不让尖叫从口中溢出。

在罐子里的黑色液体中，一双眼睛正盯着我。

这时，我听见奥托在叫我。

我跑向他，紧紧抱住他。就在那时，奥托告诉我，我的丈夫死了。

是我杀了他。

我一句话也说不出来，只觉得胸口像被撕开了一道口子。我的腿软了下去，但奥托扶住了我。

他看了看车里的情况，然后半扶着我进了屋。他面色苍白，全身都在颤抖。他告诉我，我们必须想好怎么跟警察说，因为现在的情况看起来并不像是自卫。

我坐在客厅里浑身发抖，牙齿在嘴里咯咯打战，哭了将近半个小时。奥托一直在努力安抚我。

他告诉我，丹尼尔的头颅被砸瘪了。我们回顾了一遍事情的经过。奥托不断向我提问："你有没有警告过他？他有没有威胁你？"

不，他没有威胁我，我也没有给他警告。而且，我身上没有任何伤痕。

然后，虚假的不在场证明问题再次出现。

奥托认为，事情可能会有几个发展方向。

我可能被视为阻止了睡魔的英雄。

或者我可能被当作一名杀人犯：一方面，我杀了自己的丈夫；另一方面，我通过向警方撒谎掩盖了他的罪行。

奥托说，他们可能会将我牵连进所有的睡魔杀人案中。

我们谈了又谈。无论我如何在脑海中反复思考这些事情，结果总是回到警方逮捕我的场景。我无法摆脱这个困境，一切变得越来越糟。我真希望当时就离开了丹尼尔，一走了之，再不回头。

我永远不会忘记奥托接下来说的话。

"如果还有别的办法呢？"他说，"如果他只是消失了呢？我可以把他放进车里，开车带他到汉普斯特德湖一个安静的地方，让他和他所有的邪恶永远消失。"

我同意保留那些珠宝，这样他日后与睡魔谋杀案联系起来时，我就可以说那些是在他失踪前给我的。我把它们藏在房子里，作为他与那些谋杀案有联系的证据。一年后，我可以申请宣告丹尼尔死亡，继承他的财产。

我们的计划是保持沉默，避免因杀死我丈夫而被控谋杀。如果警方将他与谋杀案联系起来，我就要说我一直怀疑他，但从未有确凿的证据。

奥托说一切都会好起来的。

这将是我们的秘密。

在随后的日子里，我信任了奥托，我们变得亲近起来。

最终成了恋人。

00:55

艾迪

“这不过是谎言而已。”奥托在法官、地方检察官和陪审团的陪同下读完了日记，冷静地说道。他又给自己倒了杯水，喝了一口，然后把杯子放回原处。他并不需要喝水，只是需要一点时间来平复自己。

“你是说那份记录中有不实之处吗？”

“是的。”

“我想你说得对，你从遇见凯莉·米勒那天起就在对她撒谎。”

“不，我没有。”

“你没有把丹尼尔·米勒的尸体沉到汉普斯特德湖里，这一点毫无疑问。他的车可能在那里，但他本人不在，不是吗？”

奥托的眼神变得锐利起来。“这完全是捏造的。”他说。

“警方知道，睡魔在莉莲·帕克住所的街对面租了一间公寓。我的调查人员将那份租赁合同与一家公司联系了起来，在该公司的注册地址，他们发现了一台冰柜，就是这个冰柜。”我说着，指向屏幕。

昨晚，我已经与比尔·宋和地方检察官分享了布洛赫拍摄的照片。我没有给出任何解释，只是简单地说了句，布洛赫将会证实这些照片是她拍摄的。

屏幕上显示的是一台立式冰柜，位于一间昏暗、布满灰尘的办公室里。一系列的特写照片展示了一个装在尸袋里的尸体，被冰封在里面。

“那是丹尼尔·米勒，对吧，佩尔蒂埃先生？”

“我不知道那是谁，我以前从未见过这些照片。”

“联邦调查局的法医小组现在就在现场，他们会确认那就是丹尼尔·米勒，而且他是死于喉咙处的刀伤——并不是电击，也不是电击枪造成的中风或心跳骤停，或者头部受到的打击。对于这一点，你有什么想说的吗？”

他沉默不语。

“这些照片中的另外一个重要线索在第三张照片里。看这里，丹尼尔·米勒右手的拇指不见了。约翰逊教授已经做证，从斯泰西·尼尔森身上提取的指纹，来自米勒的右手拇指——”

他打断了我，说道：“我不知道这一切跟我有什么关系。”

“尼尔森夫妇的尸体是在早上 7 点后不久被两名巡逻警员发现的，而不是凌晨 1 点，也就是你给凯莉·米勒打电话，告诉她他们死了的时候。那时候，夫妻俩还活着。你知道丹尼尔·米勒要回家见他的妻子，所以先把凯莉吓得半死，再告诉她去拿你给她的高压电击枪。你策划了整件事，就是为了杀死丹尼尔，并把他塑造成睡魔。你切下了米勒的拇指，然后谋杀了托拜厄斯·尼尔森和斯泰西·尼尔森，并在现场留下了他的指纹。你想让丹尼尔·米勒为你顶罪，佩尔蒂埃先生，因为你才是真正的睡魔。”

地方检察官怀特站起来表示反对，但斯托克法官挥手让他坐下。

“这太荒谬了。”奥托说。

“睡魔仍然活着并且活跃着，佩尔蒂埃先生。他已经杀害了这个案件中的两名证人，给联邦调查局寄了纸条，并杀害了他们的两名探员。当然，你已经知道了这一切。”

“我对这些一无所知，而且我这辈子从没见过那个冰柜。”

“是吗？但是，是你所在的事务所为那家公司办理的注册文件。”我说，“公司注册处存档的原始文件上有你们的印章。你知道那个地址，而且也不像丹尼尔·米勒或其他人那样，会实际用到那处房产。”

“那是丹尼尔·米勒的公司。”

“他没有能力再去杀害其他人了。但还有很多我们不知道的细节，你为什么要把米勒当作替罪羊，来承担你犯下的罪行，之后却又停止了？中间发生了什么？是什么改变了你？”

他的目光迅速转向凯莉，然后又回到了我身上。

“当睡魔再次活跃起来时，凯莉的世界又一次崩塌了——她逃跑了。她那时就知道，她丈夫不是杀手。是你在那晚到她家的时候，在他车里布置了所谓的证据，对不对？”我继续说。

“不，当然没有。”

“你早已采取措施，将犯罪时所用面包车的所有权记录与自己撇清关系。那辆车被注册在一个由丹尼尔·米勒拥有的公司名下，但那家公司已经多年没有交易，也没有提交任何账目，那只是一个幌子。”

“不，我和那家公司没有任何关系，面包车属于丹尼尔·米勒。”

“确实如此，但你的事务所处理了所有公司的文件，而你是公司秘书。想看看那些文件吗？”

“法官大人，”奥托说，“我不会容忍这种毫无根据的攻击——”

“请回答弗林先生的问题。”斯托克法官说。

“这是把自己的罪行嫁祸给他人的绝佳机会，让凯莉相信，她杀了自己的丈夫，并掩盖这一切。然后，你可以得到你真正想要的东西。你一直想得到凯莉，不是吗？从丹尼尔第一次带她来到你的办公室时，你就想得到她了。为了得到她，你不惜陷害他，让他承担你犯下的罪行。”

他咬紧牙关，下巴的肌肉鼓了起来。他的表情变了——怒火中烧，怒不可遏。他用手抹过脸庞，或许意识到自己的情绪显露了出来，随即恢复了平静的表情。

“谎言，弗林先生。”

“在我们刚刚读到的日记中，凯莉并没有提到在丈夫的车里看到那串黑珍珠项链，对吗？”

“没错，但是——”

“她没有提到项链在那里，因为它当时并不在那里，对吗？”

“我不知道她看到了什么。”

“项链当时的确不在那里，但后来出现在了那个包里，不是吗？在你从斯泰西·尼尔森家中取走之后？”

“谎言。”

“你认识斯泰西·尼尔森吗？”

“她和她丈夫是众所周知的社交名流，我当然见过他们。”

“你去过他们的房子……”

他皱起了眉头。

“我不记得了。”他说。

“你去过那栋房子，佩尔蒂埃先生。你知道唯一能强行进入的是前门，而不是装有死锁的后门，对吧？”

“我没有杀害斯泰西和她丈夫，也没有杀害其他人。”

“是你把斯泰西介绍给丹尼尔的吧？他们的婚外情对你来说非常有利。这让你得以误导我的当事人，让她相信她丈夫是个杀手。是你种下了那颗怀疑的种子，不是吗？”

“一派胡言。”

“真的吗？”我接过哈利递给我的一个棕色信封，打开，举起里面的东西。

“这是你的通话记录，我不会说我是怎么拿到的，但其中包含了你和凯莉·米勒的所有通话记录。在她受审前的几个月里，你从未给她打过电话，她也从未给你打过。这很不寻常，不是吗？她没给你打电话，是因为她和你在一起，你们一直保持着联系，那时你们已经确立了关系。凯莉·米勒会证实这一点。”

“她是骗子。”

“她的日记都是准确的，对吧？你自己之前也说过。”

“我告诉过你，她在撒谎。你的客户迫切希望被宣判无罪，所以试图把她的罪行栽赃给我。口说无凭，她说她有理，我说我有理。我是一个有着卓越声誉的律师，而你的客户是一个为了钱而嫁给连环杀手的失败女演员。我想，陪审团知道谁在说真话。”

在眼前这种危急情况下，他表现得非常冷静。他将水杯举到唇边，轻轻啜饮后又放回原处。

我走近他，伸手从证人席上拿起那杯水，然后放到辩护桌上。

“这不仅仅是你和凯莉之间的口说无凭，不是吗？两天前，睡魔在曼哈顿绑架了一名年轻女子。他开始变得粗心了，现场留下了一个塑料注射器盖子，这个盖子已经经过了纤维和其他微量证据的检测……”

说话的时候，我看到他的脖子泛起了红晕，一路蔓延到衬衫领口的上方，接着他咽了咽口水。我能感觉到，他在努力保持镇定。

“现在，检查注射器的实验室正在与联邦调查局共享其结果。结果显示，注射器上的 DNA 不属于丹尼尔·米勒。我的客户的 DNA 已经有案可查，也不匹配……”

我停顿了一下，低头凝视着辩护桌上的那只玻璃杯。

“它与你留在这只玻璃杯上的 DNA 的匹配度有多大呢？”

“这太荒谬了。”他深吸了一口气，挺起胸膛，仿佛还有很多话要说。

但他没有继续说下去，目光落在凯莉身上，眼神中流露出的渴望比 100 次 DNA 检测匹配结果还要有说服力。

“我对这位证人没有更多问题了。”说完，我转向怀特。

他看起来像是刚被一辆装满马粪的平板卡车撞过。法官问他是否有别的问题，他摇了摇头。

“佩尔蒂埃先生，你可以自由离开证人席了。”斯托克说着，警惕地看着他。

奥托站起身来，扣上夹克的纽扣，从辩护桌旁向门口走去。他的眼睛始终没有离开凯莉，而凯莉在此期间一直低着头，不敢看他。凯莉曾质疑过自己的理智，疑惑为什么早些时候没有从丈夫身上发现那些迹象，为什么在嫁给他之前没有意识到他是一个杀人犯。讽刺的是，她并没有嫁给一个杀人犯，而是一个杀人犯看中了她，想要得到她，并设法操纵进入了她的生活，让她相信是她杀死了自己的丈夫，让她背负所有的内疚，然后再以救世主的姿态出现。

直到睡魔杀害了德莱尼探员并再次开始他的杀戮狂欢时，凯莉才意识到，自己被利用了。很多人可能不会像凯莉那样迅速地将所有事情联系起来，但与丹尼尔的婚姻经历让她变得警觉，她知道自己的信任是如何被轻易背叛的。因此，她选择了逃跑。她不知道还能做什么，也无法再信任任何人，即使是她的新恋人兼律师——奥托。

在经过辩护桌时，奥托突然向桌子迈出一步，抬起膝盖顶到了桌沿，使得桌子边缘翘起。

那杯水倾倒下来，杯子落到瓷砖地板上，摔得粉碎。奥托微笑着走出了法庭。

奥托一离开，我就让哈利接手，请求休庭，以便联邦调查局进一步调查冰柜中的尸体并确认其身份。然后我转身向门口跑去。

身后传来的脚步声，使我转过身来。

布洛赫紧随在我身后。

在她后面，比尔·宋也开始向我们这边走来。

00:56

睡魔

当奥托·佩尔蒂埃走进法院外的记者群时，他一只手挥开他们，另一只手拨开不断涌来的提问、相机和麦克风——这些东西都快贴到他的脸上了。他猛地向前冲，将一名女记者推倒在地，然后用肩膀撞开另一个男人。摄像机从他身上转向倒下的记者，但当镜头再次对准他时，他已经穿过人群，快速跑向街对面停放的奔驰车。

奥托边跑边用遥控钥匙打开车门。到达车子旁边时，他听到记者们的喧闹声再次响起。他转过身，看到弗林和布洛赫也被困在人群中。

他们会试图跟踪他，这样就能找到凯特了。他们想揭露他，激怒他，然后跟踪他到关押他们朋友的地方。

奥托钻进车内，启动发动机，系好安全带，猛踩双涡轮 V12 发动机[①]的油门。

奥托确信，弗林等人注定要失败。

他们不可能抓到睡魔，尤其是在这辆车里。奥托仍然以“睡魔”这个名字自居，这个名字赋予了他力量，让他变得无敌，让他的智慧、狡猾和残忍本性更上一层楼。如果他深入思考，就会发现世界上根本不存在奥托·佩尔蒂埃这个人。那个平凡的名字只是一个面具，是他扮演的一个角色。

世界上只有睡魔。

他原本确信，审判结束后，一旦凯莉被宣告无罪，她就会永远和他在一起。但她背叛了他，向弗林那个该死的自作聪明的律师说了不利于他的话。这也是为什么，当意识到无法与地方检察官达成协议拯救凯莉时，他选择了弗林作为律师，弗林正是她需要的那种律师。

让弗林接手这个案子是他最大的失误。

他向左边瞥了一眼，不知什么原因，人群为弗林和布洛赫分开了。他们看到了车中的奥托，便开始向他飞奔过来。

当他转动方向盘，让轮胎在柏油路上打滑时，他享受着弗林意识到为时已晚的表情变化。他们知道睡魔即将逃脱，而他们根本没有希望追上他。当然，对没能追上的后果的清楚认知，显现在弗林痛苦扭曲的面容上，供所有人见证。

① 是一种常见的高性能汽车发动机类型，其特点是拥有 12 个汽缸，这些汽缸分成两组，每组 6 个，呈“V”字形排列。V12 发动机因卓越的性能和平顺性，在高端豪华轿车和超级跑车中广泛应用。

睡魔正前往康尼岛的公交总站，在永久离开美国之前，他要利用假护照和从车站办公室取走的钱，对弗林进行报复。这个律师夺走了他的女人，让她背叛了自己，这种事不能就这样算了。理想情况下，他很想杀了弗林，甚至在这个人清醒时挖掉他的眼睛，但他知道没有时间了。而且，他还有别的事可以做，可以用另一种方式来报复这个自以为聪明的律师。

他会活活烧死凯特·布鲁克斯。

00:57

艾迪

我冲过法院敞开着的双玻璃门，直直地撞入了一片记者的海洋，他们围绕着我和布洛赫，将我们团团包围。

“哈利·福特就在我后面，他会发表声明的。”我说道。记者的人海随即像摩西分开红海一般为我让路。他们互相推搡，争先恐后地想要第一个采访到哈利，殊不知他其实还在法庭里。

我跳下三级台阶来到人行道上，听到街对面传来发动机的轰鸣声，转速表上的指针肯定已经到了红线区——奥托正驾驶着那辆奔驰车，脸上带着可怕的狞笑盯着我。他如箭一般飞驰而去，左转驶入了伦纳德街。

另一阵汽车喇叭的声响在我的右边响起。

温斯从一辆橙色科迈罗的驾驶座窗口探出身子，用手拍打着车门，叫我们上车。布洛赫钻进了后座，我则跳上了副驾驶的位置。

“快点，快点！”温斯催促道。

我还没来得及关上车门，温斯就踩下了油门。车猛地蹿到了一辆满载混凝土的半挂卡车前方，卡车不得不紧急变道以避开我们。科迈罗发动机的轰鸣震耳欲聋。温斯转向伦纳德街时，我系上了安全带，说：“他在那儿，那个狗娘养的。”

手机响了，我接了起来。

“比尔，我们看到他了，他在伦纳德街上。看起来，他打算绕过拉斐特街和联邦广场，很可能是前往布鲁克林桥。你们在车上了吗？”

“我已经让三辆车跟在你们后面了，我在第四辆车上，离得比较远。我已经启动在线追踪器了，这样就不会跟丢他，但我可不想给他换车的机会，继续跟着他。我还是不敢相信，我居然让你说服我放他走了。”

作为保险措施，联邦调查局在奥托处于法庭期间，趁机在他的车轮拱罩上安装了一个 GPS 追踪器。

“我们不会让他跑掉的，我告诉过你，他会带我们找到他一直囚禁凯特的地方。我们会紧跟着他，我会一直和你保持通话。就像我说的，你会毫不费力地抓到他。关于谁在说实话，不会再有任何争议。你会当场抓住这家伙，我不想参与其中——功劳都是你的。”

“我不想要功劳，我要那个杀害了我手下探员的浑蛋。”

00:58

睡魔

他在布鲁克林桥上发现了那辆科迈罗。

后视镜里，有五辆车跟在后面。

他后面的其他车辆构不成威胁，这一点，从制造商和车型号上就能判断出来。两辆老旧的日系 SUV，颜色都是暗淡的灰色，车身都有些破损。在那两辆车后面是一辆电动车，驾驶员留着长胡须。第四辆车则是一位“足球妈妈[1]”驾驶的轿车，她在车里随着车载音响播放的音乐摇摆，敲打着方向盘，夸张地跟着唱歌。

那辆科迈罗是唯一可能的追踪者，但是距离太远，看不清是谁在驾驶。虽然这辆车是唯一可能跟踪上他的车辆，但可能性又不大——联邦调查局探员不会开着一辆在 2 公里外就能被注意到的车来跟踪嫌疑人。

在环城公路上，他甩掉了其中一辆 SUV 和那位“足球妈妈”。电动车和另一辆 SUV 在海滨大道的三叶草形立交桥上拐了弯，但那辆科迈罗依然紧随其后。

那辆车完全可以跟上他的速度，但不管驾驶者是谁，他或她都似乎无意加速。车里至少有两个人，都是男性。驾驶员年纪较大，乌黑卷曲的头发中夹杂着几缕白丝。

他猛踩油门，把科迈罗远远地甩在后面，然后驶离了高速公路，接着穿过街道，来到了康尼岛的那座旧公交总站。他把车停在外面，

① 通常指家住郊区、已婚，并且家中有学龄儿童的中年女性，被视为一个重要的选民群体或人口统计群体。

熄火，打开后备箱，拿起背包，打开，拿出一把手枪，插在裤腰带上。接着，他从包里取出信号弹，合上包，扛在肩上，关闭后备箱后，跑到锁着的大门前。他穿过大门，来到公交总站门口时，听到科迈罗快速接近的声音。

他打开门，随后关上，并迅速朝那个坑走过去。11 月末的阳光透过天花板上的玻璃钢窗格，给仓库披上一层橙色的光辉，仿佛太阳就坐落在建筑的正上方，倾斜的光柱从屋顶的破洞中倾泻而下。

很快，他就会让这里更加明亮。

沙袋和手推车仍旧在坑口上方，一如他离开时的模样。他必须快速行动，于是先迅速踢开钢板上的沙袋，然后猛冲向手推车，利用自己的冲劲使其滚动起来，最后用尽全力一推，将其推下钢板。他举起那根钢条，将其插入先前在坑口混凝土边缘留下的缝隙中，用力压，利用杠杆原理将钢板打开，弄出一个 60 厘米宽的开口。

扔掉钢条，他听到身后门被踹开的声音。

没有时间再倒汽油了。

既然已经到这里了，他知道也没必要了。坑里飘出的气味告诉他，这里会像干柴堆一样瞬间燃起。

他转身面对门口，点燃了信号弹。

“别动。”有个声音说道。

一根纯净的光柱将他与门分隔开来，虽然距离光柱有 9 米远，但他不得不侧头，用手遮住眼睛，才能看清说话的人是谁。

布洛赫走进光束中，拿着“手炮”对准了他，再次说：“别动。”

弗林就在她身旁。

他手中的信号弹燃烧得异常猛烈。

“别动！”布洛赫再次尖叫道。

两人中，只有她持有武器。毫无疑问，她使用这种武器相当熟练。此刻，他又听到了另一种声音。

警笛声。

接下来的几秒钟里，他在心中进行了许多计算。但是，只有一种可能的行动方案。

把信号弹扔进坑里。

点火后会引起爆炸，可能会将钢板炸飞。这足以制造足够的混乱分散注意力，让他有机会拔出手枪，在布洛赫还沉浸在爆炸冲击的震惊中时，向她射出两发子弹。他知道爆炸即将来临，因此可以及时躲避并掩护自己，然后开枪。

是的，这就是办法。

“趴在地上。”布洛赫命令道。

“你也应该这么做。”奥托说着，跪倒在地，将信号弹扔进了坑里。

起初，他以为什么也没发生。然后，他听到了尖叫声，那是一种狂野的声音。紧接着是一声巨大的轰鸣！

油气爆炸产生的力量将钢板直接从坑口掀飞。奥托踉跄了一下，侧身摔倒在地。

他抬头看了一眼，看到布洛赫和弗林正低头躲避，并用手护住头部。

火焰熊熊燃烧起来，从坑里喷涌而出的橙色和红色的火舌，伴随着硬墙一般的热浪袭来，烧焦了他的嘴唇，烤焦了他的头发。他顾不得这些，伸手去摸背后的手枪。

他拔出了手枪。

00:59

凯特

每一次呼吸都成了纯粹的意志力的考验。

她站在椅子上，双眼紧闭，双唇紧紧地夹住从油桶里取出的漏斗，这个漏斗被她强行塞进了钢板与深坑之间的缝隙中。吸入汽油蒸气会灼伤她的肺部，或是造成一氧化碳中毒，而漏斗让她得以吸入清新的空气。

如果她闭上眼睛，刺痛感就不会那么强烈。然而，为了将嘴巴靠近漏斗，以及让漏斗穿过那个缝隙，她不得不半蹲着，站在椅子的顶端。这样的姿势让她的背部和双腿感到酸痛，肌肉抽搐，颤抖不已。

但这是她活下去的唯一方式。

她不知道自从他这样丢下她后，已经过去了多久。几个小时，反正很多个小时，而她已经快要坚持不住了。她心里明白，必须屏住呼吸，弯下身子，让双腿得到片刻的休息。

门被打开又关上的声音在建筑内回荡，这突如其来的声音吓得她猛地睁开双眼。但由于刺痛感，她又立刻闭上了。她的眼睛已经肿胀，连同嘴巴周围的皮肤也开始灼热疼痛。

脚步声正快速向她逼近。

她深吸了一口气，尽可能地多吸一些空气，然后弯下身去，同时拉着漏斗一起。

她在黑暗中跪着，双眼紧闭，肺部仿佛要炸裂一般。

她知道，这就是结局。

一切将这样终结。

他来这儿是为了烧死她。

脚步声此刻就在头顶上方，在钢板上走动。她睁开了眼睛，只是一瞬间，便看到沙子正沿着缝隙落进深坑中。

他在移动那些沙袋。

那辆带轮子的重型手推车发出了特有的声响，轮子在钢铁表面上嘎吱作响，随后重重地砸在混凝土地面上。

钢条探入深坑，接着被拉回。当铁板被撬开时，凯特往后退缩。

有说话声。

她听不清在说什么，她的脑袋在轰鸣，烟雾让她感到头晕。她的胃部一阵翻腾，内容物涌入口中，她不得不吐出屏住的那口气。

当钢板被掀开时，她向上面的光亮看了一眼。那光亮比她见过的任何光都要耀眼，灼烧着她的眼睛。

凯特全身开始颤抖，她强迫自己抬起头，看着他。如果这个男人要杀死她，她希望在他点燃自己之前，他能直视自己的眼睛。

她站起身，强迫自己睁开眼睛。

手电筒关掉了。

取而代之的是黑暗，但不是坑底那种无边无际的漆黑。

那是月光。

而在月光下，就在她眼前，有一只手伸了过来。

她握住那只手，然后另一只手抓住她，把她从坑里拉了出来。直到这时，她的眼睛才适应了微弱柔和的光线。透过手电筒照射留下的斑驳痕迹，她眨了眨眼，望向黑暗中凝视着自己的朋友的脸。

布洛赫抱住凯特，将她揽入怀中。凯特的身体在颤抖，甚至感觉大脑也在颤抖。她不明白发生了什么，这是吸入油气后的幻觉吗？

“我找到你了。”布洛赫说。

月光透过建筑物的玻璃钢屋顶倾泻而下，在布洛赫身后站着一个男人，穿着一身不合身的西装，他一定就是加布里埃尔·莱克。

凯特止不住地颤抖，随后她发现布洛赫也在颤抖。

她们紧紧相拥，凯特哭得比以往任何时候都要伤心。等喘过气来，她看着布洛赫，说道:“谢谢你。”

“睡魔就是奥托·佩尔蒂埃。”布洛赫说。

凯特摇了摇头，依然因为吸入的气体感到困顿和眩晕。

“我们追踪了他为丹尼尔·米勒以及他自己设立的公司，找到了一堆旧房产，主要是旧仓库和仓库站点，这是我们今晚尝试的第三个地方。天哪，凯特，我真是太高兴你……”

布洛赫哽咽着，没能说完那句话，她再次抱住了凯特。

“他人在哪儿？奥托在哪儿？”凯特问。

“他回家了，艾迪安排了吉米手下的一名总爱说脏话的壮汉监视他。别担心，我们明天会搞定佩尔蒂埃的。凯莉告诉了我们一切，艾迪明天早上会在法庭上质问他，这会激怒他下午再来这里，试图彻底解决你。睡魔会把纽约一半的联邦调查局探员带到这个地方，然后他们就有证据证明就是他了。”

“我想在这里。”凯特说。

“什么？”布洛赫惊讶地问。

“我想亲眼看着他们抓住他，我要直视那个浑蛋的眼睛。”

凯特环顾仓库，看到了后面的办公室。

“我可以待在那里，在那间办公室里，如果你能陪我。我只需要一些衣服，还要一些水来清洗一下眼睛。”

“我不觉得这是个好主意。”布洛赫说。

“我也不觉得，但如果不亲眼看着那个浑蛋被绳之以法，我知道我会悔恨终生。”

“我明天得帮艾迪，莱克今晚会陪你。”

“嗨，”莱克说，“很高兴你没事。”

“我并不好，”凯特说，“但明天我会好起来的。”

00:60

凯特

在汽油蒸气爆炸后，凯特穿着布洛赫放在吉普车里的备用衣物——蓝色牛仔裤、靴子和毛衣，在加布里埃尔·莱克的陪同下走出了旧仓库办公室，站在奥托身后——此时的他正趴在地上。

他蜷缩起双腿，摆出一副蹲伏的姿势。

莱克举起右手，手中握着布洛赫的备用枪支——一把克拉克手枪，枪口对准了奥托。

凯特迅速从地上捡起一根钢条，将钢条高举过头顶，走到莱克前方，用尽全力将钢条砸向奥托的头部。

钢条挥下来的瞬间，他举起枪，指向布洛赫和艾迪，但钢条狠狠地砸在了他的手腕和肘部之间。撞击力极为猛烈，他的前臂瞬间折断成两截；枪支朝天花板射出一发子弹后，从他的手中滑落，掉在了混凝土地面上。而他则痛得号叫不已。

奥托转过身，看到了凯特。

看到她，他惊恐万状，倒向一侧，脸上写满了震惊与困惑。

凯特弯腰拾起奥托的枪，将枪口对准了他。

“凯特，不要！”布洛赫尖叫道。

她的手指搭在扳机上，手里的枪在颤抖。一看到奥托，她的身体就充满了愤怒和肾上腺素。就是这个男人差点把她活活烧死，就是这个男人在那个充满汽油蒸气和黑暗的坑洞里折磨她。

艾迪和布洛赫朝她跑来，在几十厘米远的地方停了下来。

“凯特，放下枪。”艾迪说。

“不，”她说，“他差点杀了我，他罪大恶极。他应该现在就死，死在这里。”

莱克靠近她，她能感受到他的存在。

他的声音柔和而充满悲伤。

“你不想这么做。”他说。

“我想！”凯特咬紧牙关说。

她听到警笛声越来越近。伴随着警笛声，车辆正驶抵外面。

“相信我，我经历过这条路，我知道那是什么感觉。一旦扣动扳机，你就变了，永远地变了。你会永远记得他现在的这张面孔，这张恐惧和痛苦的面孔。你每天晚上睡觉前都会看到它；早晨醒来，你要面对的第一件事就是它；那张脸会永远困扰你。你不需要那样，不需要让那个人占据你的思想。”

他轻轻地伸出手。

泪水刺痛了她红肿的眼眶，她的胸口剧烈起伏。莱克的手触碰到她的手，小心翼翼地握住它们。直到胸腔中爆发出抽泣声，她才终于屈服，让莱克拿走了手枪。

凯特退后一步。

莱克转向睡魔，他的脸上毫无表情，没有愤怒，也没有批判。

他用奥托自己的枪指着他说：“凯特比我更好，她会没事的，我也会没事的。你杀死了我的朋友，黑暗中再多一张面孔，对我来说也没什么。”

枪声响起时，凯特捂住了耳朵。枪声很急促，枪口的火光从枪管中闪烁而出，甚至都不像是连续多发的枪声。声音如此迅速，如此密集，听起来就像是持续不断的雷鸣，奥托的胸部爆发出一小片散乱的血花，最终一切归于寂静，他那双死去的眼睛空洞地望向上方的天花板。

仓库的门突然打开，比尔·宋带领着十几个探员冲了进来，大声喊着指令。

接着他看到了躺在地上已经死去的奥托。

“发生了什么，莱克？为什么我的嫌疑人死了，莱克？你又做了同样的事，是不是？你这个狗——”

“他救了我们所有人。”艾迪说。

比尔转向他，投去怀疑的目光。

“佩尔蒂埃打算杀死我们，莱克与他搏斗，佩尔蒂埃的枪走火了。莱克救了这栋楼里的每一个人，事情就是这样。”

比尔站在奥托的尸体旁，俯身仔细查看枪伤，然后看了看莱克手中的空枪。

“搏斗？你在开玩笑吧？这家伙被射了差不多十次。”

“嗯，确实有很多搏斗。”艾迪说，“来吧，去看看仓库办公室。”

凯特看着艾迪走进了办公室。今天早上，她和莱克藏身于此，等待着奥托。她知道那里有什么，是些盛着眼球的罐子——它们“永不瞑目”。

再也无法入眠。

凯特跪倒在地，失声痛哭。布洛赫跪在她身旁，莱克也一样。在她哭泣时，他们紧紧地依偎在一起。

“谢谢你。”布洛赫说。

莱克点了点头，说：“你找到了这个地方，而且救了凯特，这是我们共同努力的结果。”

联邦调查局的探员们围绕在他们周围，坑中的火势已经低落下去。

“我们离开这里吧，”凯特说，“有一名客户需要我。”

突发新闻——曼哈顿法庭惊人一幕。

CNN 新闻时段

丹尼尔·米勒无罪；律师奥托·佩尔蒂埃被确认为睡魔。

《纽约时报》

地方检察官撤销对凯莉·米勒的所有指控。

《国家询问报》

联邦调查局就错误地指控丹尼尔·米勒为睡魔而向公众道歉。

《华盛顿邮报》

00:61

加布里埃尔 · 莱克

离开公寓时，他已经迟到了。

他的西装口袋被门把手钩住，撕破了布料，不得不修补一下，所以迟到了。在一处海洛因藏匿点的枪战中，他遭受了枪伤，经过6个月的康复治疗才恢复过来，其间瘦了18公斤。即使是在结束物理治疗一年之后，他仍然没有买新衣服。莱克喜欢他的旧衣物，尽管已经不再合身。实际上，他的医疗退休金并没有留给他多少闲钱去挥霍。

他乘坐地铁，在中央车站下车，然后找到了位于莱克星顿大道拐角不远处的两个街区外的一家爱尔兰风格的小酒吧。

他们在酒吧的后方围着一张桌子聚在一起，为他留了一个座位。

凯特看上去状态不错。休息了一段时间后，她重返法庭，回到办公室，脸颊上恢复了些许血色。虽然那种有时伴随创伤出现的恍惚神情仍然存在，但只是偶尔在眼角一闪而过。当她看到他从门口走进来时，他捕捉到了那一瞬恍惚。自从那天在旧公交总站分别后，他就没见过她，但过去一个月里，艾迪一直在告诉他她的恢复情况。

布洛赫坐在凯特旁边，伸展着她的双腿。艾迪告诉他，凯特暂时住在布洛赫位于新泽西州的家中，直到她找到新的公寓。此刻，布洛赫和凯特都在喝啤酒。

哈利 · 福特面前放着一瓶波旁威士忌，还有两个酒杯。在他脚边有一只看起来很友好的狗，看不出是什么品种。

艾迪打了声招呼，从一杯可乐中啜了一口。

“我没想到酒吧里允许带狗。”莱克说道。

“如果你买整瓶的波旁威士忌，他们就允许了。”哈利回答说，“此外，这是个爱尔兰风格的酒吧，总得有只狗才对味。”

“凯特，你过得怎么样？”莱克问。

“我还好，”她说，“情况正一天天变好。你知道的，这需要时间。”

莱克点点头，说：“如果你什么时候想要和专业人士谈谈，我认识一些不错的人。”

“谢谢你，我会先看看情况如何。”

哈利拿起空玻璃杯，倒了一大杯放在莱克面前，说：“来，喝一口吧，别拒绝。”

“我不是个嗜酒的人。”莱克说。

“我也不怎么喝酒。”哈利说着，干掉了杯中的酒，又给自己倒了一杯。

莱克盯着眼前的酒。

“这可是完全合乎道德来源的，”哈利说，“这酒产自肯塔基，而且真的非常带劲。喝吧。”

莱克说了声“干杯”，大家都向他致意。他尝了一口波旁威士忌，惊讶于其口感的顺滑。

“丹尼斯来了。”艾迪说。

他转过身，看到丹尼斯走到他们的桌子旁。她脱下外套。艾迪又找来一把椅子。一个棕色的信封从她的包里露出来，她把信封递给艾迪，艾迪向她道谢，然后把信封放在莱克面前的桌子上。

“这是给你的，”艾迪说，“是你应得的。”

莱克挥了挥手，说：“没必要。我不是为了钱做这件事的，我……”

“我们知道，”艾迪说，“我没说你要报酬，我说的是这是你应得的。赶紧收下，否则我会觉得被冒犯了。”

莱克打开信封，里面是一张以加布里埃尔·莱克为收款人的支票，金额是 20 万美金。他盯着这张支票，仿佛过了很长时间——他一生中从未拥有过如此巨款。他又读了一遍支票，核对了名字的拼写，并再次确认了数额。

这时，用来黏合他夹克的思高牌胶带开始脱落。

“拿着吧，”布洛赫说，“去买套新西装，不过要确保不是双排扣的，这样你就不用系扣子了。”

莱克点了点头。

其他人疑惑地看着布洛赫，不明白她在说什么。莱克没有朋友，他也从来没有一个足够亲密的朋友可以分享笑话。

布洛赫朝他微笑。

此时此刻，他在这群人中感觉很好。他们都是好人，他喜欢他们，喜欢和他们在一起，而且他们也很聪明。

他把信封放进口袋，向艾迪和凯特表达了感谢。

“我拿着钱感觉不太好，还有许多事情要解决。”

“凯莉·米勒已经支付了她的法律费用，你赚了其中一部分。奥托是睡魔，而且他已经死了。还有什么没解决的事吗？”哈利问道。

“嗯，我们知道，凯莉日记中的一些内容显然是真实的。提供错误的不在场证明，我完全能接受这一点。我能想象丹尼尔，那个华尔街人士，只是对警方撒了个小谎，以避免自己陷入冗长的调查之中，而且他不想告诉警方他其实不在家，而是去外出偷情了。奥托让凯莉撒谎说，她丈夫给了她珠宝然后失踪了。她很脆弱，奥托是个律师，他告诉她可能会坐牢，所以这些都好理解。但是，我不清楚奥托和斯泰西·尼尔森之间真正的联系。”

“这一点很重要吗？”哈利问。

“她家后门的防盗锁，”布洛赫说，“只有曾经进入过尼尔森家的人才会知道那些锁的存在。佩尔蒂埃根本就没试过后门，他是从前门进去的。”

“难道不是因为他们混的是同一个圈子吗？我记得奥托在法庭上说过类似的话。尼尔森夫妇是社交界的名人，他们可能是在派对上认识的。”艾迪说。

“可能吧，但佩尔蒂埃在证人席上撒了一堆谎，否认了一切，尤其是在凯莉揭穿他之后。也许，他是通过其他方式认识斯泰西的。我知道比尔正在重新审视每一桩谋杀案，寻找受害者与佩尔蒂埃之间的联系。我不知道，我只是有种感觉，如果我们知道佩尔蒂埃和斯泰西·尼尔森之间的具体联系，这可能会让整个案件豁然开朗。这可能有助于确定，他是否与其他受害者也有联系。也许，她是唯一一个他认识的受害者。”

“他已经死了，联邦调查局正在追查所有线索。比尔在拼命工作，忙得快冒烟了。如果他发现了什么，他会让我们知道的。”艾迪说。

“我知道，我知道，但现在感觉线索都太松散了。佩尔蒂埃可能对他们的关系撒了谎，这倒是提醒了我，他们找到莉莲·帕克的胸针了吗？”莱克问。

“还没有，”布洛赫说，“比尔说他们还在调查所有与佩尔蒂埃和丹尼尔·米勒有关的财产，他们或许能找到它。”

“希望如此，”凯特说，“这可能会给她母亲带来些许安慰。”

莱克点点头，说：“你们下周会去参加纪念活动吗？”

“凯特、布洛赫和哈利会去，”艾迪说，“我去不了，那天晚上我要陪我女儿艾米。”

市里计划为睡魔的受害者们举行一场纪念仪式，仪式上，联邦调查局将归还奥托从受害者那里拿走的个人物品，其中一些是从旧公交总站的办公室里找回的。

莱克还在思考艾迪说的话，尼尔森夫妇在城里很有名气，托拜厄斯是一位成功的餐馆老板，他们以每年举办各种派对而闻名。

他一口喝完波旁威士忌，咳嗽了几声，起身。

“我得走了，谢谢你们请我喝酒。还有那张支票，我也非常感激。纪念仪式上再见。”

他告别众人，出门拦了一辆出租车。

“公共图书馆，谢谢。”他说。

下午 2 点，出租车在纽约公共图书馆门口停下。莱克曾经在这里度过了很多时光。图书馆是知识的伟大殿堂，他喜欢在自习室里消磨时间，或是漫步书架间，欣赏这座建筑。他热爱书籍，还记得第一次和妈妈来到这里办理借书证时的情景。当得知凭借那张卡片，他可以任意挑选想要的书籍，带回家阅读，然后再归还，而且这一切都是免费的时候，他简直惊呆了，觉得不可思议。

档案室尚未将所有纸质资料转换为数字格式，一些档案仍以微缩胶片的形式保存。档案管理员接过莱克的便条，引导他到一台阅读机前，加载了第一张微缩胶片。

上面有介绍纽约社会情况的几种出版物。在世纪之交前，这类出版物有十几种。现在，可能只剩下三四种。他专注于这几种杂志，开始了搜索。

经过数小时的努力，看了数卷胶片，他捏了捏鼻梁，然后伸了个懒腰，看了看手表，快 6 点了。

他移动控制器，快速翻阅图像，然后停了下来，又倒回去。

这些图片并非彩色，而是黑白的。这是一张来自当地杂志的照片，该杂志主要报道了城市的艺术和文化，以及艺术界的重要人物。每个画廊的艺术家展览，每个百老汇戏剧的首映晚会，每一次红毯——他们都会赶赴拍照。

他曾经找到过一些托拜厄斯·尼尔森在他的各个饭店举办派对的照片，但这张不同，照片来自2013年他们为市长候选人举办的筹款活动。这次的派对是在他们家中举行的，莱克认出了卧室和餐室。

在下一页，他找到了——他一眼就认出了尼尔森家的客厅。

在斯泰西·尼尔森与托拜厄斯·尼尔森身后的人群中，穿着燕尾服、手持香槟的，正是奥托·佩尔蒂埃。

莱克的肩膀垂了下来，他确信找到了联系，这解释了奥托是如何知道尼尔森家布局的。

正当他准备去向档案管理员要这张页面的副本时，他犹豫了一下。

他凑近屏幕仔细看了看。

奥托左手拿着香槟，右臂被一个女人纤细的手臂挽着。

莱克屏住了呼吸，他盯着屏幕，眼睛一眨不眨。

与奥托挽手的年轻女子，正是凯莉·米勒。

00:62

凯莉·米勒

“米勒夫人，需要我帮您再添点酒吗？”空姐问道。

“那个，你能给我换一杯新的吗？”凯莉说，她香槟杯底的草莓看起来有点软烂了。

“当然可以。”空姐说着，俯身拿起凯莉的杯子。这时她注意到了什么。

“哦，您戴的这枚浮雕胸针真漂亮。”空姐说。

“谢谢，这是我们家族的传家宝。”凯莉说。

空姐离开了。凯莉凝视着窗外下方蔚蓝的大西洋，还有四个半小时就到伦敦了，那里等待着她的将是全新的生活。

她心里有一部分为奥托感到难过，没有人像他那样爱过自己，甚至连丹尼尔也没有。

从很小的时候起，凯莉就渴望成为另一个人，或许这就是她曾经努力想要成为一名演员的原因。她不清楚自己是谁，但她喜欢扮演别人——那种感觉太令人陶醉了。登上百老汇舞台曾是她的梦想，她尽了最大的努力，但最终还是失败了。卖掉父母房子得到的钱在纽约这座大城市里并没有撑多久，为了支付房租，她不得不找一些低等的工作，拼命干活。从某种意义上说，她当初费尽心思悄悄破坏父亲皮卡车的刹车，从而导致那场夺去父母生命的车祸，并不值得。房子在市场上卖得并不好，而纽约的生活开销却很大。

生活一直都很困难，直到遇见奥托。

他照顾她，帮助她。第一次见到他，凯莉就知道他很特别。他戴着和她一样的面具——假装自己是个人类。他们第一次接吻时，她就知道他的心和自己的一样冷酷。

当奥托向她讲述自己的幻想，讲述他从夺取生命、成为睡魔中获得的力量时，他原本以为凯莉会感到恐惧。可令他没想到的是，她竟然问他是否可以旁观。但奥托的“胃口”远远超出了她的，这让凯莉开始担心。即使他谨慎又聪明，但总有一天他会犯错。

当奥托把丹尼尔·米勒介绍给凯莉时，她立刻意识到，这个人可以成为他们的替罪羊。如果足够谨慎，他们可以让这个男人为他们的罪行买单，并在这个过程中夺走他庞大的财富。奥托有钱，但那不是真正的巨额财富，不是那种能带来绝对自由的钱。当然，奥托恨透了丹尼尔。

一切本可以顺利进行，直到那天警察来到他们家，迫使凯莉不得不为丹尼尔提供不在场证明。另一个错误是最后一次杀人，凯莉没有注意到袖子上有从尼尔森谋杀案现场沾染的血迹。她当时很兴奋，在奥托刺死斯泰西·尼尔森时，她站得太近了。丹尼尔的指纹已经在斯泰西的尸体上留下了痕迹。凯莉清洗了那件衬衫，挂在她的衣橱里，完全没有意识到袖子上面沾有斯泰西的血迹。

这最终导致了她的被捕和审判。

如果奥托只是让审判按其自然进程发展，而不去干涉，那么她或许能够度过这场风暴。凯莉已经写好了那些日记，除了最后一份，所有的内容都指向丹尼尔。她曾警告过奥托，不要插手。当他杀了切斯特·莫里斯和那位探员时，她意识到，他无法被控制。这就是她选择逃跑的原因：她担心他会再犯下更多的错误，而他确实犯了另一个错误——在凯特·布鲁克斯的公寓里，留下了一个带有他唾液的注射器盖子。

对于背叛奥托，她感到内疚，而且内疚自己编造了丹尼尔与斯泰西·尼尔森的婚外情故事，并巧妙地将奥托牵扯进谋杀案中。她知道，即使她背叛了他，在做证时，奥托也不会指认她。他太爱她了，以至于愿意为她牺牲自己。凯莉与丹尼尔同居时，奥托嫉妒得发狂。他从未明说，但她看到了他在割断丹尼尔喉咙时的那种快感。之后，他拿走了那块沛纳海手表，那是她送给丹尼尔的礼物，然后要求她帮他戴上。她照做了。

调查员莱克杀死了奥托。在某种意义上，莱克帮了她一个忙。如果奥托被抓，那他就有改变主意的风险，向联邦调查局坦白关于凯莉的真相。现在他死了，真相将永远被埋藏。

支付完律师费用并确认联邦调查局已经取消对丹尼尔账户的监控后，凯莉得到了 1300 万美金。这才是真正的自由。

“您的香槟，新鲜的。”乘务员说着，把酒杯递过来。

凯莉抿了一口香槟，戴上耳机，按下笔记本电脑上的播放键，继续观看她下载的电影。

这是她最喜欢的部分。

黑暗中，米彻姆坐在树桩上，注视着房子里的受害者们。他强大且无所畏惧，不仅在观察计划杀害的女人和孩子们，还在为他们唱小夜曲。

凯莉靠回到座位上，用她轻柔的假声，轻轻地跟着唱：“咿呀呀，咿呀呀，依靠着永恒的臂弯……”

00:63

加布里埃尔 · 莱克

莱克坐在自己简陋公寓的小餐桌旁。

自己是如何从图书馆步行回家走过那三十个街区的，他完全没有印象了，脑海中只有凯莉 · 米勒，以及她是如何玩弄和操控艾迪、凯特、哈利、布洛赫、联邦调查局探员，甚至她的恋人——奥托 · 佩尔蒂埃的。

他的脚在地板上敲打着节拍。他盯着面前桌上的手机，试图平复呼吸。一个杀人犯逍遥法外了，而在某种程度上，自己也促成了这一结果。

他拿起电话，拨通了艾迪的号码。

对方接起了电话。

“嗨，是我……”莱克说。

“你还好吧？别告诉我你把支票弄丢了。”艾迪说道。

莱克张开嘴想要说话，却又犹豫了。他的嘴唇动了动，却找不到合适的言辞。他即将告诉弗林的事情会很痛苦，而且没有轻松的方式来表述这件事，也没有轻柔的处理方式。这个消息就像一颗射向腹部的子弹，根本没有办法减轻它的冲击力。

他听到电话里凯特和布洛赫因为哈利说了什么而大笑——他们仍在酒吧里，放松着，享受着彼此的陪伴。

“我没有把支票弄丢，是别的事情。”莱克说。

电话里，凯特发出一阵洪亮的欢笑，听起来很开心。

“是什么事？”艾迪问。

“是……没什么。”莱克说。

“你打电话给我就是为了告诉我没事？”艾迪说，“我觉得你可能不太明白人类对话是怎么回事。”

“不过是……”

“是什么？”艾迪问道。

“如果以后还需要调查员，你知道去哪里可以找我。”

“我知道，你现在先休息会儿吧。”艾迪挂断了电话。

对于这件事，艾迪无能为力，警方同样无能为力，对凯莉·米勒的指控已经被撤销了。

再次审判她的可能性不大。逃保带来的结果是一个警告和 200 美金的罚款，对此她乐于接受。现在，凯莉·米勒自由了，像风一样自由。

他打开厨房抽屉，那里放着他的餐具和手工工具，里面还藏着他的个人防护装备——一把克拉克手枪。他从盒子里拿出手枪和一个装满子弹的弹匣，先空射了一次，以便打开枪机并让滑套滑回。接着，他把弹匣装入枪内，上膛了一发子弹。

总有一天，他会找到凯莉·米勒。到那时，他会告诉她，不会再有第二次审判，不会有媒体的炒作，也不会有需要等待几个月的判决。

有时候，正确与合法并不是一回事。

他会找到她，无论需要多久。

这把枪里有一颗子弹是为她准备的。

总有一天，他会亲手送给她。